UNE ASSEZ BONNE MÈRE ?

NICOLE TROPE

UNE ASSEZ BONNE MÈRE ?

Traduit par Raphaelle Pache

Bookouture

L'édition originale de cet ouvrage a été publié en 2024 sous le titre *Not a Good Enough Mother*
par Storyfire Ltd. (Bookouture).

Publié par Storyfire Ltd.
Carmelite House
50 Victoria Embankment
London EC4Y 0DZ

www.bookouture.com

Le représentant légal dans l'EEE est Hachette Ireland
8 Castlecourt Centre
Dublin 15 D15 XTP3
Ireland
(email: info@hbgi.ie)

ISBN : 978-1-83618-727-1
eBook ISBN : 978-1-83618-726-4

PROLOGUE

Ce sera considéré comme un suicide.

Aucun signe de lutte. Aucun signe d'effraction. Devant la bouteille de vodka vide et le paquet de somnifères écrasé, la conclusion est évidente. Il n'y a pas de message, mais ça n'a rien d'exceptionnel. Parfois, les gens s'ôtent la vie, parce qu'ils ont épuisé les moyens de dire au monde qu'ils sont malheureux. Ils n'ont rien à ajouter.

Un onglet est ouvert sur l'ordinateur.

Vous êtes à la recherche d'un nouveau défi ? Un environnement en constante évolution vous stimule ? Ce poste est peut-être fait pour vous. Notre PDG recherche un candidat tourné vers l'avenir, capable de faire preuve d'initiative et de s'adapter. Idéalement, nous recherchons une personne prête à s'engager sur le long terme dans l'entreprise.

Il y aura une brève enquête.

« Oui, confirmera son ancienne employeuse. Une série d'incidents malheureux a rendu sa position au sein de l'entreprise intenable et nous avons dû nous séparer d'elle. »

Certains de ses proches, dévastés, s'interrogeront. *Pourquoi n'avons-nous rien vu ? Pourquoi n'en a-t-elle pas parlé ?*

Mais ils se poseront aussi d'autres questions.

Quand ils apprendront qu'elle a été licenciée d'un emploi qu'elle adorait, ils seront obligés de se demander pourquoi.

Quand ils apprendront qu'elle a eu le cœur brisé par un mystérieux amant, ils seront obligés se demander qui il était.

Et quand tous ses secrets seront révélés, ils seront obligés de se demander qui avait intérêt à ne pas voir la vérité éclater au grand jour.

Ceux qui l'aimaient se débattront entre confusion et culpabilité, mais ils ne poseront pas les bonnes questions, si bien que sa mort sera considérée comme un suicide...

1

GRACE

À la clinique, vers la fin de mon séjour, on a beaucoup parlé des stratégies d'adaptation.

— Que ferez-vous lorsque la vie deviendra stressante et que l'envie de reprendre votre drogue de prédilection se fera sentir ?

Méditation, tenue d'un journal, recours à une ligne d'assistance téléphonique ou appel à son thérapeute, promenade, exercice physique, s'octroyer un petit plaisir comme prendre un bain dans une eau parfumée à la lumière d'une bougie. Voilà les bonnes réponses. Je le sais, pour les avoir entendues très souvent.

À la fin, je savais comment les donner, ces bonnes réponses. Celles qui feraient sourire et hocher la tête à mon thérapeute.

Mais la méditation ne fait qu'amplifier le bruit dans ma tête – les pensées hideuses s'entrechoquent, de plus en plus fortes jusqu'à ce que j'aie envie de crier.

Je n'aime pas me promener sans but et je n'ai que peu d'intérêt pour l'exercice.

Quant à la tenue d'un journal, je n'en vois pas l'intérêt, car ça m'irrite lorsque je le relis. La pleurnicharde qui s'épanche sur sa souffrance n'a aucun rapport avec moi. Je la déteste un peu plus à chaque phrase ; ça me dégoûte.

Je ne veux plus jamais parler à une ligne d'assistance ou à un thérapeute. Je n'ai plus rien à dire à personne. J'ai parlé et parlé jusqu'à plus soif, et j'en reviens toujours à la même conclusion : ma vie telle que je la connaissais est terminée et je ne pourrai jamais la retrouver.

Alors comment voulez-vous que je n'aie pas recours à ma drogue de prédilection lorsque le stress de la vie quotidienne me frappera de plein fouet ?

Je sais exactement comment... Même si je me suis bien gardé de le dire à mon thérapeute.

Tout simplement, je me rappellerai qui j'étais.

J'ai une photo de moi que j'emporte partout, dans une poche ou un sac. Dessus, j'ai les cheveux brillants et ondulés, mon maquillage est parfait, mes vêtements chic et doux. C'est la photo de la personne que j'étais avant que ma vie ne déraille complètement, le moi, la femme que je pensais être pour toujours. Je suis assise derrière un bureau, une bouteille de champagne devant moi, du genre millésimé, avec une étiquette dorée qui brille. La photo a été prise pour célébrer ma réussite. Je souris à l'appareil, à la personne qui prend la photo, et je me rappelle exactement ce que je pensais à ce moment-là : *J'ai réussi. J'y suis arrivée.*

J'ai ressenti ce que doivent éprouver les alpinistes lorsqu'ils atteignent le sommet, les coureurs lorsqu'ils franchissent la ligne d'arrivée en premier, les acteurs lorsqu'ils saluent devant un public debout à leurs pieds.

La photo a été prise par une froide journée d'hiver, la pluie ruisselait sur les vitres de mon bureau, la ville à l'extérieur était obscure. Mais à l'intérieur, j'étais réchauffée par la climatisation et l'éclat de ma réussite. L'un des plus beaux jours de ma vie.

Alors quand tout sera trop dur, et je sais que ça arrivera, je sortirai la photo et je la regarderai. J'admirerai le sourire sur mes lèvres, la lumière dans mes yeux, et je me rappellerai que j'ai été cette femme. Et que je peux la redevenir.

Les premiers jours que j'ai passés à la clinique, il m'était difficile de la regarder, cette photo, difficile de regarder quelqu'un qui avait le monde à ses pieds. Pour moi, son sourire n'était pas sincère mais suffisant, son maquillage pas parfait mais relevant du masque, ses cheveux pas brillants mais mal coiffés. J'avais envie de plonger la main dans la photo et de secouer cette femme. « Tu ne te rends pas compte, avais-je envie de crier, vraiment pas compte ! »

Mais je ne suis plus dans cet état d'esprit. Je l'aime bien, la femme que j'étais. Je ressens pour elle et tout ce qu'elle a enduré un amour plein de chaleur.

Je redeviendrai elle.

Et je me fiche de savoir qui devra souffrir pour que j'y parvienne.

2
AVA

Est-ce qu'un jour tout ça deviendra plus facile ? pense-t-elle en sortant péniblement de sa voiture, les bras chargés de dossiers.

En tout cas, ça ne pourra pas être plus difficile.

Elle se reproche aussitôt cette pensée. Il y a des gens partout dans le monde qui mènent des combats plus durs que les siens. Finn et elle sont en bonne santé, les enfants sont en bonne santé, ils ont une maison et de quoi manger, des lits chauds et suffisamment d'argent pour subvenir à leurs besoins. Elle a la vie dont elle a toujours rêvé, et pourtant, chaque jour est un combat.

Des millions de femmes travaillent à temps plein et parviennent à gérer leur foyer, élever leurs enfants et tout contrôler. Pourquoi ne peut-elle leur ressembler ? Pourquoi est-elle la seule personne de sa connaissance dont la vie s'apparente à un perpétuel chaos ? Qu'est-ce qui ne va pas chez elle ?

En ouvrant les yeux le matin, elle pense d'abord, invariablement : *Oh, mon Dieu, encore une journée à tirer.* Et elle se déteste pour cette pensée. Elle a tellement plus que la plupart des gens, tellement de raisons d'être heureuse.

Jonglant avec les dossiers dans ses bras, elle verrouille sa voiture et vérifie une fois de plus qu'elle a bien tout ce dont elle a besoin, puis elle se dirige vers l'ascenseur.

Ce sera plus facile quand j'aurai un nouvel assistant, se dit-elle. Et puis, parce qu'il est bon de se répéter certaines pensées positives, elle continue à les égrener dans l'ascenseur jusqu'au cinquième étage, où se trouve son bureau.

Ce sera plus facile quand les filles seront un peu plus grandes.

Ce sera plus facile quand Finn parviendra enfin à vendre un tableau.

Ce sera plus facile quand je saurai que Collin ne sera pas promu avant moi.

Ce sera plus facile quand j'aurai résolu les problèmes d'approvisionnement.

Ce sera plus facile quand il fera moins chaud.

Ce sera plus facile quand...

Les portes de l'ascenseur s'ouvrent et Ava abandonne ses pensées positives.

Collin est penché sur le bureau d'accueil de la réception, en train de chuchoter quelque chose à l'oreille de Melody qui glousse.

Ce n'est pas correct. Il ne devrait pas agir de la sorte. Melody est beaucoup plus jeune que lui et c'est son supérieur hiérarchique. Ce n'est tout simplement pas correct de se comporter ainsi sur un lieu de travail.

Ava aimerait dire quelque chose, mais elle ne le ferait pas devant Melody de toute façon. Alors que les dossiers commencent à peser de plus en plus lourd dans ses bras, Collin s'éloigne en passant les mains dans ses cheveux bruns où le gris commence à prendre le dessus. Combinés à sa barbe, ils ne font que le rendre plus séduisant. Il était beau il y a dix ans, quand Ava a commencé à travailler pour Barkley Education and Training, et il n'a fait qu'embellir, ce qu'elle trouve assez injuste. Il y a dix ans, Ava avait dix kilos de moins, une peau douce comme la rosée et la capacité de sortir en boîte toute la nuit et de se présenter au travail le lendemain, fraîche comme un gardon. Il y a dix ans, elle était Melody, exactement au même poste.

— Bonjour, Ava.

Melody sourit gentiment et Ava lui rend son sourire.

— Regarde-toi, qui rapporte du travail à la maison. Une employée modèle, commente Collin, lui aussi avec un sourire.

Sauf qu'il s'agit plus d'un rictus que d'un sourire.

— J'avais plein de choses à rattraper. Le départ d'Emily a compliqué les choses. Est-ce qu'il me serait possible de profiter un peu des services de James aujourd'hui, ou demain, ou n'importe quel jour en fait, jusqu'à ce que j'aie un nouvel assistant ? lance Ava.

Par trois fois déjà, elle a demandé à Collin de lui prêter son assistant, James, la semaine dernière, et il n'a cessé de répondre que ce serait plus facile cette semaine.

— James est très occupé avec tout ce qu'il a à faire pour moi, Ava. Tu n'es pas censée faire passer des entretiens toute la journée aujourd'hui ? Tu trouveras bien quelqu'un, j'en suis sûr.

— Collin, j'ai vraiment besoin de...

— Oh, désolé, je dois prendre cet appel, la coupe-t-il en sortant son téléphone de sa poche et en levant la main pour empêcher Ava de continuer.

Elle pousse un soupir et Melody hausse les épaules d'un air compatissant, puis le téléphone de la réception sonne et la standardiste s'empresse de répondre.

— Barkley Education and Training, en quoi puis-je vous aider ?

Ava se rend dans son bureau, où sa table de travail croule encore sous ses dossiers de la veille.

Elle dépose son chargement sur le seul espace libre du bureau et se laisse tomber dans son fauteuil.

Ça finira par devenir plus facile, se rappelle-t-elle.
Ça finira par devenir plus facile.

3

Ma petite fille chérie,

Je t'écris pour te dire que je suis désolée, vraiment désolée, et pour t'expliquer. Je veux tout t'expliquer, mais je suppose que pour ça, je dois commencer par le commencement.

Quand tu es née, on t'a placée sur ma poitrine. C'est ainsi que commencent la plupart des récits de naissance. Mais les mots « quand tu es née » ne suffisent pas à décrire la souffrance du travail, la douleur incommensurable de l'expulsion d'un bébé de son corps, ni la bouffée d'amour, profond et intense, qui m'a submergée lorsque je t'ai regardée. Après ton premier cri, tu es restée silencieuse, à papilloter des paupières alors que tu t'adaptais au monde.

Je sais que beaucoup de femmes avouent comprendre enfin leur mère lorsqu'elles ont elles-mêmes des enfants.

Dans mon cas, je comprenais encore moins ma mère, et la façon dont elle m'avait traitée me laissait encore plus perplexe.

Je me demandais si elle avait ressenti le même amour intense *et profond à ma naissance, ou si elle était déjà pleine de colère et de dégoût à mon égard, à l'époque.*

Je ne voulais jamais me séparer de toi. Je voulais te protéger et prendre soin de toi.

Ma mère ne semblait pas éprouver les mêmes sentiments pour moi. Je le sais, même si les souvenirs que j'ai de mes premières années sont ceux d'une enfant. J'en ai occulté une partie, mais je peux te raconter ce dont je me souviens, les images que mon esprit a conservées. Ma mère ne portait jamais de pantalons, préférant des robes ajustées aux couleurs neutres, et ses cheveux bruns, elle les enroulait en un chignon bas et sévère, qu'elle laquait abondamment.

Je me revois à l'âge de trois ans, en train de demander une friandise à l'épicerie. Je vois encore le chocolat sur le présentoir, les emballages violets, rouges et dorés qui me tentaient, la promesse de la suavité marron à l'intérieur.

« S'il te plaît, maman, je l'ai suppliée.

— Non », a-t-elle répondu.

Je n'étais pas assise dans le chariot, je marchais à côté d'elle et, malgré son refus, ma main a paru bouger d'elle-même et j'ai attrapé une grande barre violette.

Ma mère n'a rien dit. Elle a payé la barre chocolatée à la caisse et m'a laissé la rapporter à la maison, m'autorisant de ce fait à penser que j'avais remporté une sorte de victoire.

Sauf qu'une fois à la maison, elle a sorti la barre du sac d'épicerie et l'a tendue devant moi. « J'avais dit non, tu te rappelles ? » puis elle a déchiré l'emballage. L'odeur riche du cacao crémeux bien sucré flottait dans l'air, j'en avais l'eau à la bouche.

« J'avais dit non », a-t-elle répété en coupant un morceau de chocolat pour le jeter dans la poubelle ouverte.

« J'avais dit non », a-t-elle encore répété tandis qu'un autre morceau partait aux ordures.

Elle a continué jusqu'à ce que toute la barre chocolatée se retrouve dans la poubelle en blocs séparés, puis, sous mes yeux, elle a pris une bombe d'insecticide et l'a pulvérisée sur le chocolat dans la poubelle.

« Dans cette maison, nous contrôlons nos pulsions et nous écoutons nos parents, a-t-elle asséné. Maintenant, va dans ta chambre. »

Il n'y a pas eu de dîner ce soir-là. Pas de bain, pas d'histoire avant de dormir.

Elle m'a ignorée aussi complètement que si je n'étais pas là. Lorsque mon père est rentré, j'ai ouvert la porte de ma chambre, espérant qu'il la convaincrait de me laisser sortir, mais je l'ai entendu dire : « Oui, tu as raison, ma chérie. Il faut qu'elle apprenne. »

Le lendemain, après une brève excursion à la salle de bains, je suis retournée dans ma chambre jusqu'à ce qu'elle vienne me chercher.

« Qu'as-tu à me dire ? a-t-elle demandé.

— Pardon.

— Qu'est-ce que j'avais dit ?

— Tu avais dit "non" », ai-je répondu.

Elle a acquiescé et j'ai été autorisée à sortir pour manger.

Je n'ai plus jamais pris de barre chocolatée. Je n'en ai même jamais redemandé.

4

GRACE

Personne n'apprécie les entretiens d'embauche. L'employeur s'ennuie après le premier entretien et chaque candidat est habité par une légère forme d'espoir-désespoir, celui d'être aimé et désiré. Tout le monde sourit et hoche trop la tête. Tout le monde ment.

Le futur employé ment en prétendant qu'il a l'esprit d'équipe et qu'il s'intéresse de près à la manière dont les boîtes sont produites, à la façon dont l'optimisation des moteurs de recherche peut modifier les chiffres de vente, à l'importance d'une liste de diffusion ou à toute autre activité de l'entreprise. Il ment en affirmant qu'il est heureux de faire des heures supplémentaires et qu'il ne passe pas son temps à rêver à ses prochaines vacances.

L'employeur ment en décrivant son entreprise comme un lieu de travail fabuleux où tout le monde est heureux en permanence et a l'impression d'être payé à sa juste valeur.

Je généralise, bien sûr, mais il en va ainsi la plupart du temps.

Je ne sais plus combien d'entretiens j'ai passés depuis que j'ai postulé pour mon premier emploi à seize ans. Des dizaines, au moins. J'ai rapidement appris à adapter mon CV, à dire ce qu'il fallait, à mentir parfois. Seulement lorsque cela relève de la nécessité absolue, bien sûr.

Mais l'entretien d'aujourd'hui est différent. Aujourd'hui, alors qu'Ava Green s'imagine me faire passer un entretien, c'est moi, en réalité, qui vais passer Ava Green sur le gril. Je l'observe depuis un certain temps déjà, je la suis sur Internet par le biais de ses réseaux sociaux. Mais elle n'a pas besoin de le savoir. Une patronne n'aime jamais imaginer que son employée en sait plus sur sa vie que les informations de base, or mes connaissances sur Ava Green sont trèèès étendues, beaucoup plus qu'elle ne pourrait l'imaginer.

Je vérifie une dernière fois mon rouge à lèvres dans le rétroviseur, un bronze pâle qui souligne mes lèvres juste ce qu'il faut. J'avais l'habitude de porter des rouges profonds, des bruns sombres, des nuances qui attiraient l'attention. Mais en tant qu'assistante, j'ai besoin de me fondre dans le décor, d'être là sans l'être. Il ne s'agirait pas de faire de l'ombre à ma manager.

J'ai à peine mis un pied hors de ma voiture que je sens la chaleur de février à Sydney me frapper de plein fouet, et je suis bien contente de ne pas avoir à marcher trop loin. L'immeuble où travaille Ava Green se trouve dans le centre. Vingt-sept étages de bureaux, abritant toutes sortes d'entreprises diverses et variées. Les avocats d'un étage partagent l'immeuble avec les dentistes d'un autre et l'agence de mannequins d'un autre encore. La liste est longue. Il doit être passionnant de prendre l'ascenseur sans jamais savoir exactement qui on va rencontrer.

Ou peut-être que c'est excitant au début, mais que cela devient ennuyeux un lundi matin, alors qu'on préférerait être ailleurs.

Je consulte le panneau près de l'ascenseur et vérifie que c'est bien au cinquième étage que je dois me rendre.

Un homme vient se placer à côté de moi, lève brièvement les yeux de son téléphone et m'adresse un petit sourire. Je baisse les yeux sur mes chaussures. Mes cheveux sont attachés aujourd'hui, mais je sens qu'il apprécie leur belle couleur cuivrée – résultat d'une teinture, mais il n'en sait rien. Je porte une robe fourreau grise ajustée, extensible et confortable, mais au lieu d'épouser mes courbes, comme elle l'aurait fait sur une autre femme, elle est ample sur ma silhouette. La rage et le stress vous brûlent un nombre impressionnant de calories. Il y a des jours où j'oublie même de manger. À la clinique, il y avait des heures fixes pour les repas et je m'y rendais pour passer le temps, mais depuis deux semaines que je vis seule, je ne mange que lorsque l'idée me vient. Je ne suis pas tentée par les aliments vraiment nourrissants. À la place, je grignote du fromage et des crackers, des fruits, des aliments qui ne nécessitent aucune préparation. Cuisiner quand on vit seul m'a toujours semblé pathétique, je ne me casse donc pas la tête.

Les bureaux de Barkley Education and Training occupent tout le cinquième étage et l'endroit grouille de gens, qui se déplacent tous avec un air affairé.

La réceptionniste lime ses longs ongles rouges tout en parlant à quelqu'un dans son casque.

— Oui, non, oui, je comprends. Je transmettrai l'information et je suis sûre que Mme Green vous rappellera dès qu'elle sera sortie de réunion. Oui, aujourd'hui. Non, je crains de ne pas pouvoir vous donner d'heure, mais soyez sûre qu'elle vous rappellera. Merci, au revoir.

Elle touche un bouton sur son casque et lève les yeux au ciel avant de me voir. Elle rougit lorsqu'elle me remarque.

— Oh ! Bienvenue chez Barkley Education and Training. En quoi puis-je vous aider ?

Large sourire. Elle a d'épais cheveux noirs et des yeux bleus. Son haut blanc laisse deviner les seins généreux qu'il comprime, malgré les efforts du bouton qui cherche à tout cacher. Je me la figure comme la fille la plus populaire du lycée, celle avec qui tout le monde voulait sortir. Un emploi de réceptionniste doit s'apparenter à une sorte de déchéance pour elle, mais je suis sûre qu'elle a une page Instagram bien remplie où des milliers de personnes la qualifient de « tout simplement magnifique ».

J'attends un instant, la fixant jusqu'à ce qu'elle se déplace sur son siège.

— Je suis ici pour passer un entretien d'embauche avec Ava Green, j'explique.

Ses épaules se détendent : je ne suis pas importante.

— Oh ! Et vous vous appelez ? demande-t-elle d'un ton légèrement impérieux.

Elle a un emploi, elle, après tout. Moi, je ne suis qu'une énième personne sur la longue liste de ceux qui espèrent travailler pour Ava Green. Sur LinkedIn, j'ai vu que quarante personnes avaient déposé leur CV pour le poste d'assistant. Ils n'auraient pas dû se donner cette peine. Ce job est pour moi, mais la jeune réceptionniste l'ignore encore.

— Je m'appelle Grace Enright, dis-je d'un ton aimable.

Espèce de gamine stupide.

— Parfait, dit-elle en pianotant sur son clavier. Asseyez-vous, Mme Green sera là dans un instant.

Elle me désigne, sans me regarder, une série de fauteuils de cuir marron clair alignés le long d'un mur.

Je n'ai aucune envie de m'asseoir. Je préférerais marcher, me soulager de l'énergie pétillante qui m'habite, mais j'obéis.

Je porte un fin sac de cuir que j'ouvre, pour vérifier une énième fois mon CV imprimé. Un tissu de mensonges, mais je compte bien m'en servir pour établir un lien avec Ava Green. C'était mon plus grand talent dans mon ancienne vie, ma capacité à deviner sur-le-champ ce qu'une personne doit et veut entendre.

Les références que j'ai données résisteront à l'examen, parce qu'on me doit certaines faveurs. C'est tout ce qui me reste – les faveurs dont on m'est redevable – et elles s'épuisent rapidement.

Un jeune homme serrant une mallette abîmée passe devant moi en se mordillant la lèvre inférieure. Il atteint l'ascenseur et plante un doigt agressif sur le bouton de descente. J'en déduis que son entretien ne s'est pas bien passé. Alors qu'il entre dans la cabine, je regarde une dernière fois mon CV et prends une profonde inspiration avant de le glisser à nouveau dans mon sac.

Une bouffée d'air et une odeur de musc m'avertissent d'une présence. Levant les yeux, je découvre Ava Green devant moi et me fais aussitôt trois observations.

Si elle porte ses cheveux blonds au carré, des racines grises soulignent la raie bien nette qui sépare sa chevelure par le milieu. Autrement dit, elle n'a pas eu le temps d'aller chez le coiffeur pour faire retoucher ses racines : elle n'a pas beaucoup de temps pour elle. Vu qu'elle a seulement trente-cinq ans, ses cheveux gris indiquent une vie plus stressante qu'elle ne le devrait.

Elle porte une jupe bleu pâle, un peu trop serrée, et le chemisier blanc auquel elle l'a assortie laisse voir une petite tache. Je sais qu'elle a des enfants, mais je ne connais pas leur âge car elle ne poste pas de photos d'eux sur les réseaux, ce qui est le cas de nombreuses jeunes mères, de nos jours. N'empêche, je comprends à présent qu'ils sont probablement très jeunes. Les jeunes enfants sont des créatures salissantes.

Même dans ce bureau glacial, je décèle de légères taches de transpiration au niveau de ses aisselles : Ava est donc stressée et débordée.

Parfait, je pense. *Je suis arrivée pile au bon moment.*

— Ava Green, dit-elle en me tendant la main.

Je me lève et la serre.

— Grace Enright.

— Suivez-moi, Grace, réplique-t-elle en tournant les talons.

Je la suis docilement jusqu'à son bureau, où règne le plus grand chaos. Son espace de travail est encombré de papiers, les tiroirs sont ouverts, son téléphone ne cesse de vibrer sous les messages ou les notifications, et il y a deux tasses de café froid à moitié bues, à la surface desquelles s'attarde un voile de lait.

— Je suis vraiment désolée, dit-elle en me regardant absorber ce désordre. C'est la folie ici aujourd'hui. Un grand nombre de mes formateurs sont malades et j'ai passé toute la matinée au téléphone pour essayer de remplir les créneaux. Entre-temps, j'ai fait passer des entretiens. Asseyez-vous, s'il vous plaît, conclut-elle en m'indiquant la seule chaise vide.

— Cela ne doit pas être facile, je compatis tout en obtempérant.

Après quoi, je sors mon CV de mon sac.

— C'est ridicule, commente-t-elle, assise derrière sa table de travail en verre. Voilà pourquoi j'ai besoin d'un assistant. Emily, mon ancienne assistante, est partie il y a trois semaines en congé de maternité, et même si nous avons commencé à chercher bien avant son départ, je n'ai encore trouvé personne. Pourtant les candidats se bousculent au portillon, s'empresse-t-elle d'ajouter, de peur que j'aille imaginer être son seul recours.

Toutefois elle en a trop dit. Et elle a bel et bien besoin de moi.

— Vous connaissez notre entreprise ? demande-t-elle en s'adossant à son fauteuil de cuir noir.

J'ai toujours mon CV entre les mains, mais comme elle ne me l'a pas demandé, je le pose sur mes genoux.

— Je sais que vous proposez des formations et des conseils en matière d'orientation à tous les lycéens. Vous avez des formateurs qui se rendent dans les établissements à travers l'Australie pour faire passer aux élèves un test d'aptitude de deux jours afin de déterminer leurs points forts et leurs compétences. Tous les élèves reçoivent des résultats personnalisés. Et vous confirmez ces résultats en envoyant des ressources aux conseillers d'orientation de chaque établissement.

— Oui, très bien, approuve Ava, qui semble soulagée que je comprenne un peu son travail. Ce n'est pas que nous ayons inventé ce concept, mais plutôt que nous essayons activement de proposer aux lycéens une expérience professionnelle de quelques jours dans un domaine pour lequel nous les pensons faits. Un grand nombre d'entreprises et de professionnels travaillent en partenariat avec nous, mais cela demande beaucoup de coordination, il faut cultiver ces relations...

Son téléphone sonne, une chanson entraînante et rythmée avec des voix d'enfants en arrière-plan, peut-être le générique d'une émission de télévision. Elle s'arrête de parler et attrape l'appareil.

— Oh, mon Dieu, murmure-t-elle. Désolée, excusez-moi, Grace. Oui ? dit-elle en déverrouillant l'écran.

Elle porte le téléphone à son oreille tout en faisant pivoter son fauteuil.

Elle écoute un moment.

— Je ne peux pas aller la chercher, Finn. J'ai un entretien et c'est de la folie au travail, chuchote-t-elle. Je ne peux tout simplement pas m'absenter.

Elle met fin à l'appel, fait revenir son fauteuil face à moi, dépose le téléphone sur le bureau et secoue la tête.

— Désolée, je n'ai pas pris votre CV, dit-elle en se penchant par-dessus le bureau.

Je le lui remets et la regarde lire. Elle s'excuse trop, mais c'est un trait de caractère particulièrement féminin. Nous nous excusons toutes en permanence. Jusqu'à ce que nous ne puissions plus nous excuser.

— Pourquoi avez-vous quitté votre dernier emploi ? demande-t-elle.

— Je vais être honnête avec vous...

Elle acquiesce, mais une lueur d'inquiétude traverse son visage. Je parle vite, pour ne pas lui laisser la possibilité de me rayer de sa liste des candidatures envisageables.

— Il s'agissait, comme le nom l'indique, d'une société, d'un groupe qui possédait une chaîne de salons de beauté. J'étais assistante auprès de la directrice générale et j'ai remarqué, au cours de l'année écoulée, que de nombreux clients se plaignaient de nos services. La PDG réduisait les coûts, embauchait des esthéticiennes très jeunes et utilisait des produits bas de gamme. Des clientes se sont plaintes d'éruptions cutanées et d'affections de la peau.

Ava se détend sur son siège, fronce légèrement les sourcils pendant qu'elle m'écoute. Elle est intéressée. Parfait.

— Je comprenais qu'elle devait réduire les coûts, mais j'avais l'impression que nous trompions nos clients. Lorsque je travaille pour une entreprise, je me sens responsable de ses résultats, même si je ne suis qu'assistante. J'aime savoir que les personnes pour lesquelles je travaille agissent de manière éthique. Je suis partie en bons termes avec Liza, ma patronne, mais je savais que je devais quitter l'entreprise. Liza n'était pas responsable de cette réduction des coûts et elle était tout aussi frustrée que moi, mais, comme elle est mère célibataire, elle a besoin de son salaire.

Je vois Ava hocher la tête en signe d'approbation. Je dis exactement ce qu'il faut et je sens mon corps se détendre, car elle aime ce qu'elle entend, je le sais.

— Ça m'a fait de la peine de la quitter, mais je ne voulais pas lui compliquer la vie au travail.

Liza me donnera de très bonnes références. Elle me doit beaucoup.

— Très bien, dit Ava.

Je vois qu'elle est impressionnée. Elle peut. Mon histoire est particulièrement bonne.

— Et est-ce que le travail d'assistante vous satisfait encore ? Vous avez beaucoup d'expérience et vous pourriez trouver un poste plus important, avec une rémunération plus élevée.

J'ai indiqué avoir travaillé comme assistante dans sept entreprises différentes, avec une longue liste de réussites dans chacun de mes postes, mais je compte sur le fait qu'elle n'appellera que

Liza et Geoff. Ce dernier est un cousin. Je le vois rarement, mais lorsque j'avais le vent en poupe, il venait souvent me demander de petits prêts qu'il ne rembourserait jamais, je ne me faisais aucune illusion là-dessus. Geoff adore les combines censées vous enrichir en un clin d'œil, et comme il est gentil et charmant, je l'ai toujours aidé. Après tout, j'avais de l'argent. C'est un excellent menteur et il a accepté sans hésiter de m'aider à trouver un emploi. Il a pour consigne de répondre à son portable en disant : « Ressources humaines de chez Trident » jusqu'à ce que je lui dise d'arrêter.

Je me rends compte qu'Ava attend ma réponse. Une chose est sûre, ma drogue de prédilection a considérablement ralenti mon cerveau, ce qui me permet de me concentrer sur une seule chose à la fois. Sinon, mes pensées se bousculent sans cesse.

— Je comprends votre point de vue, mais j'ai toujours été heureuse de m'activer à l'arrière-plan. On ne peut pas travailler si personne ne s'occupe des choses apparemment sans importance, comme la paperasse, dis-je en désignant de la main son bureau en désordre.

— Vous avez raison sur ce point, convient-elle en souriant.

— Et en tant qu'assistante, je ne rechignerai pas à vous aider dans tout ce qui doit être fait et dans tous les domaines de votre vie. Aucune tâche ne sera trop grande ou trop petite. Mon travail consiste à vous donner l'espace nécessaire pour briller dans le vôtre.

Il y a quelque chose dans le visage des gens, une expression qui apparaît soudain et me fait savoir que j'ai dit exactement ce qu'il fallait. C'est un mélange de soulagement, de joie et de paix, comme si la personne pensait : *Vous me voyez, vous me voyez vraiment, et vous savez exactement ce dont j'ai besoin.* Quand cette expression se peint sur le visage d'Ava, je sais que je la tiens.

— C'est une attitude incroyable, s'enthousiasme-t-elle. Il est rare d'entendre ce genre de propos de nos jours. La plupart des gens ne s'occupent que d'eux-mêmes.

— Oui, mais si tout le monde ne s'occupe que de soi, comment fonctionner en tant que société ? Tout le monde ne peut pas être la reine des abeilles. Je suis une abeille ouvrière et heureuse de l'être.

— C'est vrai, approuve-t-elle alors que le téléphone sonne comme un fou sur son bureau.

— Répondez, lui dis-je. Ça ne me dérange pas d'attendre.

Ava acquiesce et prend l'appel. J'entends pleurer à l'autre bout du fil.

— Calme-toi et parle-moi, lâche Ava qui lève les yeux vers moi et rougit.

Elle doit probablement parler à l'une de ses formatrices, parce qu'il s'agit d'une jeune femme et non d'un enfant.

— Oh, c'est terrible, commente-t-elle tout en écoutant. Dans quel lycée c'était ? Oui, et le professeur était dans la salle ? D'accord, je vais me pencher sur la question. Tu as fait ce qu'il fallait, Jamie. Quitte l'établissement maintenant. Je vais régler ça, je te le promets.

Elle met fin à l'appel.

— Les garçons de terminale peuvent se montrer brutaux avec les jeunes formatrices. Je n'avais pas d'autre choix que d'envoyer Jamie, et elle les a entendus commenter son physique et se moquer d'elle. Maintenant, je vais devoir appeler le proviseur et je ne sais pas du tout quoi dire, car ils ont été une source de revenus conséquente par le passé. D'habitude, j'envoie un formateur masculin.

— La pauvre ! je m'exclame.

J'aimerais en profiter pour dire à Ava ce qu'il faudrait faire à mon avis dans cette situation, mais je n'ai pas encore le poste. Je presse mes mains l'une contre l'autre, m'enfonçant discrètement un ongle dans une paume pour m'enjoindre à la patience.

Je ne veux pas qu'Ava pense que je marche sur ses plates-bandes avant même qu'elle ne m'ait embauchée. Je suis son aînée de dix-sept ans, mais en ce moment, notre différence d'âge semble bien moindre. Même si elle n'a que trente-cinq ans, Ava a la peau sèche, les yeux gonflés et cernés. Ça m'étonnerait beaucoup qu'elle mange et dorme comme il faut.

— Je dois rapporter l'incident au proviseur. Si nous perdons la clientèle de l'école, ce n'est pas grave. On ne peut plus laisser les jeunes hommes s'en tirer avec de tels comportements, précise-t-elle en griffonnant quelques mots sur une feuille volante.

— Je suis d'accord, dis-je. Le monde a changé.

— C'est vrai.

Elle regarde à nouveau mon CV.

— Écoutez, Grace, reprend-elle en relevant les yeux, j'ai d'autres candidats à recevoir, mais aucun qui soit doté d'une expérience aussi solide que la vôtre. J'ai besoin de quelqu'un qui puisse être rapidement opérationnel et je suppose que c'est votre cas. On pourrait faire un essai d'une semaine et voir comment ça se passe ?

— J'ai... je commence, avant de laisser le silence s'installer pour qu'elle complète elle-même l'information.

— Je suis sûre que vous devez avoir d'autres entretiens et d'autres offres à prendre en considération, se hâte-t-elle d'enchaîner.

— Oui, mais... je pense qu'on sait quand quelque chose nous convient, alors une semaine d'essai, ce serait merveilleux, je lâche.

— Vous pourriez commencer quand ? demande-t-elle avec un large sourire.

Elle balaie son bureau du regard.

Je brûle de lui répondre que je peux commencer tout de suite. Ça me démange d'avoir accès à ce bureau, mais ce ne serait pas une bonne idée de paraître trop désespérée.

— Je peux être là demain matin à la première heure, je déclare.

— Fabuleux, s'extasie-t-elle avant de se lever en poussant un soupir de soulagement. À très vite, alors.

Elle me raccompagne. Nous passons sur le trajet devant la jeune réceptionniste qui ferait mieux d'augmenter son niveau de professionnalisme si elle veut conserver son emploi.

Ava pense qu'elle vient de m'engager, mais c'est l'inverse. Elle a besoin de moi et, quand son magnifique mari aura fait ma connaissance, il se rendra compte lui aussi qu'il a besoin de moi. En fait, toute leur famille a besoin de moi et c'est merveilleux d'être indispensable.

Je jubile quand je m'assieds au volant de ma voiture, et je jubile encore en quittant la ville puis pendant les quarante minutes de trajet jusqu'à mon domicile. Demain, je prendrai le train.

Pendant que je me gare devant mon immeuble, je reçois un SMS de Liza.

J'ai eu un appel d'une certaine Ava Green, qui a chanté tes louanges. J'espère que cela signifie que je n'aurai plus à faire ça. Je n'aime vraiment pas mentir.

L'agacement me fait grincer des dents. Liza me doit plus qu'une bonne référence. Je lui réponds du tac au tac.

Tu lui as dû lui dire que j'étais compétente et tout à fait capable pour le poste. Ce n'est pas un mensonge.

J'espère vraiment que tu sais ce que tu fais, Grace. Tu n'as pas besoin que ça t'explose à la figure.

Je te remercie de l'inquiétude que tu manifestes
pour moi.

Liza ne répond pas à ce message, mais le contraire m'aurait étonnée. Elle n'aime pas la confrontation. Moi non plus, avant que tout ne dérape.

Une fois rentrée, je nettoie mon appartement de fond en comble. Il est déjà étincelant, mais la poussière et la saleté peuvent se tapir n'importe où. Je dois veiller à les débusquer et à m'en débarrasser.

En déplaçant une plante en pot, je déloge un minuscule cafard. Je pousse un cri puis, levant la main, je l'écrase, l'écrase et l'écrase encore.

— Comment oses-tu ? je crache. Comment oses-tu envahir mon espace ?

C'est son visage à elle que je vois tandis que j'abaisse ma main encore et encore jusqu'à ce qu'il ne reste plus rien.

Une fois que j'ai lavé cette main, je suis calme et je continue à faire le ménage avec plaisir.

Demain sera un nouveau jour et un nouveau départ.

J'ai hâte d'y être.

5

AVA

Après avoir rentré sa voiture dans le garage, Ava coupe le moteur et laisse tomber sa tête sur le volant, savourant ces minutes de silence. Ava la professionnelle n'est plus de service, maintenant, et Ava la maman doit prendre le relais, même si elle est épuisée. Elle ferme les yeux et imagine ce que ce serait que de rentrer dans une maison propre et silencieuse, de se servir un verre de vin tout en ôtant ses escarpins et de s'enfoncer dans le canapé en cuir, pour prendre le temps de réfléchir à sa journée et de planifier le lendemain sans avoir à faire autre chose que de commander un dîner qu'on lui livrerait.

Puis elle relève la tête et la secoue, pousse un soupir coupable. Elle ne veut pas d'une maison vide, pas du tout.

— Allez, allez, s'exhorte-t-elle à haute voix, puisant l'énergie tout au fond d'elle pour sortir de la voiture et entrer dans la maison.

Elle trébuche d'emblée sur une paire de baskets violettes qui clignotent en rose. Elle se penche, les ramasse et les range sur l'étagère à chaussures. *Combien de fois ai-je demandé qu'on place les chaussures sur le porte-chaussures ? Il est juste là.*

Dans la cuisine, la vaisselle sale déborde de l'évier, le lave-vaisselle est toujours à moitié vidé, dans l'état où elle l'a laissé ce matin, lorsqu'elle s'est rendu compte qu'elle était en retard.

Un cri en provenance de l'étage, bientôt suivi d'une cavalcade de pas, puis Hazel et Chloe apparaissent dans la cuisine, le visage barbouillé de rouge à lèvres.

— Oh non, gémit-elle.

— Coucou maman, dit Hazel. Ça va, on jouait juste à se déguiser et papa a dit qu'on avait le droit, du moment qu'on le laissait travailler.

Hazel a les yeux marron foncé et les cheveux noirs de son père, et même ses pommettes hautes, tandis que Chloe ressemble davantage à Ava, avec ses fins cheveux blonds, ses yeux bleus et son sourire à fossettes. Leurs deux frimousses sont barbouillées du rouge à lèvres bordeaux qu'elle affectionne. Ava comprend d'emblée qu'il s'agit de celui, très coûteux, qu'elle a laissé sur sa coiffeuse ce matin, pendant qu'elle se préparait en vitesse pour aller travailler.

Il est plus de 18 heures et il est évident qu'aucune de ses filles n'a dîné ni pris son bain.

— Ne touchez à rien, dit Ava lorsque les deux filles s'approchent d'elle pour la serrer dans leurs bras.

Elle cherche dans la réserve un paquet de lingettes pour bébé, puis s'efforce de nettoyer le visage et les mains des fillettes sans que celles-ci ne la touchent. Finalement, elle abandonne et prend Hazel, cinq ans, dans un bras et Chloe, trois ans, dans l'autre pour monter l'escalier menant à la salle de bains.

— Tu sais que tu n'as pas le droit de toucher à mon maquillage, Hazel, ce n'est pas très gentil. Je dois le garder pour le travail.

Elle a un ton strident, où l'on sent la colère contenue dans chaque mot.

— C'était juste un peu, proteste Hazel, dont tout le visage est tartiné de ce lie-de-vin profond.

Elle repose ses deux filles, abaisse la bonde de la baignoire et fait couler l'eau.

— Grimpez là-dedans, ordonne-t-elle en s'assurant que l'eau est à la bonne température.

Sans un mot, ses filles se déshabillent docilement et s'assoient dans l'eau pendant que la baignoire se remplit. Elles échangent des regards inquiets. Ava a la sensation d'être la pire mère du monde. Elle attrape le bain moussant et en verse une giclée dans l'eau pour que les filles puissent jouer.

— C'est l'heure des bulles, chantonne-t-elle.

Puis elle s'assoit sur le sol de la salle de bains et les observe.

Au bout de dix minutes, elle entend Finn les appeler. Elle se concentre sur sa respiration, essayant de ne pas laisser couler des larmes d'épuisement et de désespoir. Tous les soirs, elle rentre à la maison pour se retrouver confrontée à ce genre de problématique, peu importe le nombre de fois où elle souligne l'injustice de la situation. Chaque soir. Elle passe le trajet du retour à s'angoisser à l'idée de tout ce qu'elle devra faire en rentrant. Sa journée ne se termine jamais, elle ne fait que recommencer. Elle n'aura du temps pour elle que bien plus tard dans la soirée, et tout ce qu'elle peut espérer, c'est quelques heures de sommeil ininterrompu. Et encore, si elle a de la chance. Lorsque l'une des filles appelle pendant la nuit, le sommeil de Finn n'en est pas troublé. Et si elle lui en fait le reproche le lendemain matin, il lui répond : « Je suis avec elles toute la journée. C'est toi qu'elles veulent, la nuit. »

— On est là-haut, crie Hazel.

Finn monte et entre dans la salle de bains.

— Oh là là, qu'est-ce que vous avez fait, mes coquines ?

— C'est tout ce que tu as à dire ? crache Ava, qui s'est relevée. Je viens de rentrer du travail et je les trouve dans cet état-là.

— Désolé, j'ai dû terminer une toile sur laquelle je travaillais. Je me sentais vraiment inspiré. Je pensais qu'elles allaient regarder un film. Hazel, tu m'avais dit ça, non, que vous alliez regarder un film ?

Il n'y a pas la moindre intonation autoritaire dans sa voix. Il est surtout amusé.

Hazel hausse les épaules tout en jouant avec les bulles.

— Chloe aimait pas.

— Tu leur as dit de te ficher la paix pour que tu puisses finir ton satané travail, réplique Ava, la voix aiguë, juste en dessous de l'hystérie.

Elle est épuisée au-delà de ce qu'elle pensait possible.

— Oui, eh bien, tu connais les enfants. Il fallait que je termine, mais ça y est, maintenant. Pourquoi tu n'irais pas te changer ? Tu sais qu'il y a une tache sur ton chemisier ?

Ava quitte la salle de bains avant de se déchaîner contre son mari.

Elle s'enferme dans la salle de bains attenante à leur chambre et passe sous la douche. Sous le martèlement du jet, elle énumère ses griefs contre son mari. Elle s'oblige au silence parce qu'elle aimerait les lui crier dessus. Elle le fait pour pouvoir rester mariée au lieu de divorcer, pour que ses enfants puissent grandir dans un environnement différent de celui qu'elle-même a connu. Elle le fait parce qu'elle a envie de hurler et de pleurer, qu'elle a deux petites filles qui ont besoin qu'elle soit une mère pour elles ce soir comme pour le reste de leur vie.

Il ne fait pas le ménage. Il ne fait pas la lessive. Il laisse les filles sans surveillance. Il insiste sur l'importance de son propre travail, même si personne ne lui a acheté un seul tableau en un an. Il s'en fiche quand tout est en désordre. Il n'a manifestement rien préparé pour le dîner. Il s'entête à trouver drôles toutes les bêtises des filles...

La liste s'égrène pendant cinq minutes jusqu'à ce qu'elle se soit calmée.

Elle termine par : *Je te déteste. Je te déteste. Je te déteste et je veux divorcer.* Elle ne le déteste pas et ne veut pas divorcer. Elle aime Finn. Elle a juste besoin qu'il soit un véritable partenaire.

Pour contrebalancer cette terrible liste, elle en dresse une autre pendant qu'elle se trouve dans l'eau et qu'elle regarde ses doigts se friper. *Il adore les filles et elles l'adorent. Il est drôle et gentil avec tous ceux qu'il rencontre. Il m'attire toujours, alors que nous sommes mariés depuis sept ans. Il est aimable avec ma mère même lorsqu'elle est grossière avec lui. Il prépare le meilleur agneau rôti qui soit. Il vit dans l'instant présent et, parfois, j'ai besoin qu'on me rappelle la nécessité de vivre dans l'instant présent.*

Elle sort de la douche, s'habille d'un short et d'un T-shirt et trouve les filles assises sur le sol de l'autre salle de bains, enveloppées dans des serviettes ; la baignoire, désormais vide, est tachée de restes de rouge à lèvres. Chloe tient un tube de dentifrice, qu'Ava saisit et range dans l'armoire de la salle de bains, soulagée d'avoir évité un nouveau gâchis.

— Où est papa ? demande Ava.

— Il a dit qu'il avait besoin d'un bon verre pour faire face à tout ce chaos. C'est quoi le chaos, maman ?

Hazel imite son père à la perfection, elle est fière de se souvenir de ses paroles avec exactitude. Finn regagne la salle de bains, une bière à la main.

— J'ai ouvert une bouteille de vin : tu m'as l'air d'avoir besoin d'un verre, commente-t-il en souriant.

Il ne se rend tellement compte de rien que c'en est sidérant.

« Une partie du charme de mon fils réside dans sa capacité à se maintenir au-dessus de la mêlée », lui a dit Doreen, la mère de Finn, lors de leur première rencontre. Ava s'en souvient. « Il est toujours calme, toujours heureux. Tu as de la chance, ma belle. » Doreen voit son fils à travers les lunettes roses d'une mère adoratrice. Elle est aussi charmée par Finn que n'importe qui.

Finn s'est heurté à son père, Sam, tout au long de son

enfance. Sam ne trouvait pas amusantes, même de loin, les incessantes incartades de son fils, qui lui ont valu d'être renvoyé de l'école. Mais la discipline qu'il essayait d'inculquer à son fils était sapée par sa femme, qui voyait en lui un esprit libre et créatif ayant besoin d'espace et de temps pour s'exprimer.

Car Finn est un artiste talentueux, personne ne peut le nier, mais le monde est rempli de gens talentueux ; or pour exploiter ce talent, il faut travailler, aller dans le monde et se vendre, sa personne comme son talent. Finn aime son travail, mais il apprécie moins de passer à l'étape suivante et de vendre les fruits de ce travail. Il ne fera pas de compromis et ne démarchera personne au téléphone. Il a quelques contacts et, lorsqu'ils en discutent tous les deux, il lui assure que l'un de ces contacts lui permettra d'accéder à la gloire et à la fortune. « Quand le moment sera venu, j'aurai mon exposition et tout sera plus facile ensuite », a-t-il déclaré. C'est Finn qui décidera quand le moment sera venu et, en attendant, Ava est chargée de garder un toit au-dessus de leurs têtes.

Oui, j'en ai, de la chance, se sent-elle obligée de se rappeler.

Elle quitte la salle de bains et descend dans la cuisine, qu'elle nettoie tout en préparant des spaghettis bolognaise pour le dîner, dont la sauce sort tout droit d'un bocal.

La buanderie est remplie de vêtements à laver, mais elle ne peut envisager de faire quoi que ce soit pour l'instant.

Les filles sont turbulentes pendant le dîner et il faut attendre 20 h 30 pour qu'elles soient toutes les deux couchées. Finn s'occupe de l'histoire pour dormir – parce qu'il adore les histoires et qu'il est vraiment doué pour imiter les voix – pendant qu'Ava achève de tout ranger et de préparer le déjeuner que les filles emporteront à l'école et au jardin d'enfants demain. Elle vide leurs sacs et trouve un message remontant à deux semaines dans celui d'Hazel, qui rappelle aux parents la foire de fin d'été organisée par l'école. C'est demain.

Elle sait que Hazel est censée apporter quelque chose pour le stand de pâtisseries.

Ava fouille le garde-manger et trouve un gâteau tout fait, acheté dans le commerce, dont la date de péremption est dépassée d'un jour. Elle prépare un glaçage et recouvre le tout de Smarties. Il faudra bien que ça fasse l'affaire.

— Regarde-toi, ma petite femme au foyer, lance Finn en entrant dans la cuisine.

Ava se mord la lèvre car, si elle dit quoi que ce soit, elle sait que Finn lui jettera son regard de chiot blessé. Et il se lancera dans son discours habituel : « Je n'ai jamais voulu d'enfants. On s'était mis d'accord pour se concentrer sur notre travail. Je donne de mon temps pour être à la maison avec les filles afin que tu puisses mener ta carrière. J'ai compromis la mienne, ainsi que ma créativité pour te permettre de te consacrer à ton travail. Je ne suis pas taillé pour ça et j'essaie vraiment de faire en sorte que ça marche. Nos filles sont heureuses et aimées, pourtant le soir, tu rentres à la maison en colère et tu n'arrêtes pas de te plaindre. »

C'est moi qui rapporte l'argent, veut-elle lui crier en réponse, mais elle ne s'y est jamais résolue. Elle gagne de l'argent, certes, mais elle voulait aussi des enfants. Hazel était prévue, Chloe une merveilleuse surprise et Ava les aime de tout son cœur, malheureusement elle est au bord de perdre la raison, non seulement à la maison, mais aussi au travail. Au moins aura-t-elle une nouvelle assistante demain. Elle espère donc que tout sera sous contrôle au travail.

— Pourquoi tu fais ça à cette heure-là ? demande-t-il, amusé.

— C'est pour le stand de pâtisserie de demain, lâche-t-elle brièvement.

— Hmm, eh bien, c'est plutôt pas mal. Je vais aller retravailler un peu. Tu devrais venir voir cette toile, elle est incroyable.

Ava s'arrête et regarde son mari. Comment est-il possible

qu'il ne comprenne pas ? Et comment lui faire piger le truc ? Elle envisage de ramasser le gâteau et de le lui jeter à la figure, mais cela l'obligerait à prendre sa voiture et à aller en acheter un autre.

— Tu as besoin d'aide ? demande-t-il.

— Non, ça va, répond-elle.

De fait, le gâteau est prêt, la cuisine est propre, elle sait maintenant que ça ne servirait à rien de toute façon. Alors il la laisse dans la cuisine.

Elle se met au lit avant lui et, juste au moment d'éteindre la lumière, elle regarde la photo de famille sur sa table de chevet, afin de se rappeler tout ce qu'elle a la chance d'avoir.

Ils forment une famille parfaite dans leur maison de banlieue à deux étages, mais Ava se noie. Et elle a beau crier à l'aide, Finn ne la sauvera pas.

« *Quitte-le* », entend-elle le monde entier lui souffler, mais que se passera-t-il alors ? Elle devra lui verser une pension alimentaire pour s'occuper des enfants, car c'est lui qui en a la charge principale pour le moment. Et elle ne lui fait pas confiance pour s'occuper des filles à plein temps, en fait. Que leur arrivera-t-il alors ? Ava est aussi coincée dans sa vie et son mariage que si elle était mère au foyer. Elle pourrait divorcer et prendre une nounou, laisser les enfants dans une garderie après l'école, mais ce serait tellement injuste pour elles. Finn manquerait terriblement aux filles si elles ne pouvaient pas le voir tous les jours et il serait dévasté, lui aussi, même si les enfants ne faisaient pas partie de son plan de vie au départ. Comment briser un mariage et une famille tout en conservant un emploi à temps plein ? Tout dépendrait d'elle. Il lui faudrait trouver l'avocat, s'organiser pour vendre la maison et la vider après la vente.

« C'est un homme-enfant, lui a dit son amie Lucy après l'avoir rencontré pour la première fois, il y a huit ans.

— C'est simplement l'impression qu'il donne, parce qu'il est artiste. Il est incroyablement gentil et doux et il me fait rire, a protesté Ava.

— C'est très bien pour l'instant, a répliqué Lucy en ôtant ses lunettes pour les nettoyer, scrutant les verres jusqu'à ce qu'ils soient impeccables. Mais tu es sur le point de diriger une grande entreprise et tu as besoin d'un partenaire si tu veux avoir des enfants avec lui. Pas d'un enfant pour te donner des enfants.

— Il grandira dès que les enfants arriveront, c'est comme ça avec tous les hommes.

— Ava, a protesté Lucy en lui posant une main sur le bras, je suis mariée à un neurochirurgien, joueur d'échecs par-dessus le marché, et j'ai parfois envie de le frapper quand il me demande où est la crème pour l'érythème fessier – elle est au même endroit depuis la naissance de Charlie. Finn est charmant et très beau, mais amuse-toi avec lui, ne l'épouse pas. »

Malheureusement, Ava était déjà amoureuse du regard de braise de Finn et de son léger accent irlandais, qu'il avait gardé, bien qu'à ce moment-là, il ait vécu vingt-trois ans en Australie où il était arrivé à l'âge de cinq ans. Après la demande en mariage de Finn, Lucy a cessé de dire quoi que ce soit de négatif à son sujet, devenant la demoiselle d'honneur la plus encourageante qui soit.

Après leur mariage, tout a été parfait pendant un certain temps. Ava a insisté pour qu'ils aient un enfant, juste un, et Finn a cédé parce qu'il l'aimait. Ava avait imaginé qu'ils feraient en sorte que ça marche, que tout irait bien, et ça a été le cas jusqu'à ce que ça ne le soit plus. À présent, Ava n'a aucune idée de ce qu'elle va faire. Sa vie entière lui semble incontrôlable, une toupie impossible à arrêter.

Elle repense à Grace pendant l'entretien d'embauche d'aujourd'hui, si bien habillée dans son fourreau gris. Elle a beau avoir la quarantaine bien tassée, voire plus, elle est incroyablement séduisante avec ses épais cheveux cuivrés et ses yeux verts. Face à elle, Ava a eu l'impression d'être négligée. Mais peut-être qu'elle l'aidera à reprendre le contrôle de la situation au travail, afin qu'Ava ait plus de temps pour réfléchir à la conduite à adopter à la maison.

Elle n'a jamais embauché qui que ce soit aussi rapidement, surtout avant d'avoir vérifié ses références, mais il y a quelque chose chez Grace, quelque chose qui persuade Ava d'avoir fait le bon choix. D'ailleurs son ancienne employeuse a chanté ses louanges et confirmé que Grace avait quitté l'entreprise parce qu'elle ne voulait pas causer d'ennuis à sa PDG.

Ava a fait passer des entretiens à de nombreuses personnes pour ce poste et, chaque fois, elle a eu le sentiment que le candidat comptait utiliser le poste d'assistant comme un tremplin pour se hisser plus haut. Il est inhabituel de tomber sur quelqu'un qui soit heureux d'occuper ce poste à long terme. L'embauche de Grace est une bonne décision, elle en est sûre. Si seulement les choses pouvaient être aussi claires et nettes à la maison.

Elle ferme les yeux, compte les inspirations et les expirations pour calmer son corps. Chaque chose en son temps. Maintenant elle a besoin de se reposer.

Sur le point de sombrer dans le sommeil, elle voit le visage de Grace qui lui sourit.

Grace va tout arranger, Ava en est sûre.

6

Ma petite fille chérie,

J'ai grandi dans une banlieue de classe moyenne, parmi des gens qui croyaient au rêve australien : devenir propriétaire d'une maison et d'un terrain. Mon père était électricien de métier et il avait tant de clients qu'il travaillait six jours par semaine. Ma mère est restée à la maison pour m'élever et faire en sorte que je devienne la jeune fille dont ils rêvaient. Ils m'ont envoyée à l'école publique locale parce que c'était la loi et qu'ils n'ont jamais désobéi à la loi. Ils ne buvaient pas, ne fumaient pas, ne mangeaient guère de sucreries et semblaient prendre plaisir aux privations. Même Noël était une fête discrète, si l'on exceptait la chaleur et la générosité de ma grand-mère Ida, la mère de mon père. Mes parents auraient préféré une cérémonie à l'église et un simple dîner, mais ma grand-mère nous recevait toujours dans sa maison entièrement décorée, autour d'une une table croulant sous des mets délicieux. Si je ferme les yeux, je peux encore évoquer le goût de la crème anglaise maison, additionnée d'un soupçon de cognac, qu'elle versait sur son pudding de Noël parfumé aux épices. Je rentrais toujours à la maison avec plus de présents de sa part que de celle de mes parents. Ils préféraient les cadeaux pratiques, comme une écharpe ou un nouveau manteau. Elle me gâtait en m'offrant d'abord des jouets puis, quand je suis devenue plus grande, des parfums et des livres.

Dans les occasions où nous partagions le déjeuner du dimanche en sa compagnie, elle cuisinait généralement un gigot d'agneau : la viande était un peu dure et sèche, mais toujours savoureuse, grâce à la sauce.

En revanche, si elle manifestait l'intention de servir de la sauce à mon père, ma mère refusait pour lui.

« C'est étrange, avant tu aimais bien la sauce, John, commentait ma grand-mère.

— Plus maintenant. Je te l'ai déjà dit », répondait mon père.

Il en allait de même pour les desserts et les sucreries en tout genre. Ma mère refusait au nom de mon père et moi, ce qui plongeait ma grand-mère dans une perplexité irritée.

« Tu aimais bien les desserts avant, tu aimais bien une petite bière avant, tu aimais bien un carré de chocolat avec ton thé avant. » La pauvre femme !

Quand je l'aidais à faire la vaisselle à la cuisine, après le déjeuner, elle me donnait toujours une portion de dessert en douce, que je mangeais rapidement, en savourant chaque bouchée.

Mes parents allaient à l'église le dimanche, mais préféraient prier à la maison. On me disait de prier au réveil, avant d'avaler quoi que ce soit, et le soir, juste avant de dormir. J'étais censée confesser mes péchés à Dieu chaque fois que j'en avais l'occasion.

J'ai grandi en comprenant que Dieu ne me quittait pas de l'œil et qu'il était le plus souvent déçu par moi.

Je m'étais imaginé que l'école serait une grande aventure. Je pensais me faire des amis et vivre quelque chose de différent de mon petit monde. Mais ma mère m'a envoyée affronter le premier jour de maternelle attifée d'un uniforme de deux tailles trop grand et coiffée, comme elle l'avait toujours fait, d'un chignon de matrone. Ridicule pour une enfant de cinq ans dans un uniforme où elle flottait.

D'emblée, j'ai été une cible. Si je n'avais pas d'amis, j'adorais toutefois être en classe et avoir le droit d'aller à la bibliothèque. Dès que j'ai su lire une phrase, je me suis assise, seule et heureuse, à l'heure des repas, à lire des livres à la bibliothèque, sans pour autant les rapporter à la maison, pour éviter que mes parents ne régentent mes lectures.

J'ai savouré les livres que ma grand-mère m'achetait pour Noël et les anniversaires, les lisant à de multiples reprises, puis les cachant au fond de mon armoire, pour le cas où il prendrait l'envie à ma mère de les jeter. Elle l'avait fait, une fois, si bien que j'avais retenu la leçon : je devais garder ce qui m'était cher en lieu sûr et à l'abri des regards.

Mes parents ne lisaient pas de romans. Ils regardaient rarement la télévision et, le cas échéant, il s'agissait en général des informations. Le soir, mon père lisait le journal et ma mère s'asseyait à côté de lui pour faire des mots croisés. En dépit de leur jeunesse, ils paraissaient avoir plusieurs dizaines d'années supplémentaires, si l'on se fiait à leur comportement.

Deux fois par semaine, après l'école, ma mère jouait au bridge avec des femmes du quartier et j'étais confiée à ma grand-mère pour l'après-midi. Elle me prodiguait l'amour et la gentillesse qui me manquaient, tout en me gavant de friandises.

Il y avait une explication, bien sûr, au style de vie si austère que menaient mes parents, à l'obligation dans laquelle je me trouvais d'écouter sans me plaindre, à l'importance d'une stricte obéissance de ma part.

Ils avaient tous les deux spectaculairement gâché leur vie et espéraient m'empêcher de suivre le même chemin, se racheter en devenant les citoyens les plus intègres de toute l'Australie, sans se soucier du fait que leur attitude n'allait pas sans une certaine dose de cruauté.

J'ignorais cela quand j'étais petite. Je savais simplement qu'il y avait beaucoup de règles dans ma maison et que j'étais punie si je désobéissais. Et je savais qu'il existait plus de péchés que je ne pouvais l'imaginer. À mesure que je grandissais, ma grand-mère m'a révélé une partie de la vérité. J'ai commencé à comprendre que j'étais le plus grand péché de mes parents, la responsable de la déchéance de ma mère.

« Comment ça se fait que tu sois ma seule grand-mère ? » je me rappelle lui avoir demandé un jour. Âgée d'une dizaine d'années à l'époque, j'avais remarqué que la plupart des enfants de ma classe parlaient de plus d'une grand-mère.

« Les parents de ta mère étaient... » Elle a soupiré, remis sa chevelure en place, même si ses boucles courtes et serrées ne bougeaient jamais vraiment. « Eh bien, c'étaient des gens d'un genre différent. Ils l'ont élevée pour qu'elle soit une bonne fille et ils attendaient beaucoup de sa part, comme tous les parents. Une famille très religieuse. Le père de ta mère était pasteur dans une église. J'ignore précisément laquelle, mais je sais qu'elle était très stricte. Pas de danse, pas d'alcool, pas de télévision. Il y avait tellement de règles, tu ne peux même pas imaginer. » Elle était en train de me préparer un goûter et m'a tendu l'assiette en me caressant les cheveux après l'avoir posée sur la table de la cuisine.

« Ta mère était censée épouser un jeune homme de l'église qui se préparait à devenir pasteur. C'était le plan. Mais elle est tombée amoureuse de ton père. Il s'était rendu là-bas avec son patron pour refaire le câblage de l'église et je me souviens qu'il est rentré à la maison en me disant qu'il avait rencontré une fille charmante. »

Elle s'est assise avec moi à la table de la cuisine, son éternelle tasse de thé devant elle. « Ses parents n'étaient pas contents. Ils lui ont interdit de le voir et elle aurait dû les écouter. Bon, je sais qu'on ne peut pas dicter leur conduite aux jeunes gens. Les choses tournent toujours mal. Eh bien, eux, ils ont dérapé et les parents de ta maman ne l'ont pas supporté. Ils l'ont exclue de leur vie en la traitant de tous les noms. »

Je ne savais pas ce que signifiait « déraper ». J'imaginais ma mère faisant une chute et ses parents se mettant en colère. Je savais que si je lâchais quelque chose par terre ou si je cassais accidentellement un verre, j'étais toujours punie pour ma maladresse : j'étais recluse dans ma chambre pendant des heures. Bref, l'idée m'a semblé logique.

« De quels noms on l'a traitée ? » j'ai demandé. Ma grand-mère a paru soudain se rendre compte qu'elle s'adressait à une enfant de dix ans. « Oh, écoute-moi qui jacasse. Tu n'as besoin que d'une seule grand-mère, en l'occurrence, moi. Et je t'aime assez pour un millier de grands-parents. »

Je ne l'ai compris que plus tard, mais ma mère est tombée enceinte de moi accidentellement et a senti qu'elle devait me garder. Mon père, de son côté, a senti qu'il devait l'épouser, ce qui a piégé ensemble deux personnes qui n'étaient vraiment pas faites l'une pour l'autre. Je pense qu'ils ne se retrouvaient que dans leur aversion mutuelle pour leur unique enfant.

L'attention que je portais à mon travail scolaire ne leur apportait que peu de joie. J'obtenais de bons résultats et les professeurs me félicitaient pour ma politesse et mon enthousiasme.

« Ne laisse pas les éloges de cette femme te monter à la tête, jeune fille », m'a dit ma mère après une réunion parents-professeurs, alors que je n'avais que huit ans. Assise à côté d'elle pendant que l'enseignante parlait de mes bons résultats, j'avais senti mon visage s'empourprer de fierté. « Tu n'es pas meilleure qu'une autre et j'aimerais mieux ne jamais entendre que tu t'es comportée de manière inappropriée. »

J'ai compris très tôt que ma mère me détestait et, si je sais pourquoi, je ne comprends pas ce qui l'a poussée à s'entêter dans ces sentiments hostiles pendant toute la durée de ma vie avec elle. Je n'ai pas grandi dans les années 1950, mais dans les années 1970 et 1980. Elle avait la possibilité de reprendre le travail et de tracer sa propre voie. Au contraire de quoi, elle a choisi pour toute carrière de me garder dans le droit chemin. Et mon père s'est contenté de faire comme si de rien n'était. Je suis sûre qu'au début, il a dû essayer de prendre la défense de sa propre mère, mais je sais que la mienne a mené une bataille continue pour s'assurer que la loyauté de son époux aille à elle, exclusivement. Parfois, la nuit, je sortais de mon lit pour me rendre aux toilettes et je restais, sans bruit, devant la porte de ma chambre, à écouter ma mère parler, retenant des phrases comme : « risque de ruiner notre enfant » et « n'a aucune idée du genre de vie que nous devons mener » et « sape tout le temps mon autorité ». J'ai commencé à comprendre ce qu'elle disait vers l'âge de dix ans ; à partir de ce moment-là, je me suis mise à tendre l'oreille dès que j'en avais la possibilité. Je savais qu'elle ne pouvait parler que de ma grand-mère et le silence de mon père signifiait qu'il encaissait tout, qu'il écoutait et acceptait les critiques proférées à l'encontre de sa génitrice. Je suis sûre que cela a commencé dès l'instant où ma mère a découvert qu'elle était enceinte de moi. Que j'aie été autorisée à voir ma grand-mère signifiait, me semble-t-il, qu'il s'accrochait encore à un petit lambeau de sa vie passée. Je lui en suis très reconnaissante.

Quand j'ai été plus âgée, je devais avoir treize ans, ma mère a passé une semaine au lit et j'ai alors compris d'où lui venait exactement son antipathie pour moi.

Comme on ne m'a rien dit d'autre que : « Laisse ta mère se reposer », je me suis naturellement adressée à la seule personne qui voudrait bien me parler.

« Qu'est-ce qu'elle a ? » ai-je demandé à ma grand-mère, venue me chercher pour un après-midi.

« La même chose qu'au moment de ta naissance, m'a-t-elle expliqué. Elle a été très triste pendant longtemps, d'autant que son père refusait de la voir, et ensuite, juste quand elle a commencé à aller mieux, il est mort. Elle n'a jamais pu le revoir après qu'il a cessé de lui parler, et je sais par ton père qu'elle avait toujours espéré renouer le contact.

— Alors c'est ma faute si elle est triste ?

— Oh non, ma chérie, non, pas du tout », m'a-t-elle rassurée. Pourtant, j'ai perçu une hésitation dans sa voix.

Je pense que dans l'esprit de ma mère, la mort de son père et ma naissance étaient liées à jamais. En me regardant, elle ne voyait pas ce qu'elle avait gagné – une fille –, mais tout ce qu'elle avait perdu : la chance de vivre la vie qu'elle était censée vivre et le lien avec sa famille.

Je pense que mon père l'aimait vraiment, car cela explique pourquoi il s'est efforcé de devenir le genre d'homme qui conviendrait à sa famille à elle. J'imagine que ma mère rêvait de revoir ses parents un jour, et qu'ils la félicitent alors pour sa fille parfaitement bien élevée et pour leur stricte observance – celle de mon père et la sienne – de toutes les règles inculquées dans son enfance. Malheureusement, ça ne s'est jamais produit. Et si je ne comprends pas son aversion pour moi, je comprendrai toujours son besoin de voir ses parents donner leur bénédiction à la vie qu'elle menait. Je n'ai jamais cessé de vouloir la même chose.

Je me souviens de n'avoir été frappée, en l'occurrence giflée, qu'une seule fois. Le plus souvent, j'étais enfermée dans ma chambre, exclue de leur affection, dénigrée, mise en garde et sanctionnée si je montrais ne serait-ce qu'une once d'indépendance d'esprit.

Ce qui s'est passé n'aurait pas dû les surprendre et pourtant, je pense que leur sentiment dominant, quand j'ai commencé à mal me conduire a été... la stupeur. Ils ne comprenaient pas comment tous leurs règles et règlements avaient pu échouer.

Ils ne le comprennent toujours pas.

7

GRACE

Je me réveille très tôt le matin, le corps plein d'énergie pour entamer cette nouvelle journée. La première chose que je fais est d'envoyer un texto à Cordelia.

Bonjour, ma chérie. Je te souhaite de passer une merveilleuse journée.

Elle répond comme elle le fait toujours.

Arrête de me contacter.

Ces mots ne cesseront jamais de m'infliger une douleur cuisante. Ma ravissante fille, aux cheveux blonds et aux yeux marron chocolat, ne m'a plus adressé la parole depuis ce que j'ai pris l'habitude d'appeler « l'incident ».

En thérapie, j'ai désigné « l'incident » comme la cause du désir de ma fille de couper les ponts avec moi, mais mon thérapeute m'a dit, à sa manière calme et mesurée : « Je pense que si vous êtes sincère avec vous-même, Grace, vous admettrez que ce qui s'est passé a été la goutte d'eau qui a fait déborder le vase pour Cordelia, plutôt que la cause unique de votre éloignement.

— Hmm », ai-je répondu.

C'était ma réaction quand je voulais dire au docteur Gordon d'aller se faire voir.

Il me faut plus d'une heure pour me préparer en vue de la journée. Je veux être parfaite. En m'inspectant dans le miroir, je me rends compte que mes cheveux ont besoin d'une nouvelle coloration. Ma couleur naturelle menace de ressortir, ce qui est hors de question.

Je suis sûre que si je revenais à ma couleur naturelle, je verrais beaucoup de gris. Mais à ce détail près, je ne crois pas faire mes cinquante-deux ans. Je suis, comme mon nouveau coiffeur aime à le répéter, dans une forme absolument fabuleuse. Un heureux hasard de la génétique, je pense, car après tout ce que j'ai infligé à mon corps, je ne devrais pas avoir l'air d'une quadragénaire du tout.

Le ciel est d'un bleu éclatant lorsque je grimpe dans le train. La chaleur monte par vagues sur le quai. Le voyage du retour promet d'être atroce, quand les wagons se rempliront de gens transpirant à cause de la chaleur et de toute une journée de travail, mais pour l'heure, on ne sent que des odeurs de parfum et d'après-rasage, flottant sur les bavardages à propos du week-end. Nous ne sommes que mardi, mais l'été pousse encore plus à se languir de l'oisiveté.

Il y a six ans, je n'aurais jamais imaginé prendre le train pour aller travailler. J'avais une voiture et un chauffeur. Bert venait me chercher devant chez moi tous les matins à 8 heures. Il m'attendait toujours avec le journal et un café – lait d'amande, agrémenté d'une dose de caramel. Bert avait près de quatre-vingts ans et ne travaillait pour moi que parce que cela lui permettait de continuer à s'intéresser au monde. Je m'inquiète à son sujet maintenant, mais j'ai aussi l'impression de l'avoir déçu. J'ai déçu tant de gens. J'espère qu'il a trouvé quelqu'un d'autre à véhiculer. Je lui aurais trouvé un nouvel emploi si quelqu'un avait pris mes appels après ce qui s'est passé. De nos jours, il est extrêmement facile d'éliminer une personne de sa vie. Son nom apparaît sur l'écran de votre téléphone, vous pouvez donc refuser l'appel, puis vous la bloquez et la supprimez, là et partout ailleurs. J'ai l'impression que c'est le monde des affaires dans son entier qui m'a rayée des listes. Et c'est seulement depuis que je suis sortie de la clinique que j'ai trouvé la force de rappeler à certains d'entre eux ce qu'ils me doivent.

Il me semble que ma famille aussi m'a black-listée, pourtant je continue, quoi qu'on en dise, à ne pas me croire coupable de tout. Je sais qui blâmer pour tout ce qui a mal tourné dans ma vie. Je sais très bien à qui m'en prendre.

À 8 h 30, je me tiens devant la réceptionniste, Melody, qui feuillette un magazine. Ava m'a dit que le travail commençait à 9 heures, mais puisque Melody est à l'accueil, j'en déduis qu'elle a déjà commencé son service.

— Bonjour, Melody, je lance.

Elle lève les yeux de son magazine en haussant les sourcils.

— Ava m'a indiqué votre nom, j'ajoute. Je suis Grace, comme je vous l'ai dit hier, et je commence aujourd'hui en tant qu'assistante d'Ava. Je suppose que son bureau n'est pas fermé à clé ?

— Euh... oui, mais vous ne pouvez pas y entrer, répond-elle. Ava n'est pas là et elle ne sera pas...

Avant qu'elle n'achève sa phrase, l'ascenseur situé devant la réception s'ouvre et un homme en sort. La cinquantaine, épaisse chevelure gris-brun, barbe artistiquement soignée, yeux bleus.

— Collin, voici Grace, s'empresse Melody. C'est la nouvelle

assistante d'Ava et elle veut aller dans son bureau, mais je lui ai dit qu'elle devait attendre sa manager.

Collin me reluque de haut en bas : une lueur dans ses yeux m'indique que son intérêt est piqué.

— En effet, Ava m'a prévenu qu'elle avait trouvé une nouvelle assistante. J'espère que vous pourrez l'aider. Elle est vraiment un peu... commente-t-il en agitant la main. Un peu perdue en ce moment.

Le site web de Barkley Education and Training m'a appris que le PDG de l'entreprise est une femme nommée Patricia Riley. Elle est souvent absente, parce qu'elle essaie de développer l'entreprise et ses produits à l'étranger. J'ai lu qu'elle travaillait également à l'ouverture d'une succursale à Londres. Les affaires courantes sont gérées conjointement par Ava Green et Collin King, et je sais, sans même avoir besoin d'y réfléchir, que si une succursale est ouverte à Londres, Patricia devra nommer ici Collin ou Ava au poste de direction, en supposant qu'elle choisisse d'être celle qui ouvrira la nouvelle branche de l'entreprise.

Je souris à Collin.

— C'est un plaisir de faire votre connaissance. Je vais tâcher de vous aider au mieux.

Je n'ai pas fait de recherches approfondies à son sujet, mais je jette un coup d'œil à sa main où je ne repère aucune trace d'alliance.

— Super, dit-il. Ravi de vous rencontrer aussi.

Je le laisse me serrer fermement la main.

— Je vais attendre Ava dans son bureau, je déclare.

Et sans laisser à l'un ou l'autre la possibilité de réagir, je m'éloigne.

Je sais qu'il y aura des formulaires à remplir et toutes sortes d'informations à fournir avant de pouvoir vraiment commencer le travail. Mais pour l'instant, je pourrais au moins faire un peu de rangement.

Le bureau est dans le même état de désordre qu'hier. Je pose mon sac sur une chaise et commence par ouvrir les stores et débarrasser les tasses de café à moitié vides. Je fais attention à ne pas déplacer les papiers, mais à les empiler. Ava voudra sans doute me guider dans mes démarches.

Peu avant 9 heures, je prépare une tasse de café dans la cuisine avec du lait et sans sucre. Je sais qu'elle ajoute du lait dans son café, mais je ne suis pas sûre en ce qui concerne le sucre. Je place donc ce dernier et un sachet d'édulcorant sur une soucoupe, à côté d'une petite cuillère.

Puis je vais me poster près de l'ascenseur.

Ava arrive avec trois minutes de retard, chargée de dossiers, d'un ordinateur portable et de son sac.

— Bonjour, je lance lorsque s'ouvrent les portes de l'ascenseur.

J'attrape aussitôt les dossiers qu'elle me tend.

— Grace.

Malgré son sourire, je vois qu'elle a eu un début de matinée frustrant. Son chemisier est mal boutonné et ses cheveux sont tirés vers l'arrière en une courte queue-de-cheval. Bref, l'ensemble n'est pas très seyant.

Je la suis jusqu'au seuil de son bureau, où elle marque un temps d'arrêt.

— Oh, lâche-t-elle, vous avez rangé !

— Je n'ai rien déplacé, j'ai juste nettoyé en attendant que vous me disiez exactement ce que vous voulez que je fasse, je réponds, un peu moins sûre de moi maintenant.

— Et vous m'avez préparé du café, constate-t-elle en déposant ses affaires sur le petit canapé gris de son bureau.

— Bien sûr !

— Merci.

Elle opine et se passe la main sur la joue. Les premières heures de sa journée ayant été difficiles, un peu de gentillesse lui fait du bien.

— On commence ? je propose après qu'elle a bu une gorgée de son café.

Sans sucre ni édulcorant, je note.

— Oui. Il y a beaucoup à faire.

— En effet, je confirme.

Et Ava ne se doute pas un instant que je ne parle pas seulement du travail.

8

AVA

Grace est rapide, efficace, intelligente et, semble-t-il à Ava, presque immédiatement capable d'anticiper ses besoins.

Elles passent les premières heures de la matinée à organiser le bureau d'Ava, à classer et à empiler les papiers dans l'ordre où ils doivent être traités. C'est ainsi qu'Ava aime gérer son bureau, mais depuis le départ de sa dernière assistante – qui n'était pas géniale, il faut bien le reconnaître –, tout l'a accablée. Son épuisement permanent n'arrange rien non plus.

— Je dois être la personne la plus désordonnée avec laquelle vous ayez jamais travaillé, dit-elle en soulevant une pile de papiers dans l'espoir de retrouver la liste des formateurs d'il y a deux semaines.

— Vous aviez simplement besoin d'une assistante, nuance Grace. Les gens ne peuvent pas tout faire tout seuls et vous faisiez tout.

— C'est vrai, convient Ava, un peu rassérénée.

— C'est bientôt l'heure du déjeuner, constate Grace. Vous voudriez que j'aille vous chercher quelque chose à manger ? J'ai vu un charmant café en bas.

— Oh, je ne m'en étais pas rendu compte, mais en fait, je suis affamée... Vous êtes sûre que cela ne vous dérange pas ?

— C'est mon travail, répond Grace en souriant.

Ava adresse une prière silencieuse aux cieux pour les remercier de l'arrivée de Grace. Son bureau semble à nouveau sous contrôle et, par extension, sa vie professionnelle.

On frappe à la porte. Ava et Grace lèvent les yeux.

— Eh bien, regardez-vous, les filles, en pleine activité, lance Collin.

— Qu'est-ce que je peux faire pour toi, Collin ? demande Ava, qui se sent aussitôt bouillir de l'antipathie que lui inspire cet homme.

Il semble passer sa journée à ne pas faire grand-chose, mais il est toujours au téléphone avec Patricia, à chanter ses propres louanges. Il dispose d'un vaste réseau d'amis de l'université et se fait facilement introduire dans les écoles privées les plus importantes et les plus chères. Il est membre du club des anciens élèves des écoles privées, un parcours facilité par ses parents, tous deux avocats. La confiance qu'elle lui a accordée et la réponse qu'elle a donnée à ses avances quand elle a commencé à travailler pour Barkley ont été une énorme erreur qu'Ava ne s'est jamais pardonnée.

Elle a senti passer chaque étape de son ascension professionnelle, depuis sa dernière année dans un lycée public sous-financé, où elle avait décidé de faire des études de commerce, jusqu'à aujourd'hui.

Elle a gravi les échelons de l'entreprise où elle est entrée comme réceptionniste, malgré son diplôme de commerce. Elle sait que Collin n'a pas apprécié les promotions qu'elle a reçues et qu'il est maintenant furieux de la trouver au même niveau que lui. Le ton condescendant qu'il prend systématiquement avec elle est exaspérant, mais la dernière fois qu'elle a abordé le sujet, il s'est contenté de lui sourire et de lui dire : « Allons, Ava, tu te fais des idées. Je pensais qu'on se connaissait mieux que ça.

Parce que c'est le cas, non ? » La façon dont il la regardait l'a fait frissonner et elle s'est éloignée.

— Il me semble que qualifier des femmes adultes de « filles » est mal vu dans l'entreprise, de nos jours, réplique Grace avec légèreté.

Collin rit, mais son rire manque d'assurance.

— Désolé, dit-il, regardez-vous, mesdames, en pleine activité.

Comme si c'était mieux.

— Qu'est-ce que tu veux, Collin ? demande Ava.

— Juste te dire que j'ai réussi à convaincre le directeur de St Augustine. C'est un gros lycée, Grace, très prestigieux. Je vais appeler Patricia à ce sujet. Tu veux que je lui transmette quelque chose de ta part ? Je sais que les formateurs te prennent beaucoup de temps.

Ava secoue la tête.

— Rien, mais bravo, Collin. Chapeau !

Il n'y a pas la moindre sincérité dans ses paroles et son collègue le sait.

— Eh bien... un vieil ami du conseil d'administration, tu sais, dit-il en agitant la main.

— La vie n'est-elle pas plus facile lorsqu'on n'a pas à travailler trop dur pour rencontrer les bonnes personnes ? lance Grace, qui décoche un sourire splendide à Collin.

Ava voit bien la confusion de son collègue. Grace est très séduisante et il ne sait pas trop comment réagir lorsqu'il est insulté par une femme séduisante, d'autant qu'il n'est pas sûr d'avoir été insulté non plus. Ava a envie d'applaudir. Elle s'efforce de remettre Collin à sa place et se retrouve à assumer toutes les tâches les plus difficiles, comme la gestion de la centaine de formateurs qu'ils emploient, parce qu'elle ne peut pas lui dire « non ». Et si elle en est incapable, c'est parce qu'elle ne lui a pas dit « non », dix ans plus tôt, lorsqu'ils ont commencé à travailler ensemble. Ils ont le même intitulé de poste, pourtant elle a toujours l'impression que Collin est son patron. Il n'est pas impossible, d'ailleurs, qu'il soit mieux payé qu'elle, ce qu'il a laissé entendre.

Patricia leur a fait savoir à tous les deux qu'elle dirigerait la branche de la société qu'elle prévoit d'ouvrir au Royaume-Uni et que l'un d'entre eux serait nommé PDG de la branche australienne de l'entreprise, or Ava veut ce poste de toutes les fibres de son être. L'un de ses fantasmes presque quotidiens, c'est que Collin disparaisse brusquement et qu'elle n'entende plus jamais parler de lui.

— Bon, ben, continuez comme ça, lance-t-il avant de s'en aller.

— Ma foi, dit Grace, il est plutôt avenant.

— Oui, mais... commence Ava, avant de s'interrompre.

Elle ne veut pas dire du mal d'un collègue alors qu'il s'agit du premier jour de Grace. Que celle-ci n'aille pas s'imaginer qu'Ava est du genre médisante.

— Mais ce n'est pas quelqu'un que je voudrais inviter à dîner, achève Grace.

Ava s'esclaffe.

— Vous êtes incroyable, dit-elle.

— Merci, et maintenant, mission déjeuner, réplique Grace en souriant.

Ava déniche son sac à main et donne à Grace la carte de crédit de la société.

— Achetez de quoi manger pour nous deux, dit-elle.

— Vous êtes sûre ?

— Absolument. J'adore la salade de poulet, mais il y a beaucoup d'autres choix.

— Vous devriez peut-être vous allonger sur le canapé pendant dix minutes, pendant que je m'occupe du déjeuner, suggère Grace avec douceur.

— Il est donc à ce point évident que je suis épuisée ? demande Ava.

Elle s'offusquerait si elle en avait l'énergie, mais les mots semblent avoir été prononcés avec bienveillance.

Grace acquiesce.

— J'ai vu la photo de vos deux petits bouts de chou. C'est tellement difficile de tout mener de front.

— Je n'aurais pas mieux dit, soupire Ava, qui ressent cependant une minuscule pointe d'inquiétude.

Depuis qu'Emily est partie et que sa table de travail a commencé à disparaître sous les papiers, Ava a renfermé la photo dans le tiroir du haut. Autrement dit, Grace a ouvert le tiroir lorsqu'elle était seule dans le bureau. *Elle devait juste ranger ou chercher quelque chose,* se rassure-t-elle, repoussant immédiatement toute inquiétude.

— Je reviens tout de suite, lance Grace.

Et elle s'en va, en refermant la porte derrière elle sur un léger « clic ».

Ava regarde le canapé. Elle devrait continuer à travailler mais... sans plus y penser, elle s'allonge et se recroqueville sur le côté. Elle va juste fermer les yeux pendant quelques minutes. Grace sera bientôt de retour.

Il lui semble que quelques secondes seulement se sont écoulées lorsqu'elle sent une main sur son épaule et qu'elle ouvre les yeux. Pendant un instant, elle n'a aucune idée de l'endroit où elle se trouve, puis elle voit Grace.

— Oh, balbutie-t-elle en se redressant et en s'essuyant la bouche, gênée d'avoir été surprise aussi profondément endormie. Combien de temps ai-je fermé les yeux ?

— Quinze minutes seulement, ce qui est la durée idéale pour se sentir rafraîchie et pas groggy, répond Grace.

Ava se rend compte que c'est exactement ce qu'elle ressent. Si elle fait une longue sieste le dimanche après-midi, elle se réveille généralement plus fatiguée que lorsqu'elle s'est couchée, mais là, elle se sent bien réveillée, prête à se remettre au travail.

— Votre salade est sur le bureau.

— Merci.

Ava s'assied à sa table de travail et ouvre la salade, où elle plante la fourchette qui se trouve à côté du bol.

Grace se retourne pour sortir.

— Je vous laisse tranquille, dit-elle.

— Non, ne partez pas, proteste Ava. Asseyez-vous et mangez avec moi. Parlez-moi de vous.

— Il n'y a vraiment pas grand-chose à dire, répond Grace qui s'assoit cependant et ouvre sa propre salade. Je ne suis pas mariée et je n'ai pas d'enfants. J'ai toujours été très dévouée à mon travail.

— Oh, dit Ava, faute de savoir si elle devrait lui exprimer sa sympathie.

— Mais vous, parlez-moi plutôt de vous, dit Grace. Quel âge ont vos filles ?

Ava sort la photo du tiroir et la met en évidence, là où elle aime la voir quand son bureau ne disparaît pas sous la paperasse. C'est l'une de ses préférées, parce qu'elle a été prise par une chaude journée d'été, juste après que les filles sont sorties de la piscine. Finn avait réussi à zoomer assez pour qu'on distingue non seulement leurs magnifiques sourires, mais aussi les minuscules gouttelettes d'eau sur leurs cheveux. On dirait des sirènes. Finn a un don pour prendre de magnifiques photos de leurs filles. Leurs amis lui demandent toujours de venir mitrailler leurs fêtes d'anniversaire et Ava a suggéré une fois qu'il pourrait s'en faire un solide gagne-pain. Finn l'a fait taire en riant : « Comme si j'allais me compromettre avec un travail dans ce goût-là. »

— L'aînée, Hazel, a cinq ans et n'est vraiment pas facile. Chloe, la deuxième, a trois ans. C'est une enfant calme mais déterminée, explique Ava en regardant la photo.

Elle sent son cœur se gonfler d'amour pour ses filles.

— Elles ont l'air adorables. Vous avez une nounou ou elles vont à l'école ?

Ava a du mal à avaler la dernière bouchée de salade de poulet quand elle repense à ce matin : elle a trouvé Finn dormant à poings fermés sur le canapé, les mains couvertes de peinture séchée. Il lui arrive de travailler toute la nuit lorsqu'il se sent inspiré, et elle a compris qu'il était inutile d'essayer de le réveiller. Autant tout faire toute seule.

Ce n'est qu'après avoir déposé les filles à l'école qu'elle s'est regardée dans le miroir et rendu compte qu'elle ne s'était même pas brossé les cheveux correctement. Elle s'est empressée de les attacher en une queue-de-cheval inesthétique, car trop courte. Lorsqu'elle est arrivée au travail, son cœur battait comme un fou sous les assauts de l'anxiété et ses tripes bouillonnaient de colère contre Finn. Mais Grace l'attendait et il y avait un café fumant sur son bureau. Curieusement, tout a semblé plus facile à partir de là.

— Hazel est à l'école et Chloe à la maternelle. Mon mari, Finn, est artiste peintre. Il s'occupe des filles pendant la journée, quand elles sont à la maison... Enfin, c'est ce qu'il est censé faire.

Ava rougit de cette confidence trop personnelle.

— Ce sont de jolies petites filles, commente Grace, en laissant tomber ses yeux verts sur la boîte désormais vide qui avait contenu sa salade.

Elle se lève et la ramasse, ainsi que celle d'Ava. Celle-ci tente de se rappeler la dernière fois que quelqu'un, même Emily, a ramassé une assiette ou une tasse vide pour elle.

— Je vais jeter tout ça et nous pourrons nous y remettre.

Ava se dirige vers sa fenêtre pour regarder la ville. Le ciel est d'un bleu profond. Elle sait que si l'on n'est pas dans un endroit climatisé, il fait incroyablement chaud, les trottoirs sont brûlants et l'air épais. Mais elle sait aussi, avec une petite étincelle de joie, qu'elle rentrera chez elle avant 18 heures, ce soir, grâce à tout ce que son assistante et elle auront accompli. Elle pourra peut-être emmener les filles se baigner. L'été a filé à toute allure et elle a l'impression de n'avoir fait que travailler.

— Bien, lance Grace en regagnant le bureau. Réglons ces histoires de formateurs, d'accord ?

À la fin de la journée, Grace a réussi à réserver vingt séjours dans différents hôtels pour que leurs formateurs puissent visiter des lycées dans tout le pays. Ava a l'impression qu'elles ont abattu une semaine de travail en une seule journée.

À 17 h 05, elle déclare :

— Ça suffit pour aujourd'hui, je pense. Vous avez été absolument parfaite, Grace.

— Je suis ravie que vous soyez contente, répond celle-ci.

— Des projets pour la soirée ? s'enquiert Ava alors qu'elles se préparent à partir.

— Des projets ? répète Grace. Non, aucun.

Quelque chose dans sa façon de lui répondre amène Ava à se demander si Grace ne se sent pas seule. Elle se souvient que son assistante lui a dit n'être pas mariée et ne pas avoir d'enfants.

Sa vie lui semble parfois très chaotique, mais Ava sera entourée de sa famille lorsqu'elle rentrera chez elle. Or rentrer chaque jour dans une maison ou un appartement vide n'est pas quelque chose qu'elle apprécierait, elle le sait.

— Eh bien, à demain, lance Grace.

— Oui, et merci pour votre travail aujourd'hui. Tout me semble aller nettement mieux.

— J'en suis ravie. Je suis là pour vous aider de toutes les manières possibles.

Et sur un petit hochement de tête, elle quitte le bureau.

Ava jette un coup d'œil rapide autour d'elle, au cas où elle aurait oublié quelque chose, admirant sa table de travail bien rangée, avec une pile, classée, de documents à examiner demain.

Tout est à sa place et elle est pleine de gratitude envers sa nouvelle assistante.

9

GRACE

Je marche à grandes enjambées dans la rue chaude qui mène à la gare, en essayant de ne pas m'agacer contre les gens qui se trouvent sur mon chemin. L'atmosphère est détendue : à croire que toute l'Australie fonctionnait au ralenti pendant l'été. La population est moins stressée, la chaleur donne l'impression que tout est lourd et lent.

J'ai été comme tous ces gens, même si l'été, je le passais surtout à travailler. Je travaillais également le week-end. Je le regrette aujourd'hui, mais ce n'est qu'un item de plus dans la longue liste de mes regrets. Au lieu de me laisser aller à ruminer, je dresse la liste des choses dont je suis heureuse. *Je suis heureuse de ce poste, heureuse qu'Ava ait cru Liza, heureuse d'avoir eu un endroit où aller aujourd'hui et quelque chose à faire, heureuse qu'Ava m'apprécie.*

Je me tiens sur le quai, attendant de monter dans un train sous l'air chaud qui souffle dans la gare. Je n'ai pas vraiment hâte de rentrer chez moi, mais au moins j'ai une climatisation qui fonctionne, là-bas.

J'aurais pu louer quelque chose de plus beau, toutefois l'endroit que j'ai choisi ressemble au genre d'appartement que louerait une assistante. Il est normal que j'habite dans cet immeuble. Ma voisine du dessous travaille dans un supermarché, ce que je sais seulement parce qu'elle sort le matin, vêtue d'un uniforme. C'est un lieu pour les invisibles, essentiels mais jamais vraiment remarqués.

J'ai choisi mon appartement en raison de sa proximité avec le centre de réadaptation. Je n'y retournerai pas, je n'y retournerai jamais, mais, sans parvenir à m'expliquer pourquoi, je ressens le besoin d'en être proche, juste au cas où. Je passe devant en voiture quand je me rends à l'épicerie et, chaque fois, je me répète que je ne laisserai plus jamais ma vie échapper à tout contrôle.

Lorsque j'en aurai terminé avec ce truc, je trouverai un endroit plus agréable à vivre. La seule chose qui me reste, c'est l'argent. Cependant, le vieil adage selon lequel l'argent ne fait pas le bonheur est tout à fait vrai. J'ai une somme substantielle sur mon compte en banque, mais rien d'autre. J'ai perdu tout le reste : mon entreprise, ma maison, ma fille, mon mari et ma réputation. Si j'ai vendu mon entreprise bien en deçà de sa valeur, la transaction a tout de même été conséquente. Liza Hong, la femme qui me l'a rachetée, a accepté de me servir de référence, dans l'éventualité où quelqu'un l'appellerait. Liza et moi nous connaissons depuis des années : nous travaillions toutes deux dans le même secteur et nous nous respections mutuellement en tant que femmes d'affaires et collègues. Je l'ai débauchée d'une autre entreprise pour qu'elle vienne travailler pour moi, et j'ai alors eu l'impression qu'ensemble, nous serions capables d'affronter le monde entier.

Aujourd'hui, Liza est propriétaire de mon entreprise et tout ce qu'elle ressent pour moi, c'est de la compassion. Je déteste qu'on me prenne en pitié. Mais c'est un sentiment que je dois tolérer pour l'instant. Liza est également sceptique quant aux raisons qui me poussent à vouloir travailler comme assistante au lieu de me contenter de prendre ma retraite et de vivre de l'argent que je possède.

« Pourquoi repartir dans le monde de l'entreprise, Grace ? m'a-t-elle demandé lorsque je l'ai appelée après avoir quitté la clinique. Ce n'est pas une question d'argent, et après tout ce qui s'est passé, tu n'as tout de même pas envie de recommencer ?

— Je ne peux pas l'expliquer, Liza, lui ai-je répondu. Je veux travailler, et si cela signifie commencer au bas de l'échelle, soit. Dis à la personne qui t'appellera que j'ai été une employée formidable.

— Mais pourquoi accepter un emploi aussi subalterne ?

— J'ai mes raisons, lui ai-je dit, ce qui est vrai.

— Et si on te prend en flagrant délit de mensonge ?

— Dans ce cas, je perdrai mon emploi et je me retrouverai dans la même situation qu'aujourd'hui. Je ne te demande pas de commenter mes choix. Je te demande de m'aider. Tu me dois bien ça.

— Très bien », a-t-elle soupiré.

À sa décharge, elle m'a chaudement recommandée, a priori. Ava n'a pas pris la peine d'appeler Geoff mais je vais attendre un peu avant de lui dire de ne plus répondre au téléphone comme je le lui ai demandé.

Le trajet en train jusqu'à la maison se déroule, comme je l'avais prévu, dans une atmosphère empuantie de sueur et d'odeurs corporelles. Je m'écarte autant que possible de mon voisin de siège, un grand homme à la chemise humide. Je m'efforce de respirer par la bouche, mais l'épaisse odeur corporelle est envahissante. C'est un soulagement de descendre du train. On sent que l'été touche à sa fin. L'air du soir a perdu sa chaleur lourde pour devenir tout simplement agréable. Il fera encore chaud la journée pendant de nombreuses semaines, mais les nuits se rafraîchiront progressivement au cours des mois d'automne.

Même si je n'ai pas faim, je sais que je dois manger. Je m'arrête donc dans un restaurant de sushis où j'ai déjà dîné plusieurs fois, parce que le flot intarissable de la clientèle me garantit la fraîcheur de leur nourriture. Une fois chez moi, je savoure le croquant des rouleaux de légumes parfaitement préparés et le goût salé de la sauce de soja. À la clinique, la nourriture était indigeste, tellement bourrée de sucre et d'amidon que je ne pouvais en avaler que de petites quantités.

J'y suis restée six ans. Six longues années. Un séjour nécessaire, non seulement pour que je me sèvre de ma drogue de prédilection, mais aussi pour recevoir le traitement qui me permettrait d'entrer dans une interaction acceptable avec le monde extérieur. J'ai beaucoup appris sur moi-même, et j'ai compris que la seule chose que l'on ne m'enlèvera jamais, c'est ma détermination à être qui je veux être. Le docteur Gordon a beaucoup parlé du pardon et de la volonté d'aller de l'avant, et j'étais d'accord avec lui sur tous les points. Je lui ai assuré ne plus être en colère, ne plus avoir l'intention de me venger, ne plus aspirer qu'à vivre ma vie en paix et passer chaque jour à tenter de réparer mes erreurs. J'étais déterminée à faire en sorte que mon thérapeute m'apprécie et me croie, et j'ai réussi, car me voilà en train de manger des sushis et de travailler pour Ava Green.

Après le dîner, je refais le ménage, ce qui me permet de me calmer en mettant de l'ordre. J'ai meublé l'appartement avec du mobilier bon marché fabriqué en série. Aucun des meubles que j'ai choisis n'est beau, depuis le canapé gris recouvert d'un tissu résistant jusqu'à la petite table en bois entourée de chaises à dossier croisé peintes en blanc. Lorsque je partirai, je laisserai tout ça ici pour le prochain locataire que le sort amènera entre ces murs.

J'essaie d'empêcher mon esprit de retourner à la maison où je vivais avec mon mari et mon enfant, mais j'ai du mal. C'est l'un de ces moments où je donnerais n'importe quoi pour un verre, pour sentir la brûlure froide de l'alcool dans ma gorge et savoir que, sous peu, je serais engourdie puis dans les vapes. Je me souviens du soulagement que procure la première gorgée, toujours accompagnée de la certitude que mon esprit ne va pas tarder à ralentir et le bouillonnement de mes terribles pensées à s'apaiser.

Je pose ma tenue pour demain sur le lit, choisissant les chaussures et la ceinture qui iront avec la robe bleu pâle. J'ai sept tenues de travail acceptables, que je vais faire tourner durant la semaine, afin de ne pas être obligée à une lessive par jour. Elles sont jolies, mais sans rien de comparable avec les vêtements que je portais avant. Tous ces beaux tissus, ces coupes élégantes ont disparu. Un jour, je m'achèterai à nouveau de tels vêtements, mais pour l'instant, je n'ai besoin que d'articles fonctionnels. Ma mère avait l'habitude de dire : « Une vraie dame est toujours sur son trente et un », et elle-même était toujours bien habillée, bien coiffée et bien manucurée. Et les sourcils froncés.

À la clinique, mon thérapeute et moi avons beaucoup discuté des mères. C'était un homme sympathique avec un visage agréable mais un air de lassitude qui suggérait chez lui une grande fatigue : celle du fardeau que constituaient les problèmes de tant de personnes abîmées. On ne s'attendrait pas à ce qu'un thérapeute recoure vraiment à la phrase éculée : « Parlez-moi de votre mère », pourtant c'est ce qu'il a fait.

« Ma mère était sévère mais voulait le meilleur pour moi. » C'est tout ce que j'ai réussi à dire. Je n'étais pas vraiment là pour parler de mes problèmes. J'étais là pour tenir pendant les années que j'aurais à passer à la clinique et continuer ma vie.

J'ai élevé Cordelia différemment de moi, mais elle ne s'en souvient pas aujourd'hui, ou peut-être choisit-elle de ne pas s'en souvenir. Ma fille reste focalisée sur ce que j'ai fait de mal, sur mon seul échec spectaculaire. Elle ne se souvient pas des bains où nous faisions des bulles de savon ensemble, ni des journées sportives à l'école, auxquelles j'ai assisté même si j'ai dû remuer ciel et terre pour ce faire. Elle a oublié les histoires que je lui lisais et les coupes glacées que nous préparions ensemble avant de nous blottir sur le canapé pour regarder un film.

Je ferme les yeux et je revois mon adorable fille, je revois le sourire sur son visage, le jour où elle a terminé ses derniers examens du lycée, je sens son étreinte et le léger parfum floral qu'elle portait toujours. Elle avait alors commencé à me demander de réduire ma consommation d'alcool. Elle m'avait fait remarquer, l'air de rien, que c'était trop, puis elle m'avait parlé des problèmes de santé liés à une consommation excessive. Ensuite, elle s'était mise en colère et m'avait dit que j'allais mourir et qu'elle n'aurait plus de mère. Elle me disait : « Tu t'es encore endormie sur le canapé, maman » ou « Tu as vraiment besoin de boire autant de vin en une semaine ? » ou encore « Tu sais que l'alcool est un poison et que tu ne devrais pas en boire tous les jours ? ».

Je n'ai cessé de lui répéter que j'allais bien, que tout était sous contrôle, mais elle savait que c'était faux. Elle se doutait de la raison pour laquelle j'avais commencé à boire, mais elle pensait qu'il s'agissait d'une crise de mon invention, car son père était un menteur très convaincant. Elle pensait que ma paranoïa était due à ma consommation d'alcool et elle n'a jamais cru ce que je lui disais.

Je n'ai d'ailleurs jamais écouté ce qu'elle disait non plus. J'étais empêtrée dans ma propre misère, où personne ne pouvait plus m'atteindre. Maintenant, Cordelia refuse que je lui parle et je me demande si elle serait heureuse que je meure. J'espère que non. Je l'aime toujours de tout mon cœur. Je sais qu'elle me pardonnerait si elle pouvait comprendre pourquoi tout ceci est arrivé. Encore faudrait-il qu'elle me permette de m'expliquer.

L'embrassade triomphante dont elle m'a gratifiée, le jour où elle a terminé ses examens, est aussi la dernière fois qu'elle m'a serrée dans ses bras, et la dernière fois où elle a accepté de me parler. Elle avait dix-huit ans. Six ans sans parler à son enfant, c'est long. Chaque jour, mon corps tout entier réclame son contact et je ne m'y habituerai jamais.

Sans réfléchir, je sors la bouteille de vodka du congélateur de la cuisine.

Je dévisse le bouchon et inspire profondément. L'odeur médicinale pénètre mes poumons, emplit mes sens. Puis je referme la bouteille, en revissant fermement le bouchon.

— Tu vois, dis-je à haute voix. Je ne suis pas alcoolique.

Ces mots sont mon réconfort et ma vérité. Je n'étais pas alcoolique. Je ne suis pas alcoolique. Ce que je suis, c'est quelqu'un qui a été poussé à la bouteille par un désespoir d'une profondeur abyssale. « *N'est-ce pas ce que disent tous les toxicomanes ?* » J'entends d'ici le docteur Gordon me poser la question, mais j'écarte ses paroles. Je sais qui je suis.

Satisfaite d'être prête pour demain, je m'assois sur le canapé et j'envoie un texto à Cordelia.

J'espère que tu as passé une bonne journée, ma chérie.

Elle répond très rapidement.

Tu dois cesser de me contacter.

Je pense qu'elle attend mes messages. Elle me déteste et ne veut rien avoir à faire avec moi, mais je suis sa mère et elle a besoin de savoir que je suis là, à attendre qu'elle veuille bien me pardonner. Elle n'a pas bloqué mon numéro alors que rien n'aurait été plus facile. Nous sommes toujours liées, mon enfant et moi, et elle a toujours besoin de savoir que je pense à elle en permanence. À mon avis, c'est une source de réconfort pour elle et la pauvre en a besoin. Sa vie a également changé de la manière la plus choquante qui soit. Après ce qui s'est passé, après le procès, la seule chose qu'elle a trouvé à faire, c'est de fuir le pays. Elle est allée à Londres pendant un certain temps, mais je sais qu'elle est de retour en Australie, à Melbourne, information que j'ai glanée en cherchant le nom d'un café dont elle a posté la photo dans l'une de ses publications sur Instagram. Je ne sais pas pourquoi elle a choisi d'aller là-bas, elle n'a pas beaucoup d'amis à Melbourne, mais peut-être que Sydney renferme trop de mauvais souvenirs pour elle. Je sais qu'elle habite avec son petit ami et je sais aussi que ce n'est pas quelqu'un pour elle. Même si elle n'a jamais rien partagé avec moi sur sa relation, je la suis sur Instagram, sous un nom d'emprunt bien sûr, et j'ai vu la façon dont il réagit à ses posts. Alors que ses amis complimentent ses photos, il semble privilégier un ton sarcastique qui me déplaît.

Sur une photo qu'elle a prise d'elle-même, parce qu'elle hésitait entre deux robes qu'elle désirait acheter, ses amies ont donné leur avis : la robe longue verte à fleurs et la robe bleue plus courte étaient toutes deux magnifiques. Lui, en revanche, a écrit : « *Ma Cordy chérie, tu n'as pas déjà assez de robes ?* » Elle déteste qu'on l'appelle Cordy. Il a fait suivre cette déclaration d'une multitude d'émojis rieurs, comme si ma fille était une blague.

Sous une photo d'elle devant son nouveau bureau dans l'entreprise de design où elle travaille, il a posté ce commentaire : « *Je n'aurais jamais cru que ton diplôme te mènerait quelque part, ma chérie, mais regarde-toi maintenant !* » Une fois de plus, il a ajouté ses émojis rigoleurs préférés. Je ne l'ai jamais rencontré. Mais je ne l'aime pas.

Je réfléchis un instant avant de composer ma réponse à Cordelia. C'est cruel qu'elle me rende responsable de tout, et une partie de moi a envie de crier à l'injustice, de débiter la longue liste tout ce qu'on m'a fait subir avant que je n'entreprenne les moindres représailles. Mais cela n'aboutira à rien. Je veux désespérément que mon enfant revienne dans ma vie alors, au lieu de cela, je réponds comme je le fais d'habitude.

*Tu sais que je ne peux pas faire ça. Je t'aime et je sais que
tu es en colère contre moi. Je comprends.*

J'attends tellement longtemps sa réponse que je commence
à penser qu'elle a mis fin à la conversation, mais elle m'envoie
alors un message, blessant, cruel et débordant de toute sa
douleur.

*Mon Dieu, qu'est-ce qui ne va pas chez toi ? Tu as tué
mon père. Tu devrais être en prison. Je te déteste.*

Faute de savoir comment réagir, je lui envoie la réponse
standard que j'envoie depuis six ans, chaque fois qu'elle aborde
le sujet.

Je t'aime et je suis désolée que tu souffres.

Je n'ai jamais voulu qu'il meure. Il était le père de Cordelia
et une fille a besoin d'un père, même une fois adulte.

Je crois que ce n'était pas mon intention. Je voulais seulement lui infliger ce qu'il m'avait fait.

Je voulais seulement brûler tout ce qu'il aimait et ce en quoi
il croyait, de la même manière qu'il avait brûlé tout ce que j'aimais et ce en quoi je croyais.

C'était un accident.

Je pense.

10

AVA

Les dix premiers jours suivant la prise de poste de Grace passent très vite. La nouvelle assistante d'Ava est tout ce qu'elle espérait. Chaque jour, Grace arrive avant elle, et chaque jour, elle attend Ava lorsque les portes de l'ascenseur s'ouvrent.

Les formateurs se rendent rapidement compte qu'ils peuvent demander de l'aide à Grace pour des services aussi concrets que la réservation d'hôtels. Le téléphone d'Ava n'est donc plus constamment inondé de textos de leur part, ce qui lui donne le temps et l'espace de se concentrer sur d'autres tâches qui, elle l'espère, impressionneront Patricia, comme l'obtention de nouveaux contrats.

Sa vie familiale lui semble toujours incontrôlable, en revanche, au point qu'elle en vient à se languir du bureau, où tout est bien rangé et où Grace ne remet pas son jugement en question.

Lorsqu'elle arrive un matin furieuse et stressée parce que Finn avait promis de laver l'uniforme scolaire de Hazel et qu'il a oublié, obligeant leur fille à porter le même uniforme pour le quatrième jour consécutif, taches comprises, Ava ne peut s'empêcher de se plaindre auprès de son assistante.

— Je ne comprends pas... Je l'ai interrogé deux fois à ce sujet et il m'a répondu que c'était fait, que les uniformes étaient propres, grogne-t-elle alors que Grace attend patiemment qu'Ava lui assigne ses tâches pour la matinée.

Grace fait claquer sa langue.

— J'ai travaillé pour de nombreuses mères et je sais que peu importe le nombre d'heures qu'elles passent au bureau, il y en a toujours beaucoup plus qui les attendent à la maison. C'est beaucoup demander à une femme : autrefois, il suffisait de rester à la maison et d'avoir des bébés. Maintenant, en revanche, il faut avoir des bébés, travailler et assumer toute la charge mentale de la gestion d'une famille. La libération de la femme, c'est merveilleux, mais il me semble que tout ce qu'elle a vraiment signifié pour nous, c'est un surcroît de travail. Je n'ai pas d'enfants, mais beaucoup de mes amies en ont et j'ai vu à quel point c'était difficile pour elles. Leurs enfants sont plus âgés maintenant, mais quand ils étaient jeunes... c'était très dur.

— Oui, bon, je les voulais, ces enfants, nuance Ava, se sentant coupable de dire du mal de son mari. Je pense que Finn était heureux sans qu'on en ait, mais il adore les filles et il est vraiment doué avec elles. Le hic, c'est qu'il n'a pas l'esprit pratique.

— Ce qui vous complique énormément la tâche, conclut Grace.

Même si Ava se déteste pour avoir dit quelque chose de négatif sur son mari, elle ne peut nier que cela lui fait du bien d'avoir quelqu'un qui la comprenne. Se plaindre de Finn à Lucy lui a toujours semblé déloyal, mais comme elle ne connaît pas très bien Grace, cela adoucit la culpabilité qu'elle éprouve d'avoir franchi cette ligne.

Un peu plus de deux semaines après avoir embauché Grace, par un agréable jeudi matin, Ava regarde les portes de l'ascenseur s'ouvrir en sachant que Grace sera là, à guetter son arrivée. Elle sait aussi qu'une tasse de café fumant l'attendra sur son bureau et qu'il y aura une liste, dressée par Grace, des objectifs les plus importants à atteindre dans la journée. La semaine précédente, Grace a suggéré qu'elles établissent chacune sa liste et qu'elles la comparent avant que la matinée ne commence. De cette manière, tout est sous contrôle et rien n'est oublié. La vie professionnelle d'Ava est calme, sereine et ordonnée comme elle ne l'a encore jamais été. Cela ne fait pas longtemps, pourtant elle a l'impression que Grace et elle travaillent ensemble depuis des lustres.

Elle a même eu le temps d'appeler deux prestigieux lycées de filles et d'obtenir un rendez-vous avec l'équipe de direction afin de leur présenter leur programme.

Les portes s'ouvrent donc et Grace se tient exactement là où Ava l'avait prévu, les bras tendus pour prendre le sac de son ordinateur portable.

— Bonjour, lance-t-elle chaleureusement.

Aujourd'hui, Grace porte une jupe grise ajustée et un chemisier crème. Quand elle en a le temps, Ava commence à prêter une attention particulière à ses vêtements, le matin. Or, aujourd'hui, les choses se sont relativement bien passées, parce que Finn était réveillé et lui a dit qu'il pouvait s'occuper du petit déjeuner et déposer les filles à l'école sans elle.

— Tu es sûr ? s'est-elle étonnée.

Il a haussé les épaules.

— Tu penses que je ne vois pas à quel point ces matins peuvent être difficiles, mais pourtant, si. Je laisse la toile reposer un peu, donc je ne travaillerai pas en soirée pendant un jour ou deux. Bref, je pourrai être là pour t'aider le matin. Je veux t'aider, Ava. Je n'y arrive pas toujours, mais j'essaie. J'essaie de faire les choses bien...

C'était étrange d'entendre ce genre de propos dans la bouche de Finn, si étrange qu'Ava n'a pas su comment répondre. Le téléphone de Finn a vibré à ce moment-là dans sa poche. Il l'a sorti et regardé, avant de secouer la tête et de le remettre dans sa poche.

— Quelque chose ne va pas ?

— Pas du tout, a-t-il répondu. Maintenant, prends ton temps pour te préparer, je m'occupe de tout.

Sur quoi, il s'est mis à garnir les lunch box des filles avec des tas d'aliments sains.

Ava a souri et l'a récompensé d'un rapide baiser, jubilant à la perspective de pouvoir se doucher et s'habiller sans être stressée par le temps. Aujourd'hui, elle porte une robe noire ajustée et sans manches, elle est coiffée, maquillée. Elle se sent tout à fait professionnelle.

— Bonjour, Grace, répond-elle.

— Ah, Ava, lance Collin, qui se tient près de la réception. Je voulais te parler de ton rendez-vous à Redwood High.

— Et ? demande-t-elle, le menton en avant, immédiatement méfiante.

Elle regrette sur-le-champ d'avoir évoqué avec Collin son rendez-vous avec Mme Vale, la directrice de l'école.

— Je voulais te dire que j'ai croisé Amber Vale hier soir au *diner*. Elle habite près de chez moi et nous fréquentons tous les deux le même petit restaurant italien. Elle et moi avons eu une très agréable discussion sur le programme et elle a accepté de l'essayer. Autrement dit, ce n'est pas la peine que tu la rencontres.

Son sourire est d'une suffisance qu'Ava aimerait bien lui arracher.

— Collin... commence-t-elle, sans savoir comment continuer, ravagée comme elle l'est par l'incendie de la colère.

— C'est une chance qu'Ava ait tout organisé pour vous, intervient Grace.

— Eh bien... elle n'a pas vraiment... commence Collin.

— Tout à fait incidemment, Mme Vale vient d'appeler et de

laisser un message à Ava pour qu'elle vienne s'exprimer lors de leur journée des carrières, en tant qu'exemple de femme qui s'est frayé un chemin dans le monde des affaires.

Devant le fard que pique Collin, Ava a envie d'applaudir.

— Eh bien, je dirais que... veut-il répliquer.

— Qu'il vaut mieux qu'une femme prenne la parole dans une école de filles et je suis d'accord avec toi, le coupe Ava, qui a retrouvé sa voix et étouffe sa colère contre son collègue. Bonne journée, Collin, conclut-elle en se détournant.

Elle suit Grace dans son bureau.

Une fois installée derrière sa table de travail, la porte refermée, elle demande :

— C'est vrai ?

Grace s'assoit à son tour et hésite un instant.

— Je sais qu'ils organisent une journée des carrières la semaine prochaine parce que c'était sur leur site Internet, quand vous m'avez demandé de faire des recherches. Je peux les appeler et leur proposer de vous inviter comme conférencière.

Ava remue sur sa chaise. Certes, elle n'approuve pas les mensonges, mais elle sait que son assistante cherchait seulement à la protéger.

— C'est probablement une bonne idée, concède-t-elle, mais Grace, il vaut mieux ne pas...

— Mentir, je sais. Je vous prie de m'excuser, mais il est...

Grace fait un signe de la main et Ava acquiesce. Elles n'ont pas besoin de préciser quoi que ce soit.

Ava boit une gorgée de son café, puis prend une profonde inspiration.

— Je vois que vous avez préparé une liste et moi aussi, dit-elle en ouvrant son ordinateur pour y trouver la sienne. Voyons ce qui doit être fait tout de suite, puis vous pourrez appeler l'école pour savoir si je peux venir discuter avec les élèves. C'est une bonne idée de leur parler et je pourrai aussi présenter le programme à Amber Vale.

Une fois leurs listes passées en revue, Grace quitte le bureau et Ava ouvre son courrier électronique pour consulter les messages qu'elle a reçus pendant que Grace et elle travaillaient ensemble. Il y en a un de Patricia, leur PDG.

Bonjour Ava,

Les choses se passent très bien au Royaume-Uni et je devrais être en mesure de signer un bail pour des bureaux cette semaine. Collin et toi êtes tous les deux conscients que mon déménagement au Royaume-Uni va m'amener à nommer un PDG australien pour superviser les opérations. Donc ce message pour t'informer que je prendrai cette décision dans les deux semaines à venir.

Bien cordialement,
Patricia

Le cœur d'Ava se serre. Collin et elle savaient que c'était imminent, mais maintenant que la nouvelle est officielle, cette future désignation rend les choses très réelles. Elle est en concurrence directe avec Collin pour le poste.

Comme par enchantement, celui-ci entre dans son bureau.

— Tu as vu l'e-mail ? demande-t-il.

— Oui, répond Ava.

— Que le meilleur gagne, comme on dit, lance-t-il en lui décochant un sourire digne du chat du Cheshire.

— Ou la meilleure, nuance Ava, avec un sourire crispé.

— Oui, bien sûr, admet-il avant de s'en aller, manifestement mécontent de ne pas avoir obtenu d'elle la réaction qu'il souhaitait.

Ava soupire, heureuse que l'heure du déjeuner approche. Elle a besoin de se dégourdir les jambes, même s'il fait une chaleur torride dehors.

Grace n'est pas à son bureau. Elle la trouve dans la cuisine en train de se préparer une tasse de thé.

— Je vais me promener, annonce-t-elle.

— D'accord, dit Grace, qui jette un coup d'œil dans le couloir pour voir si quelqu'un arrive. Collin est-il marié ?

— Oui, répond Ava. Pourquoi ?

Mais Grace ne répond pas.

Il serait malencontreux que son assistante ait le béguin pour Collin. Les relations sentimentales n'ont pas leur place sur le lieu de travail.

Si Grace en pince pour lui, cela risque d'affecter son travail pour Ava.

— Il est marié depuis vingt ans, ajoute-t-elle.

Grace acquiesce.

— Vous déjeunez dehors ?

— C'est possible. Puis-je vous demander pourquoi vous vous intéressez à Collin ?

Grace la dévisage et Ava regrette de ne pas avoir pris le temps de formuler sa question avec plus de tact.

— Pour rien, répond Grace en souriant.

Et même si Ava aimerait la pousser dans ses retranchements, parce qu'il doit bien y avoir une raison à la question de son assistante, elle sait que c'est exclu. Grace et Collin ont à peu près le même âge. Il est tout à fait possible qu'elle s'intéresse à lui.

— Il est marié, répète Ava, espérant que Grace la comprend à demi-mot.

De fait, elle sait que Collin se fiche éperdument d'avoir une femme et des enfants... Elle n'est que trop bien placée pour le savoir.

11

GRACE

— Je comprends, je réponds.

Ava me fixe un instant, puis acquiesce et s'en va. Je suis heureuse de me retrouver seule un moment.

Je sirote mon thé et réfléchis à ce que je sais de Collin. C'est un très bel homme. Cela fait un moment que je n'ai pas remarqué un homme ou même seulement pensé à l'un d'eux.

Je suis peut-être trop jeune pour rester éternellement célibataire, mais je ne peux pas m'imaginer vivre à nouveau avec quelqu'un.

Mieux vaut rester célibataire, je pense, du moins tant que je n'ai pas fait ce qui doit l'être.

Melody se précipite dans la cuisine, passe devant moi sans rien dire pour ouvrir le frigo et y attraper un yaourt. Elle en retire l'opercule et s'empare d'une cuillère, s'appuyant au plan de travail pour le manger.

Je jette un coup d'œil rapide autour de moi, pour m'assurer que je n'ai pas laissé de désordre, puis je quitte la cuisine.

— Collin est mignon, non ? lance Melody.

Je sais qu'elle s'adresse à moi, puisqu'il n'y a personne d'autre ici.

— On peut dire ça, je réplique.

— Je vous ai vue le regarder, lâche-t-elle avec un petit sourire suffisant.

Faute de deviner quel genre de réponse elle attend, je me contente de l'observer qui se fourre une cuillerée de yaourt dans la bouche.

— Vous êtes mariée ? me demande-t-elle.

— Non.

— Ça ne doit pas être facile de rester célibataire à votre âge.

Et de touiller son yaourt.

— Ça ne me dérange pas, je réplique. Chacun est différent.

— C'est sûr. Si j'avais votre âge et que j'étais célibataire, je crois que j'aurais du mal.

— Eh bien... je commence.

— Mais vous semblez très bien vous en sortir. Vous avez un chat ou quelque chose comme ça ? Si j'étais célibataire à votre âge, j'aurais certainement un chat. Collin vous trouve jolie.

— Oh ? je lâche.

— Pour une femme de votre âge. Et vous l'êtes... séduisante, je veux dire. Et... vous avez un visage que j'ai l'impression d'avoir déjà vu.

Elle me scrute en léchant lentement sa cuillère.

— Bon, en tout cas, pour ce qui est de m'avoir déjà vue, ça m'étonnerait.

Je sens mon cœur s'accélérer sous l'examen auquel elle me soumet.

— Peut-être, lâche-t-elle.

Je ne réagis pas. Tournant les talons, je quitte la cuisine pour regagner mon bureau.

— Si j'avais votre âge et que j'étais célibataire, j'achèterais un chat, répète-t-elle, avant d'éclater de rire.

Cette remarque aussi, je m'abstiens de la commenter.

Collin et elle sont-ils liés d'une manière ou d'une autre ? Est-elle jalouse parce qu'il lui a dit qu'il me trouvait jolie ?

J'ai envie de me moquer d'elle et de son manque d'assurance, mais je suis bien placée pour savoir que les hommes vous trahissent sans même y penser. J'ai un moment de compassion pour la femme de Collin, peut-être au courant – ou pas – qu'elle est mariée à un homme qui flirte peut-être avec la réceptionniste du bureau et peut-être même plus que cela.

A-t-elle des soupçons ? Et, le cas échéant, projette-t-elle d'entreprendre quelque chose ?

J'ouvre mon ordinateur et je chasse Melody de mes pensées. Je suis sûre que Collin et sa femme sont parfaitement heureux.

Mais jusqu'à un jour fatidique, mon mari et moi l'étions aussi.

12

AVA

Ava quitte le bâtiment, inspirant de profondes bouffées d'air chaud dès qu'elle se retrouve dehors. La chaleur la frappe de plein fouet et elle regrette immédiatement sa décision de quitter la fraîcheur du bureau. Aussi se réfugie-t-elle bien vite dans un *coffee-shop* où l'air conditionné fonctionne à plein régime. Elle commande un café et un sandwich et trouve une table à l'arrière, où elle ouvre son téléphone et s'autorise à faire défiler, l'esprit vide, de jolies vidéos de chiots et d'enfants pendant quelques minutes.

Un quart d'heure plus tard, elle a terminé son sandwich à la salade d'avocat et se sent prête à affronter le reste de la journée. Un peu de temps loin du bureau s'avère toujours profitable.

Elle veut attraper sa serviette en papier sur ses genoux et, s'apercevant qu'elle est tombée par terre, se penche pour la récupérer. Lorsqu'elle se redresse, la porte du *coffee-shop* s'ouvre sur Collin et Melody. Il lui a posé la main dans le dos pour la guider vers un siège.

Ava les regarde se pencher l'un vers l'autre par-dessus la petite table du café, afin d'échanger en chuchotant, puis elle se lève, avec l'intention d'aller les trouver et de les saluer avant de quitter les lieux. Mais alors qu'elle s'approche, une femme avec un bambin pleurnichard dans les bras la dissimule à leur vue et, entre les « je veux une glace, je veux une glace », elle entend Melody parler.

— Je ne sais pas si c'est la bonne stratégie, dit la jeune femme.

Au moment où Ava passe devant la table, Collin répond :

— Crois-moi, c'est le seul moyen d'obtenir ce que nous voulons.

Le cœur battant, elle franchit la porte et se retrouve dans la rue, à affronter la chaleur pour regagner le bureau. De quoi parlaient-ils tous les deux ? Que veulent-ils ? Être ensemble ? Est-ce qu'ils ont une liaison ? C'est possible. Bien sûr que c'est possible, même si Melody a la moitié de l'âge de Collin et que c'est très problématique, en raison du déséquilibre de pouvoir entre les deux. Melody sait sûrement que ce n'est pas bien, mais Collin passe un temps fou à lui parler, penché au-dessus du bureau de la réception. Exactement comme il le faisait lorsque Ava a commencé à travailler dans l'entreprise. Elle se rappelle ce qu'elle éprouvait à jouir de son attention. Ses yeux bleus ont quelque chose de magnétique et Ava se souvient du soin qu'elle mettait à choisir sa tenue chaque matin, vérifiant son reflet dans le miroir de sa petite chambre – elle partageait alors un appartement avec sa mère –, essayant d'imaginer ce que Collin penserait d'elle.

« Tu t'habilles bien élégamment pour un poste de réceptionniste, lui avait commenté Pam, sa mère, un matin.

— D'après ce qu'on dit, il faut s'habiller pour le poste auquel on aspire, pas pour celui qu'on occupe, avait répliqué Ava. Et moi, je veux diriger cette entreprise.

— Oh, Ava chérie, je sais que tu en es capable, mais ne passe pas à côté des choses qui donnent du prix à la vie. Un mari et des enfants, voilà ce dont tu devrais te languir.

— Mais ce n'est peut-être pas tout ce à quoi j'aspire, maman.

Tu y as pensé ? Je ne veux pas seulement être une épouse et une mère. Je veux plus que cela dans ma vie. »

Pendant un moment, sa mère avait eu l'air si désemparée qu'Ava s'était aussitôt sentie mal à l'aise et n'arrivait plus à trouver quoi ajouter. « Moi, c'est tout ce que j'ai toujours voulu », avait déclaré sa mère. Ava a grandi en sachant que sa mère avait désespérément voulu d'autres enfants, sans que cela ne se fasse. Ses parents ont divorcé quand elle avait onze ans. Depuis, sa mère est restée célibataire.

Il y a dix ans, assise derrière le bureau de la réception, Ava répondait aux appels et orientait les gens vers la bonne personne, mais elle sait qu'une partie d'elle était toujours consciente de la présence de Collin, attendait en permanence qu'il passe à côté d'elle.

Une fête de Noël, dix ans plus tôt, lui revient en mémoire au moment où elle pénètre dans l'immeuble de leurs bureaux. Une nuit où elle profitait de l'alcool qui coulait à flots. Elle n'avait pas encore rencontré Finn et elle était très ivre.

À l'époque, Barkley Education and Training était une entreprise beaucoup plus petite, comptant deux fois moins d'employés qu'aujourd'hui. Ava ne travaillait à la réception que depuis quelques mois et elle tenait absolument à prouver que son diplôme de commerce devrait lui valoir un poste plus important. Patricia l'avait embauchée, certes, mais elle la regardait à peine pendant ses allées et venues dans leurs locaux. La seule personne à se montrer gentille avec elle était Collin. Il s'arrêtait tous les matins pour discuter, échanger quelques mots badins, et il lui avait même offert un café, une fois.

L'immeuble où se trouvait la société avait besoin de sérieuses réparations, mais il disposait d'une immense toit-terrasse avec vue sur le port. La fête de Noël battait son plein et Ava en était à son cinquième cocktail lorsque Collin l'avait abordée.

Il y a dix ans, Ava était souple et blonde, ses grands yeux

bleus lui valaient un commentaire de la part de tous les hommes qu'elle rencontrait. Ses cheveux tombaient en cascade dans son dos et, pour l'occasion, elle avait choisi une robe de cocktail noire à paillettes, un peu trop courte pour un événement d'entreprise.

« Ce que tu es ravissante ! » avait lancé Collin en lui décochant l'un de ses beaux sourires. Elle avait été attirée par lui dès le premier regard ; malheureusement, il était marié. En fait, sa femme se tenait de l'autre côté de la terrasse et papotait avec Patricia.

« Merci, avait gloussé Ava en esquissant une révérence.

— Nous avons des cadeaux pour le personnel, avait-il ajouté. Ça te dérangerait de descendre m'aider à les préparer ?

— Des cadeaux ? Oh que oui ! » s'était esclaffée Ava qui se sentait délicieusement étourdie.

Elle avait suivi Collin jusqu'à l'ascenseur qui allait les emmener au bureau.

Comme il se tenait tout près, elle sentait le whisky dans son haleine et l'odeur terreuse de son après-rasage.

« Tu sais que tu es l'une des plus belles femmes ici, avait-il murmuré.

— Et vous êtes... » avait-elle voulu répliquer.

Mais il s'était penché sur elle et l'avait embrassée. D'une certaine manière, l'idée lui avait paru judicieuse de continuer à s'embrasser dans son bureau. Il y avait là un grand canapé, assez large pour qu'ils puissent s'y allonger tous les deux.

Une fois leur partie de jambes en l'air terminée, Collin avait rajusté son pantalon et rentré sa chemise dedans.

« Je pense qu'il vaudrait mieux n'en parler à personne. Les fêtes de Noël sont toujours un peu... » Même s'il n'avait pas achevé sa pensée, Ava avait très bien compris.

« Bien sûr, avait-elle répondu. Laisse-moi juste aller faire un tour à la salle de bains, puis on ira chercher les cadeaux.

« — Oh, il semblerait qu'ils soient déjà là-haut. On se retrouve sur la terrasse. »

Sur quoi, il avait filé vers la sortie.

Ava avait aussitôt compris qu'elle venait de se faire manipuler. Dans la salle de bains, elle s'était lavé les mains et lissé les cheveux, sans croiser son propre regard dans le miroir, tant elle avait honte de sa stupidité.

Elle avait été incapable de regarder qui que ce soit, une fois de retour sur la terrasse, mais quand Patricia avait souhaité un joyeux Noël à la cantonade, Ava n'avait pu s'empêcher de jeter un coup d'œil autour d'elle, et elle avait surpris la femme de Collin en train de la dévisager.

C'est Ava qui avait détourné le regard la première, sa honte redoublant lorsqu'elle avait pensé à ce que sa mère dirait de sa coucherie avec son patron. Elle avait craint un instant d'être renvoyée avant de réaliser que Collin n'allait certainement partager l'histoire. Il était marié et Ava célibataire. Il était son patron. Non, il n'avait aucune raison de s'épancher sur le sujet. Il avait cessé de lui parler, sauf pour lui donner des instructions, lorsqu'ils avaient tous repris le travail après les vacances de fin d'année. Ava était submergée par la honte chaque fois qu'elle le voyait.

Si les faits se déroulaient aujourd'hui, peut-être le dénoncerait-elle, et pour ce qu'il a fait, et pour la façon dont il l'a traitée par la suite, mais elle avait été plus que consentante.

Collin ne s'est plus jamais penché sur son bureau. Bizarrement, cette attitude a joué en faveur d'Ava. Elle a commencé à se concentrer sur son travail, à faire des recherches qu'elle pensait utiles pour l'entreprise et à les présenter à Patricia, ce qui lui a permis de décrocher sa première promotion. Si elle regrette ses galipettes avec Collin, ce n'est pas le cas des répercussions qu'elles ont eues.

Dans l'ascenseur qui la ramène à son bureau, Ava pense à la façon dont Collin traite Melody. Ont-ils déjà couché ensemble ? Melody travaille dans l'entreprise depuis près d'un an. S'agit-il de plus que d'une simple passade ?

Si Collin et Melody ont une liaison, elle doit en informer Patricia.

Grace est assise à sa table de travail, juste devant le bureau d'Ava. Elle étudie la liste des formateurs, affichée à l'écran de son ordinateur.

— Pouvez-vous me mettre en communication avec la proviseure Adams, s'il vous plaît, Grace ? demande Ava, consciente qu'elle doit entamer son après-midi.

Grace acquiesce et cherche immédiatement le numéro demandé.

Dans son bureau, Ava s'assoit à sa table de travail et réfléchit au problème. C'est exactement le genre de chose qui pousserait Patricia à écarter Collin pour la promotion. Ce genre de liaison n'est pas bien vu et il est hors de question que Patricia mette en péril la réputation de l'entreprise.

Ce serait merveilleux d'avoir Collin sous ses ordres ou, mieux encore, qu'il parte, tout simplement, pour qu'elle n'ait plus jamais à faire face à l'erreur stupide commise il y a dix ans.

Elle a l'impression qu'on vient de lui fourrer une bombe entre les mains et la seule question qui se pose maintenant est de savoir si elle est prête à l'utiliser pour obtenir ce qu'elle veut. D'ailleurs, s'agit-il vraiment d'une bombe ou est-elle en train d'exagérer ce qui n'était rien d'autre qu'une attitude amicale ?

De quoi parlaient Melody et Collin ? Que sont-ils prêts à utiliser pour obtenir ce qu'ils veulent ? Et ce qu'ils veulent, est-ce que cela pourrait être l'éviction d'Ava de la course au poste de PDG ?

— J'ai en ligne la proviseure Adams du lycée Edgeworth, annonce Grace via l'interphone.

Elle vient d'interrompre la spirale des pensées d'Ava.

— Merci, répond celle-ci, avant de décrocher son téléphone, de presser sur la touche adéquate et de saluer la proviseure.

Elle doit se montrer prudente.

Le sexe est aussi dangereux qu'une mine antipersonnel sur le lieu de travail et elle ne veut pas commettre l'erreur de marcher dessus. Non étayées de preuves, des accusations de relation inappropriée pourraient facilement faire exploser la carrière d'Ava au lieu de celle de Collin.

— Madame la proviseure, lance-t-elle, merci d'avoir pris mon appel.

Elle se concentre sur la conversation, remettant le problème de Collin et Melody à plus tard. S'agissant du choix que Patricia devra faire, Ava veut que son travail parle pour elle. Reste à espérer que cela suffise.

À la fin de la journée, Grace et Ava terminent de ranger le bureau afin que tout soit prêt pour demain matin.

— Avez-vous besoin que je travaille sur un dossier ce soir ? demande Grace.

— Non, répond Ava avec un sourire. Vous abattez assez de travail pendant la journée, merci.

— Je suis vraiment contente que vous soyez satisfaite de moi, admet Grace.

Mais son téléphone vibre dans sa poche. Elle le sort pour y jeter un coup d'œil.

— Zut, marmonne-t-elle.

— Qu'est-ce qu'il y a ? demande Ava sans penser que Grace pourrait lui en vouloir de sa question.

— La semaine prochaine, ils vont désinfecter mon immeuble par fumigation, pour éliminer les termites. Je n'en ai jamais trouvé, mais apparemment, les occupants de l'étage au-dessous du mien en ont vu. Je pensais qu'une personne viendrait simplement pulvériser, mais apparemment, ils bâchent l'immeuble entier et utilisent un produit infâme. Je dois trouver un endroit où me loger pendant cinq jours.

— Oh, c'est terrible ! compatit Ava.

— Oui, mais c'est une nécessité. Il ne me reste plus qu'à me payer un hôtel. Je vais peut-être trouver quelque chose à proximité du bureau, même s'ils ont tendance à être très chers dans cette zone.

— Oui, nous sommes proches du centre-ville, reconnaît Ava.

— Je trouverai bien quelque chose, dit Grace en haussant les épaules.

Elles achèvent de ranger le bureau en silence, prennent leurs affaires et se dirigent vers l'ascenseur, quand une idée traverse l'esprit d'Ava. Finn sera en colère, et alors ? C'est elle qui paie les traites.

Elles prennent l'ascenseur ensemble pour descendre. Grace sort au rez-de-chaussée pour gagner la gare à pied, mais la voiture d'Ava est dans le parking sous le bâtiment.

— À demain, lance Grace lorsque les portes s'ouvrent au rez-de-chaussée.

— Grace, la retient Ava, en bloquant la porte avec sa main.

— Oui ?

— J'ai une chambre. Je veux dire, c'est comme un petit appartement, au-dessus de mon garage, autrement dit, il y a une entrée séparée et tout. C'est parfait pour une personne seule. Nous avions un locataire mais il a déménagé il y a quatre mois. Finn est censé trouver quelqu'un d'autre mais... Eh bien, je serais heureuse de le mettre à votre disposition pour tout le temps dont vous aurez besoin. C'est meublé et tout, et c'est complètement indépendant...

Elle s'arrête de parler, sachant qu'elle est en train d'en faire trop.

— Ce serait formidable, dit Grace, merci beaucoup, mais en êtes-vous sûre ? Je devrais vous payer un loyer.

— Ça ne sera pas nécessaire. Il ne s'agira que de cinq jours.

Ava sourit, ravie de pouvoir faire quelque chose d'agréable pour Grace.

— C'est très gentil de votre part, la remercie son assistante.

— Très bien, nous en rediscuterons demain, conclut Ava en relâchant la porte.

Grace acquiesce et agite la main pour prendre congé.

Dans sa voiture, Ava se retrouve une fois de plus à ressasser la bribe de discussion qu'elle a surprise entre Melody et Collin. Est-ce qu'ils couchent ensemble ? Elle frissonne, repousse cette idée, puis allume la radio pour se distraire quand elle se met à repenser encore à sa propre coucherie avec Collin. Malgré les inquiétudes qu'a fait naître ce qu'elle a entendu, elle se rappelle que la journée a été très productive. La situation semble davantage sous contrôle que depuis bien longtemps.

Elle a vraiment trouvé l'assistante idéale : Grace lui apparaît comme quelqu'un avec qui elle peut être à la fois amie et collègue. Elle est impatiente d'apprendre à mieux la connaître.

13

Ma petite fille chérie,

Les enfants élevés comme je l'ai été peuvent emprunter deux voies, je pense. Soit ils deviennent exactement comme leurs parents, soit ils prennent un virage à cent quatre-vingts degrés. Le chemin que j'ai suivi n'est pas bien surprenant.

Quand je suis entrée au lycée, j'ai pris encore plus conscience de l'étroitesse de ma vie. Je déjeunais seule et je regardais les autres filles bavarder et rire, et je leur enviais leur légèreté, leur liberté. Mon ressentiment à l'égard de mes parents s'est manifesté au départ de la manière habituelle. Je continuais à bien travailler à l'école, consciente que l'éducation était mon moyen de m'évader du domicile parental, mais j'ai commencé à leur répondre, à introduire en cachette dans la maison des friandises achetées avec l'argent que ma grand-mère m'avait donné, et j'ai refusé d'aller à l'église le dimanche.

« Comment ça, tu ne viens pas ? m'a demandé ma mère, le premier dimanche où j'ai décidé de manquer l'église.

— Ben, voilà. J'ai quatorze ans et je ne veux plus y aller. Allez-y, vous.

— Lève-toi de ce lit, jeune fille, a-t-elle grogné. Et habille-toi tout de suite, ou il y aura des conséquences.

— Quelles conséquences ? Tu vas m'enfermer dans ma chambre ? OK, j'ai l'habitude. Tu vas me priver de nourriture ? J'ai aussi l'habitude. M'empêcher de sortir avec mes amis ? Ne t'inquiète pas, je n'en ai pas, vu que tout le monde me trouve bizarre, et je suis bizarre parce que tu es trop bizarre. »

Ma mère a fait trois pas vers moi, les dents serrées, le visage empourpré par la fureur, et elle m'a giflée.

« Tu n'as aucune idée de ce que j'ai sacrifié pour que tu existes et il ne s'écoule pas un jour sans que je le regrette », a-t-elle sifflé.

J'étais habituée aux paroles cruelles, mais elle ne m'avait jamais frappée auparavant. J'ai senti mes yeux devenir brûlants de larmes, mais je les ai chassées d'un battement de paupières et je l'ai regardée, envahie par un sentiment inhabituel. Il m'a fallu un moment pour l'identifier. C'était le triomphe. Je l'avais ébranlée. J'avais fait perdre le contrôle à ma mère, quand ce qu'elle détestait par-dessus tout, c'était justement cette perte. Ce qui expliquait d'ailleurs pourquoi elle ne buvait pas et ne mangeait rien de sucré, faisait de l'exercice tous les jours et me tenait la bride aussi courte.

Elle savait ce qui se passait lorsqu'elle perdait le contrôle, elle en avait la preuve qui la dévisageait, la joue virant à l'écarlate. Si elle perdait le contrôle, elle perdait tout ce qui comptait pour elle.

Nous avons continué à nous affronter du regard, puis elle a tourné les talons et quitté la pièce, refermant la porte qu'elle a verrouillée de l'extérieur. Je m'en moquais. De mon point de vue, j'avais gagné.

Ce n'était que le début. Ma mère ne m'a plus jamais frappée, mais j'ai continué à faire en sorte de la pousser dans ses retranchements. J'ai coupé mes longs cheveux pour les avoir à l'épaule, comme beaucoup de filles de mon âge. J'ai commencé à traîner après l'école, à flâner avec d'autres élèves, dans l'espoir d'être invitée à rejoindre un groupe. J'ai pris des cours de théâtre et commencé à me maquiller pour aller à l'école, avec des produits anciens que m'avait offerts ma grand-mère. Je me suis mise à aller chez elle à la première occasion. Elle ne m'a jamais repoussée bien qu'elle sache dans quelle colère cela mettait ma mère. Au contraire, elle me nourrissait, m'aimait et me donnait de quoi m'acheter de nouveaux vêtements.

« Mais tu n'en parles pas à tes parents », disait-elle en me fourrant dix dollars dans la main.

Et elle acceptait un câlin de ma part en guise de remerciement.

Peu à peu, je suis devenue quelqu'un qui, quoique toujours bizarre, était fréquentable, malgré ses bonnes notes.

Si ma grand-mère n'était pas morte, j'aurais probablement emménagé chez elle, je serais allée à l'université et j'aurais vécu une vie normale.

Mais j'avais quinze ans quand, en rentrant un jour de l'école, j'ai trouvé mes deux parents assis dans le salon. Je me suis préparée à un nouveau sermon, car ma mère ou mon père m'en servaient un tous les deux jours à cette époque-là. Cela dit, qu'ils s'y mettent à deux était inédit.

« Assieds-toi, nous avons quelque chose à te dire », a dit ma mère en me désignant un fauteuil recouvert d'un tissu vert criard.

Elle avait l'air... réjouie. Ses joues étaient roses d'excitation et ses yeux étincelaient. Mon père, en revanche, regardait ses chaussures. J'aurais dû me rendre compte que sa présence d'aussi bonne heure à la maison n'était pas normale, mais l'idée ne m'a pas traversé l'esprit.

« Ta grand-mère a eu un AVC », a annoncé ma mère.

Les larmes me sont aussitôt montées aux yeux.

« Oh non ! me suis-je écriée. Elle est à l'hôpital, elle va bien ? On peut aller la voir ?

— Elle est morte », a répliqué ma mère.

Dans sa bouche, le mot était un crachat triomphal, plein de cruauté.

« Non ! ai-je protesté. Ce n'est pas possible.

— Si. L'enterrement aura lieu bientôt. J'espère que tu sauras te comporter comme il se doit, a lâché mon père en se levant pour quitter la pièce.

— Peut-être que tu devrais reconsidérer ton attitude, maintenant qu'elle n'est plus là », a ajouté ma mère.

Pas de consolation dans ma famille.

J'ai sauté de ma chaise et couru vers ma chambre, où je me suis jetée sur mon lit pour m'abandonner à la terrible force d'un chagrin plein de larmes. J'étais anéantie.

Ses funérailles ont eu lieu dans l'église de notre quartier, bondée de gens qui la connaissaient. Les amis de la rue où elle vivait étaient assis à côté du groupe de femmes avec lesquelles elle jouait au bowling et des personnes de la maison de retraite où elle avait fait du bénévolat. Le prêtre a prononcé un discours sur l'aide qu'elle avait apportée à tous ceux qu'elle connaissait, sur sa gentillesse et sa générosité, puis mon père s'est levé et a débité quelques faits à son sujet, avec un visage de pierre, vide de toute émotion. J'avais demandé à dire quelques mots, mais mes parents avaient tous deux refusé et j'étais tellement anéantie que j'avais accepté leur décision sans broncher. J'étais accablée par le chagrin, comprenant que j'avais perdu la seule personne qui m'avait vraiment aimée. Je n'avais aucune idée de la façon dont je pourrais survivre sans elle.

Au bord de sa tombe, pendant la mise en terre du corps, ma mère m'a chuchoté :

« C'est le stress qui l'a tuée. Elle se faisait un sang d'encre pour toi.

— C'est faux, ai-je rétorqué d'une voix si forte que tout le monde a détourné les yeux du cercueil en acajou et nous a regardées.

— Tu l'as rendue folle, a renchéri mon père, mais de façon à ce que je sois la seule à l'entendre.

— Voilà ce qui arrive quand on désobéit et qu'on se comporte mal », a conclu ma mère.

J'ai senti ce verdict s'enraciner en moi, compris que c'était la vérité et je me suis rendue responsable de sa mort, exactement comme ils le voulaient. J'avais perdu le contrôle, désobéi à mes parents et je le payais avec la perte de la seule personne que j'aimais vraiment. Ma mère avait fait la même chose et perdu son propre père, sa famille et sa place dans la société. Je pense qu'elle se délectait de mon chagrin.

Après la mort de ma grand-mère, j'ai battu en retraite, j'ai recommencé à faire ce qu'on me demandait, je parlais peu, mangeais moins, je me suis remise à rentrer directement à la maison après le lycée. Je n'avais rien ni personne.

Un dimanche où j'étais avachie à l'église, ma mère m'a planté un doigt dans le dos.

« Redresse-toi », a-t-elle chuchoté d'une voix féroce. J'ai carré les épaules et vu une petite fille glousser sur le banc devant moi. Sa mère lui a tapoté doucement sur la tête en lui disant : « Chut, ma chérie », avec un sourire indulgent.

On ne m'avait jamais traitée ainsi, et ça ne m'arriverait jamais. Je me suis alors demandé s'il n'aurait pas mieux valu que je n'existe tout simplement pas.

C'est une chose terrible pour un enfant de grandir sans amour. Cela m'a poussée à me remettre constamment en question et à m'interroger sur ma place dans le monde. Aucune parole ni aucun comportement de ma part ne pourraient pousser mes parents à m'aimer.

Une nuit, je me suis réveillée d'un cauchemar dans lequel j'étais perdue au fin fond d'une forêt, encerclée d'arbres massifs et de racines, de feuilles sombres se penchant pour me toucher.

J'appelais ma grand-mère, même si je savais qu'elle ne viendrait pas. Je me suis réveillée, le cœur battant la chamade, et en prenant une profonde inspiration pour me calmer, j'ai réalisé que je devrais me sauver par moi-même. Personne ne viendrait à mon secours, personne n'allait m'aider ni m'aimer. Je devrais m'aimer suffisamment pour m'éloigner de mes parents et vivre seule. Je n'aurais jamais pu prédire comment cela se passerait, mais c'est ainsi que va le monde, ma petite fille. Au moment où tu penses avoir un plan et une voie à suivre, tout change.

14
GRACE

C'est dimanche matin et le soleil filtre par l'unique porte coulissante qui mène au petit balcon de mon appartement. J'y ai installé une chaise, mais ce n'est pas vraiment un endroit agréable. Il m'offre une vue sur un autre vieil immeuble et, latéralement, sur une ruelle qu'on utilise pour stocker les poubelles. Aujourd'hui, j'emménage dans le garage d'Ava et j'ai hâte de découvrir les grands arbres et la verdure de la banlieue où elle vit.

L'opération a été bien plus facile que je ne l'avais imaginée.

Je connaissais l'existence de l'appartement situé au-dessus du garage. La veille de l'entretien, je suis passée devant sa maison et j'ai vu le panonceau accroché à la fenêtre du petit appartement. Une recherche sur Google ne m'a pas permis de trouver une annonce de location. Peut-être Ava et Finn espéraient-ils simplement que quelqu'un verrait leur panneau et se renseignerait ?

Si elle ne me l'avait pas proposé, je lui aurais dit qu'une amie m'avait hébergée. L'immeuble dans lequel je loue un appartement depuis six mois est ancien, avec des briques rouges et des fenêtres en bois. Il n'a pas le moindre problème de termites. Dans l'éventualité où Ava m'interrogerait sur le sujet, je pourrai lui expliquer en détail la procédure à suivre pour bâcher un bâtiment afin de le traiter contre les termites. J'ai fait des recherches.

Je n'ai pas mis longtemps à préparer une valise et un sac pour aller chez Ava. Je lui ai dit que j'arriverais dans l'après-midi. Je dois bien admettre que ce que ma situation actuelle recèle de pire, ce sont les jours de week-end béants sans rien pour m'occuper.

Pendant les mois ayant précédé mon séjour à la clinique, je me couchais tard le week-end, me réveillais toujours avec des martèlements dans la tête et je comatais le reste de la journée en essayant de tenir le coup.

Cordelia, qui avait dix-huit ans, passait le plus clair de son temps avec ses amis, soit à étudier, soit à faire la fête. Sans elle, la maison me semblait froide, même par les journées les plus chaudes de l'été. Mais je ne lui reproche pas de m'avoir évitée. Je blâme les personnes responsables de ma consommation d'alcool, de mon désespoir, de ma chute.

Je prends un chiffon et j'essuie les plans de travail de l'appartement, laissant les souvenirs m'envahir, permettant au jour le plus terrible de ma vie de me revenir. Tous me frappent de plein fouet. Les genoux flageolants, je sens la bile me monter à la gorge.

J'attrape la vodka dans le congélateur, je dévisse le bouchon et j'inspire profondément, puis je m'écroule sur le sol de ma petite cuisine. Vous pouvez enterrer un souvenir au plus profond de votre psyché, il ne restera jamais où vous l'avez enfoui. Sans crier gare, il ressurgira de la poussière de votre subconscient pour vous confronter. Depuis mon séjour à la clinique, je sais qu'il vaut mieux le laisser se manifester, le laisser venir et s'asseoir avec lui. C'est pour tenter de l'en empêcher que je me suis tournée vers l'alcool. Je ne peux plus le faire.

Je suis de retour dans mon ancien bureau, mon beau bureau avec vue sur la ville. Secondée de Tamara, mon assistante, je travaille sur les problèmes qui surviennent chaque jour dans mes cinquante salons.

« Ça, c'est fait, je me souviens de lui avoir dit, alors que nous corrigions un bugg dans le système informatique, qui empêchait les réservations en ligne. Il est 16 heures passées, ai-je constaté après avoir jeté un coup d'œil à la pendule. J'ai besoin d'un café. Et vous ?

— Absolument, a-t-elle convenu en m'offrant un de ses sourires à fossettes. Je vais nous en chercher un.

— Ne vous fatiguez pas à aller en faire un à la cuisine, descendez au café. Je pense que nous avons bien mérité une friandise, par-dessus le marché : rapportez-moi un biscuit Florentine », ai-je ajouté en lui tendant la carte de crédit de l'entreprise.

Elle m'a souri à nouveau avant de s'incliner.

« Voilà la meilleure idée de tous les temps, patronne », a-t-elle dit avant de quitter le bureau.

Mon entreprise occupait un étage dans un petit immeuble de la ville. Le bâtiment était neuf, mélange de béton et de verre légèrement teinté. Le loyer était élevé, mais je pouvais facilement me le permettre. J'avais, pour bureau personnel, un endroit calme et ordonné, meublé d'une table de travail en bois blanchi à la chaux et d'un canapé en cuir blanc sur une somptueuse moquette grise. Une petite plaque de bronze provenant de chacun de mes cinquante salons d'épilation à la cire en tapissait les murs et, les soirs où je travaillais tard et m'inquiétais du temps que je passais loin de chez moi, je laissais doucement mes mains courir sur les lettres gravées – « Wax to the Max Bondi », « Wax to the Max Sydenham », « Wax to the Max St Ives » – en m'émerveillant de tout ce que j'avais accompli.

Tamara travaillait pour moi depuis deux ans. Elle avait dîné chez moi et m'avait accompagnée sur des salons consacrés aux soins d'esthétique à l'étranger, afin que nous puissions trouver de nouveaux produits pour mes établissements. Elle avait commencé à travailler pour moi dès sa sortie de l'université, impatiente de mettre à profit son diplôme en marketing. Elle était jolie, pas belle mais jolie, avec des cheveux blonds, un sourire à fossettes et la peau fraîche de la jeunesse.

Des années ont passé. Elle est toujours jolie, mais le fard de la jeunesse a disparu.

Je garde un œil sur elle de même que je le fais avec beaucoup de gens. Je la suis sur Instagram, je lis ses posts.

Je pense souvent à tous ceux avec qui j'ai travaillé. Je suis les comptes de certains d'entre eux, mais pas de tous. Je me demande ce qu'ils disent à mon sujet lorsqu'il leur arrive de parler de moi ou s'ils parlent de moi tout court. À l'époque, quand c'est arrivé, mon histoire avait valeur d'avertissement, récit édifiant qu'on se racontait dans les restaurants et les pubs. Mais je suis sûre que tout s'est effacé des mémoires à présent.

Je renifle à nouveau la vodka, laissant le souvenir me meurtrir une fois de plus. Lorsque Tamara a quitté le bureau ce jour-là, je me suis assise sur ma chaise et j'ai fermé les yeux, savourant d'avance le goût riche du chocolat noir mélangé aux corn-flakes et aux noix. J'étais fatiguée, mais exaltée parce que nous avions résolu un problème qui nous tourmentait depuis plusieurs semaines. Je ne me doutais pas qu'en l'espace de quelques minutes, mon exaltation allait disparaître, parce que j'en viendrais à comprendre que toute ma vie n'était qu'un leurre.

Cela s'est résumé à une simple erreur. Il est surprenant de constater la fréquence à laquelle ce genre de choses se produit dans la vie : une broutille déclenche un événement énorme, le battement d'ailes d'un papillon un tsunami.

Je me revois telle que j'étais ce jour-là. En robe bleu marine, veste assortie et escarpins noirs. Mes cheveux étaient coiffés en chignon, sans la moindre mèche mal placée, une coiffure sur laquelle je m'étais entraînée sans relâche, jusqu'à être capable de la réaliser rapidement et parfaitement.

Je me regarde aujourd'hui et je n'arrive pas à croire que mon instinct, mon esprit ne m'aient pas soufflé ce qui allait arriver à ma vie. Je ne me suis pas doutée un instant que je n'aurais plus jamais l'air aussi impeccable, aussi aisément maîtresse de moi-même que ce jour-là.

Le téléphone posé sur le bureau a tinté, annonçant la réception d'un message, et j'ai baissé les yeux. Un coup du sort, une coïncidence, une petite erreur et c'est toute une vie qui a basculé.

Tamara et moi avions des étuis de téléphone qui se ressemblaient, presque identiques, et c'est ainsi que les ailes du papillon ont commencé à battre. *Flap, flap.*

Je n'ai pas réfléchi, j'ai juste attrapé le téléphone et j'ai lu le message, pensant qu'il s'agissait de mon appareil. *Flap, flap*, ont fait les ailes du papillon, et une vague qui allait noyer ma vie s'est déchaînée.

Dans ma cuisine, je me penche à nouveau sur la vodka, je la renifle, puis j'effleure le bord du goulot avec mes lèvres. Mais je ne bois pas. Je ne suis pas alcoolique. Je ne bois pas, je laisse juste revenir le souvenir du texto que j'ai vu sur un téléphone dont j'ai tout de suite compris qu'il n'était pas le mien.

Salut, mon rayon de soleil, j'ai hâte de te voir. Bisous.

L'expéditeur se désignait sous le nom improbable de « ta lune et tes étoiles », ce qui était à la fois gnangnan et stupide, d'autant que je savais exactement de qui il s'agissait. Faute de pouvoir déverrouiller son téléphone, j'étais dans l'incapacité de vérifier le numéro, mais cela n'avait pas d'importance parce que j'étais déjà certaine du nom de l'expéditeur.

Pour quiconque lisait ce texto, il s'agissait simplement du message d'un petit ami de Tamara, de quelques mots gentils, mais j'ai su immédiatement et sans poser de questions qui en était l'expéditeur.

Parce que j'avais été son rayon de soleil, avant que mon entreprise ne prenne de l'ampleur, avant que Cordelia ne naisse, avant qu'il ne se moque de ce que je faisais de mon temps au lieu de me soutenir. C'était moi, son rayon de soleil.

Nous nous étions rencontrés à l'université, par une journée d'hiver glaciale. À cause des nuages gris au-dessus de nos têtes, on avait l'impression, à 14 heures, qu'il était bien plus tard. Je me rendais à un cours de statistiques. J'avais froid, j'étais irritable et je me suis affalée sur le premier siège vide que j'ai trouvé. Puis je me suis tournée vers mon voisin et j'ai croisé le regard d'un garçon aux yeux marron et aux cheveux châtains, et j'ai souri.

« En voilà un rayon de soleil ! » m'a-t-il lancé en me rendant mon sourire. À partir de cet instant, j'ai été son rayon de soleil et j'ai pensé l'être pour toujours. Tout n'était pas parfait, mais aucun mariage ne l'est jamais.

Salut, mon rayon de soleil, j'ai hâte de te voir. Bisous.

À force de fixer ces mots, j'ai fini par ne plus entendre la sonnerie du téléphone qui ne cessait de retentir à l'extérieur de mon bureau.

Il pouvait s'agir d'une coïncidence, bien sûr. Ce petit nom affectueux n'était pas vraiment original pour désigner un être cher. Et tandis que j'étais assise à ma table de travail, son téléphone à la main, j'ai espéré et prié pour que ce soit le cas. Sinon, cela signifiait non seulement que mon mari me trompait, mais aussi qu'il le faisait avec cette femme-là. C'était moi qui lui versais son salaire, à cette Tamara. Je passais toutes mes journées avec elle. Je l'aimais bien et l'aidais à améliorer son estime de soi afin qu'elle puisse s'épanouir sur son lieu de travail. J'étais une bonne patronne et je croyais être une bonne épouse. Mais si cette relation entre eux était avérée, cela signifiait qu'à l'évidence, j'étais aussi mauvaise patronne qu'épouse. Je savais que Robert ne me considérait pas comme la meilleure des mères, aussi, une fois le compte effectué, il en ressortait que j'étais une nullité parfaite : trois échecs sur trois – mère, épouse, patronne.

Pourquoi aurait-elle fait ça, autrement ? Elle était jeune et il y avait bien assez d'hommes sur les applications qu'elle utilisait et dont elle discutait parfois avec moi. Pourquoi faire cela ?

Lorsqu'elle est entrée en tenant deux tasses de café, elle a dit :

« J'ai oublié mon téléphone. Je devais avoir besoin d'un remontant bien plus que je ne le pensais.

— Vous avez reçu un message, ai-je répliqué. J'ai cru qu'il s'agissait de mon portable. »

Son regard s'est porté sur l'appareil posé sur le bureau dans une coque gris métallisé, identique à la sienne.

« Je l'ai lu. »

C'est tout ce que j'ai eu besoin de dire.

Elle savait. Dès que je le lui ai tendu, elle a lentement posé son café et s'est saisie de son téléphone, pour allumer l'écran et vérifier le message.

« Oh, c'est juste un ami à moi », a-t-elle dit en gloussant nerveusement.

Je l'ai regardée en face, j'ai soutenu son regard et, comme cela arrive parfois, j'ai su qu'elle mentait. Tout mon monde s'est effondré.

« Bien, ai-je répondu. Il faut que je... »

Et j'ai arrêté de parler, submergée par des sentiments qui m'étouffaient presque. Je me suis levée, j'ai attrapé mon sac et quitté le bureau. Si j'ai bien pris ma voiture comme pour rentrer chez moi, je ne suis pas rentrée pour autant. J'ai roulé sans but pendant un certain temps, la phrase « *Salut, mon rayon de soleil, j'ai hâte de te voir* » se répétant en boucle dans ma tête. J'aurais aimé que les larmes viennent, parce qu'elles au moins m'auraient soulagée de l'horrible poids dans ma poitrine. Mais je n'arrivais pas à pleurer. Finalement, je me suis arrêtée dans un bar et je me suis accordé le soulagement de quelques verres.

À chaque gorgée de vodka tonic, j'entendais la réprobation maternelle – « *Les chagrins sont faits pour être affrontés, pas noyés* » – et le dégoût de mon père – « *Seuls les êtres faibles et pathétiques se tournent vers la drogue et l'alcool* ». J'ai entendu la voix de Robert – « *Tu aimes cette entreprise plus que tout, plus que moi, plus que Cordelia* » – et j'ai entendu la voix de Cordelia, la plus forte de toutes : « *Pourquoi tu ne viens pas, maman, pourquoi ? Toutes les autres mères seront là. Je suis plus importante que ta conférence. J'existe.* »

Mon téléphone s'est mis à sonner. Quand j'ai vu que c'était Robert, je l'ai fait taire, puis je l'ai posé sur le bar et je l'ai regardé pendant que je buvais, je l'ai regardé essayer de me joindre encore et encore. Robert ne m'appelait jamais pendant la journée. En tant que mère, je me suis brièvement demandé s'il s'agissait d'une urgence liée à Cordelia, mais j'ai écarté cette idée. Ces appels se produisaient trop peu de temps après l'événement du bureau et ils ne cessaient pas. Cordelia avait son propre téléphone de toute façon et c'était le seul appel auquel j'aurais répondu. Entre-temps, il y avait eu des coups de fil de Tamara, de Liza, d'un de mes salons. Je les ai tous ignorés, pour la première fois depuis plus de dix ans.

J'ai noyé mon chagrin jusqu'à ne plus y voir clair, puis je suis rentrée chez moi, la vue brouillée, des martèlements plein la tête. J'ai eu de la chance de ne pas me blesser ou de ne pas blesser quelqu'un d'autre.

Ça, c'est venu plus tard.

Je me revois rentrer en titubant à 1 heure du matin, sans me soucier du bruit que je faisais en montant l'escalier menant à notre chambre. Je m'attendais à trouver Robert endormi, mais il était assis dans notre *king size*, avec une tête de lit tapissée de soie crème, que j'avais payé. Sa lampe de chevet était allumée, il avait un livre à la main.

« Je suppose que ta petite amie t'a téléphoné pour te prévenir que votre secret est éventé, ai-je bredouillé.

— Grace, tu es ivre, a-t-il répliqué. Je t'appelle depuis des heures. Tu étais où ?

— Dans un bar, Rob... Robbie... Robert. J'ai vu le texto que tu lui as envoyé, je l'ai vu, me suis-je emportée.

— Je n'ai aucune idée de ce dont tu parles. Ton assistante m'a appelé pour me dire qu'elle te cherchait. Elle m'a précisé que tu étais partie, que tu n'étais pas revenue et qu'il y avait un problème dans un salon, a-t-il ajouté avec un geste vague de la main, je n'ai rien compris. Je n'ai pas écouté. Qu'est-ce qui ne va pas chez toi, bon sang ? »

Il me considérait, narquois, absolument sûr de lui, assis sur notre lit, sans la moindre trace de culpabilité.

« Tu couches avec elle, avec Tamara », ai-je craché.

J'ai agité les bras dans tous les sens, mon estomac se retournait sous l'effet de l'alcool. Je détestais le voir dans la pièce que je considérais comme mon refuge contre le monde. J'avais choisi le mélange de blanc et de crème avec un soin extrême, appréciant l'atmosphère feutrée que l'épaisse moquette et les rideaux de soie grège communiquaient à la pièce. Mais désormais, elle était gâchée par la présence d'un salopard infidèle.

« Qu'est-ce que tu racontes ? Tu es ridicule et ivre morte. Je savais que ta consommation d'alcool devenait incontrôlable, mais là, ça dépasse les bornes. Tu as conduit dans cet état ? Tu aurais pu tuer quelqu'un ou te tuer toi-même. Va prendre une douche et viens te coucher. »

Il s'est allongé dans le lit, a éteint sa lampe de chevet et fermé les yeux, comme s'il s'apprêtait simplement à passer une nuit ordinaire.

Je me suis précipitée vers lui pour le frapper à l'épaule.

« Tu n'as pas le droit de... mentir à ce sujet ! » ai-je crié en le frappant à nouveau.

Il s'est redressé pour m'attraper la main avant que j'aie le temps de l'atteindre une nouvelle fois.

« Touche-moi encore et je te jure que je vais riposter, a-t-il grogné. Tu te ridiculises, Grace. Va te doucher et viens dormir.

— Tu baises mon assistante, tu la baises ! » ai-je répliqué en reniflant.

J'ai reculé d'un pas mal assuré et me suis tordu la cheville. D'un coup de pied rageur, je me suis débarrassée de mes escarpins. Les larmes ruisselaient sur mes joues.

« Comment tu as pu, Robert ? Mon assistante ? Comment tu as pu ? »

J'ai essuyé mon nez qui coulait dans la manche de ma veste bleu marine.

« Je ne couche pas avec Tamara », a-t-il déclaré d'une voix douce.

Une voix empreinte d'une telle inquiétude pour moi que, l'espace d'un instant, j'ai pensé, malgré mon état de confusion et d'ivresse avancée, qu'il disait peut-être la vérité, que j'avais pris un simple texto et l'avais transformé en quelque chose d'autre.

« Tu mens », ai-je hasardé.

Robert a soupiré et s'est frotté les yeux comme si je l'épuisais.

« Voilà comment ça se termine avec toi, Grace. Tu bois quelques verres et tu deviens paranoïaque et belliqueuse. Pourquoi tu essaies de tout détruire alors que tu as tout ce que tu veux ? Pourquoi tu inventes des histoires ?

— Je ne suis pas... je ne suis pas en train d'inventer », ai-je hoqueté.

Mon ventre s'est violemment contracté et je me suis précipitée aux toilettes où je suis arrivée juste à temps pour y déverser le contenu de mon estomac.

Je pleurais quand j'ai fini et Robert est entré dans la salle de bains.

« Oh, Grace, a-t-il marmonné, regarde-toi. Lave-toi, bon sang. »

Puis il a refermé la porte et m'a laissée là.

J'ai vomi encore et encore jusqu'à ce qu'il ne reste plus en moi que de la bile et du désespoir. Puis je suis allée sous la douche et j'y suis restée aussi longtemps que j'ai pu.

Quand je me suis enfin mise au lit, Robert dormait profondément.

« Tu es un menteur », ai-je chuchoté.

Il a ouvert les yeux.

« Et toi, une ivrogne assoiffée de pouvoir.

— Je veux divorcer, ai-je craché.

— Je n'y vois pas d'inconvénient. J'ai hâte de ne plus avoir affaire à toi et de profiter de ma prise de guerre. La moitié de ton entreprise m'appartient. Ne l'oublie pas, Grace. »

Il s'est glissé hors du lit en attrapant son oreiller.

« Je ne te trompe pas. Tu inventes des choses pour détruire notre mariage et ça a cessé de me préoccuper. Tu te fiches de Cordelia et de moi. La seule chose que tu aimes, c'est ta stupide entreprise : je vais t'en prendre la moitié et la détruire. »

Il a quitté la pièce, me laissant avec les élancements de ma gueule de bois et l'angoisse qui me tenaillait le cœur.

De retour dans mon petit appartement, je secoue le souvenir et je rebouche la bouteille. Empoignant ma valise, j'y loge ma vodka et je me remémore les mots que j'ai prononcés cette nuit-là, lorsqu'il m'a dit qu'il allait me déposséder de tout ce que j'avais construit.

« Je ne te laisserai pas faire, ai-je chuchoté dans l'air. Plutôt te tuer. »

J'allais regretter cette menace.

15

AVA

Ava réarrange les marguerites dans le vase pour que le blanc et l'orange se répartissent également.

Les fleurs ne sont qu'une petite touche supplémentaire. Grace sera bientôt là et elle veut que tout soit parfait. L'embauche de son assistante semble être la seule chose qu'elle ait faite de bien depuis longtemps.

Hier soir, elle a parlé à Finn du courriel de Patricia et il n'a pas réagi comme elle s'y attendait ou comme elle le souhaitait.

« C'est officiel maintenant. L'un d'entre nous va obtenir le poste de direction, lui a-t-elle dit une fois les filles couchées.

— Ça ne va pas rendre les choses faciles au bureau.

— Oui, et j'ai peur que ce soit lui qui décroche la timbale et qu'il n'arrête pas de remuer le couteau dans la paie. »

Elle ne lui a jamais parlé de ce qui s'est passé avec Collin lorsqu'elle était réceptionniste. Elle ne veut pas que Finn ait à y penser lors des rares occasions où Collin et lui se rencontrent, comme les fêtes de Noël du personnel. Mais elle vit dans la crainte que son collègue ne vende la mèche.

« Tu n'as pas dit que tu étais plus douée que lui pour gérer les gens ? a demandé Finn en se servant un verre d'eau.

— Si. Parce que bon, je m'occupe de tous les formateurs, mais il est plus doué pour les affaires, tout simplement parce qu'il a plus de temps et qu'il est retors. Il a parlé dans mon dos à la directrice d'un lycée avec laquelle j'avais rendez-vous.

— C'est sournois.

— Oui, il a prétendu l'avoir rencontrée par hasard dans un restaurant, mais je ne crois pas que ce soit une coïncidence. Je n'aurais jamais dû le mettre au courant de ce rendez-vous, mais on est censés être du même côté.

— Il se peut que ce ne soit qu'une coïncidence, sauf si Collin a vraiment pisté cette femme, a lentement lâché Finn. Je ne pense pas qu'il faille en déduire quoi que ce soit. Et peut-être que...

— Que ? a-t-elle insisté.

— Peut-être que ce serait mieux si c'était lui qui devenait PDG. C'est beaucoup plus de travail et des tas de voyages en Australie et en Asie. Vu que Patricia sera occupée au Royaume-Uni, ça signifie que tu devras reprendre tous ses dossiers. Autrement dit, tu passeras beaucoup plus de temps loin de chez nous.

— Et j'aurai une énorme augmentation, s'est exclamée Ava en finissant d'essuyer le comptoir de la cuisine.

— Mais moins de temps avec les filles. »

Ava s'est interrompue dans son nettoyage, immédiatement accablée par la culpabilité qui pesait toujours sur ses épaules.

« C'est peut-être ma seule chance, Finn. Ça pourrait vraiment changer nos vies. Nous pourrions rembourser le prêt de la maison plus rapidement, prendre des vacances de temps en temps...

— Et je serai beaucoup plus souvent en charge des enfants... C'est juste que je... Je pense que tu travailles assez dur comme ça. Collin sera un bon patron. »

Il a détourné le regard en prononçant ces mots. On aurait dit qu'il n'y croyait pas vraiment.

« Tu parles sans savoir, il est horrible.

— À mon avis, tu exagères, a répliqué Finn en la regardant.

— Ce n'est pas... Je suis...

— Écoute, je vais monter. Je veux travailler un peu ce soir. C'est à toi de décider, bien sûr, mais je pense que cela aura des conséquences négatives sur notre vie de famille. Patricia est en voyage deux semaines sur quatre. Et elle doit participer à des dîners interminables. Pour l'instant, Collin s'occupe un peu de tout ça, et si c'est toi qui te retrouves en responsabilité, tu devras en faire beaucoup plus.

— Comment tu sais ça ? s'est enquise Ava.

— Oh, hum... Tu as dû le mentionner. Il faut que j'y aille, sinon je n'arriverai à rien », a-t-il conclu en quittant la cuisine.

Ava a fini de nettoyer tout en disséquant leur conversation, pour trouver dans les paroles de son mari ne serait-ce qu'un infime soutien. Finn s'intéresse à la carrière de sa femme jusqu'à un certain point, mais elle n'a jamais discuté de l'emploi du temps de Patricia avec lui. Et comment peut-il savoir ce que fait ou ne fait pas Collin ? Elle n'a pas non plus parlé à Finn des voyages de Patricia. Elle n'en a jamais fait le décompte elle-même, tout en sachant qu'ils sont en effet nombreux. Peut-être Finn a-t-il énoncé cette durée au hasard. D'où qu'il tienne cette information, elle est probablement proche de la vérité. Bien qu'Ava soit amenée à établir son propre emploi du temps et qu'elle ne tienne pas à voyager autant que Patricia, l'obtention de cette promotion signifierait en effet beaucoup de temps loin de ses filles, et au cours des brefs voyages qu'elle a effectués dans d'autres États australiens, elles lui ont manqué chaque fois qu'elle s'est absentée.

N'empêche, Finn aurait pu au moins essayer de lui apporter son soutien.

Ava s'est endormie en ressassant tout ce que son mari a dit et a entamé la journée en lui en voulant déjà.

« Grace arrive aujourd'hui, lui a-t-elle rappelé au petit

déjeuner. Je veux que l'appartement soit joli pour elle. Tu peux m'aider à le nettoyer ?

— Elle travaille pour toi, pas l'inverse, a répliqué Finn.

— N'empêche que c'est une personne importante et que je tiens à bien la recevoir, Finn. Je serais prête à faire le ménage pour n'importe qui.

— Et les fleurs ? » s'est-il étonné en montrant le bouquet posé sur le comptoir de la cuisine.

Elle les a mises dans un vase qu'elle désire aller disposer dans l'appartement.

« Je l'aime bien, a répondu Ava. Tu vas m'aider ou non ?

— Je vais emmener les filles au parc, pour que tu ne les aies plus dans tes pattes », a-t-il déclaré.

Ava savait qu'il ne voudrait pas l'aider à faire le ménage et il aimait le grand parc situé à quelques rues de leur maison. Son aire de jeu, entourée d'une clôture protectrice, était équipée d'un tapis souple et d'une structure d'escalade complexe. Les filles l'adoraient, ce qui permettait à Finn de rester assis à faire défiler l'écran de son téléphone pendant qu'elles jouaient.

L'appartement avait été livré avec la maison et un loca-taire, ce qui avait semblé providentiel, au moment où ils l'avaient achetée, six ans plus tôt. Malgré le salaire d'Ava et sa conviction qu'elle ne ferait que progresser dans l'entreprise, l'énorme emprunt était intimidant. À l'époque, Finn acceptait également des commandes régulières – et Ava avait cru qu'il en irait toujours ainsi –, jusqu'à ce qu'il lui annonce que, s'il voulait devenir un artiste sérieux, il devait se concentrer uniquement sur son travail. Il avait cessé de prendre des commandes lorsque Hazel avait eu six mois et qu'Ava avait repris son travail. Elle l'avait soutenu, à l'époque, persuadée qu'il n'était qu'à quelques mois d'organiser une exposition et de vendre ses magnifiques œuvres. Mais comme il s'occupait principalement des enfants et qu'Ava travaillait, il n'avait pas peint assez de toiles pour pouvoir monter une exposition. Par-dessus le marché, d'un naturel très exigeant, il trouvait nombre de ses peintures insuffisantes et les abandonnait aussitôt.

Leur locataire précédent, Jed, qui étudiait pour devenir chef cuisinier et débutait dans la restauration, a pris un emploi dans un restaurant de Melbourne. Son loyer leur avait mis un peu de beurre dans les épinards, aussi Ava souhaite-t-elle vraiment que quelqu'un d'autre emménage le plus tôt possible.

L'appartement a été construit pour le fils adolescent du dernier propriétaire et loué lorsque le jeune homme a déménagé. Il est bien agencé, avec une salle de bains avec une douche joliment carrelée ainsi qu'une cuisine d'une taille raisonnable avec un plan de travail en pierre noire. Il est assez grand pour qu'une personne seule y vive confortablement, parce que la chambre à coucher et la salle de séjour sont séparées. Grace n'y restera pas longtemps et, dès qu'elle sera repartie, Ava devra se charger de trouver un locataire. Finn était censé s'en occuper, mais ce n'est pas une priorité pour lui et elle en a assez de le harceler à tout bout de champ. Certains jours, elle a l'impression qu'elle ne lui parle que pour lui donner une liste de tâches à accomplir, tâches dont elle lui a qui plus est demandé de s'occuper à maintes et maintes reprises.

Ce matin, après que les filles ont quitté la table du petit déjeuner, elle a de nouveau dressé la liste de toutes les choses à faire à la maison, le ménage de l'appartement en tête.

Finn l'a écoutée, impassible, en sirotant son café.

« Tu sais, au lieu de me répéter de changer les draps et de faire le recyclage, tu pourrais le faire toi-même, ça ne te prendrait pas plus de temps, a-t-il répliqué.

— Tu as raison, je pourrais tout faire, mais ce n'est pas juste. Je ne devrais pas avoir à te le demander sans cesse, Finn. Pourquoi ne peux-tu pas te charger de ces corvées-là, du genre nous trouver un nouveau locataire pendant la semaine, quand je suis au travail ? »

Elle s'est levée de table, a ramassé les assiettes du petit déjeuner et les a rangées dans le lave-vaisselle.

« Ava, je sais que je ne gagne pas autant d'argent que toi en ce moment, mais j'ai presque assez de toiles pour une exposition et à partir de là, je gagnerai de l'argent. Tu sais qu'Hector attend que j'aie assez d'œuvres pour les exposer dans sa galerie. C'est mon travail et c'est ce à quoi je m'occupe pendant la semaine, en plus de prendre soin des filles. J'aimerais vraiment que tu ne minimises pas continuellement ce que je fais. Et que tu arrêtes de me critiquer chaque fois que tu ouvres la bouche.

— D'accord, je suis désolée, Finn, a-t-elle répondu en levant les mains. Je vais me charger de tout.

— Ce n'est pas ce que je dis, Ava. Tu fais tout un pataquès à propos de conneries domestiques, alors que je te parle de la façon dont tu t'adresses à moi et de ce que tu me dis. Je sais que tu me considères comme un raté et parfois, c'est aussi de cette manière que je me vois, donc tu n'as pas à t'inquiéter : je pense à ces choses-là autant que tu le voudrais.

— Je ne te considère pas comme un raté, a soupiré Ava.

— Oh, je t'en prie. Je sais ce que tu penses. Et peut-être que tu as raison, peut-être que je suis juste... juste ça. »

Ava a fermé les yeux. Les filles jouaient dans le salon et si elle lui disait le fond de sa pensée, cela ne ferait que dégénérer en une dispute énorme. Elle savait aussi que Finn voulait être rassuré, mais elle n'avait pas envie de lui accorder ce réconfort pour le moment.

Alors, elle est allée préparer le sac pour que Finn puisse emmener les filles au parc.

Il était plus paisible de nettoyer ce petit espace bien rangé que de s'attaquer à sa grande maison chaotique. Elle a tout nettoyé à fond, même les étagères de l'armoire, et regarde maintenant autour d'elle pour s'assurer que tout est parfait.

La fenêtre est ouverte, laissant entrer l'air chaud de février. Elle envisage un instant de la refermer et d'allumer l'air conditionné, mais elle veut que la pièce soit aérée et sente bon.

Un message sur son téléphone l'avertit de l'arrivée de Grace. Elle ouvre la porte de l'appartement et salue son assistante, qui se tient dans la rue, devant sa voiture.

Grace lui répond par un signe de la main et se dépêche de monter l'escalier de bois peint en bleu vif.

— Oh, c'est charmant, s'extasie-t-elle en regardant autour d'elle.

— Vous êtes sûre que ça vous convient ? demande Ava. Si ça ne vous plaît pas, vous pouvez me le dire.

Grace déambule dans l'appartement, se faufile dans la chambre et dans la salle de bains.

— Non, non... J'adore. C'est tellement plus agréable qu'une chambre d'hôtel. Mais vous êtes sûre que je ne peux pas vous payer un loyer ?

— Ce n'est que pour une semaine, réplique Ava. Je dois trouver un locataire, ensuite.

— Pourquoi ne pas me confier cette tâche, dans ce cas ? Je passerai les annonces, je sélectionnerai les candidats et je vous présenterai les meilleurs, afin que vous puissiez choisir quelqu'un, votre mari et vous.

— Je ne peux pas vous demander ça, proteste Ava.

Mais une bouffée de soulagement l'envahit : ce serait peut-être une chose de moins à gérer.

— Mais vous n'avez rien demandé, c'est moi qui ai proposé, et c'est le moins que je puisse faire. C'est très gentil de votre part de m'offrir un endroit où séjourner pour la semaine.

Grace sourit et hoche la tête tout en parlant. Ava comprend que ce n'était pas une proposition en l'air. Grace semble être de ces personnes qui disent : « Faites-moi savoir si je peux vous aider en quoi que ce soit » et qui le pensent vraiment, au lieu de lancer les mots en espérant que leur destinataire refusera poliment toute aide.

— Dans ce cas, j'accepte volontiers votre offre, répond Ava.

Elle a l'impression d'avoir accompli quelque chose, même si rien n'a encore été fait.

— Maman, maman, entend-elle depuis l'allée.

— C'est Finn et les filles, venez, je vais vous présenter, suggère Ava.

Elle se retourne pour descendre de l'appartement et gagner l'allée.

Hazel et Chloe s'y trouvent avec Finn. Ni l'une ni l'autre ne porte de chapeau, elles ont les joues rouges et le visage maculé de la glace au chocolat qu'elles aiment tant.

Ava se mord la lèvre pour ne pas réprimander son mari devant Grace.

— Bonté divine ! s'exclame son assistante, vous avez l'air de vous être bien amusées au soleil. Je parie que vous avez toutes les deux de très jolis chapeaux.

Il y a quelque chose dans sa façon de dépeindre la situation qui pointe les joues rougies et les visages sales des filles sans qu'elle ait eu besoin de l'exprimer. Ava est à la fois embarrassée et confortée. Sa colère contre Finn n'a rien de déraisonnable.

— Oui, on a oublié le sac avec les encas et les chapeaux, avoue Finn, penaud.

Le sac que j'ai préparé pour toi avant de commencer le ménage. Ava ravale les mots pour s'empêcher de les prononcer. Pourvu que Grace n'aille pas penser qu'elle est une mauvaise mère. Elle en vient soudain vaguement à se demander si elle a bien fait de proposer à son assistante de séjourner chez elle. Sa vie familiale et sa vie professionnelle sont désormais imbriquées l'une dans l'autre. Sa décision a été impulsive, mais il est exclu de revenir en arrière et ce n'est que pour une semaine, de toute façon.

Son mari adresse à Grace un sourire éblouissant et lui tend la main.

— Je suis Finn. Ava m'a dit que vous aviez magnifiquement rangé son bureau.

Grace lui tend la main et Ava voit qu'elle a piqué un léger fard. Finn est le charme personnifié et même si Grace doit avoir au moins dix ans de plus que lui, il ne la laisse manifestement pas indifférente.

— Grace, répond-elle, avant de regarder les filles. Et vous devez être Hazel et Chloe. J'ai hâte de mieux vous connaître.

Son aînée tend la main de la même façon que Finn et serre la main de Grace.

— J'ai hâte de mieux vous connaître, moi aussi, dit-elle de sa meilleure voix d'adulte.

Grace éclate de rire.

— Je vois que le monde n'est pas prêt pour la jeune Hazel Green.

Ava est ravie de ce compliment. Hazel est volontaire, têtue et difficile, mais Ava veille continuellement à ne pas tenter d'éradiquer ces traits de caractère. C'est ce que sa mère a essayé de faire avec elle, en se tordant les mains chaque fois qu'Ava lui répondait. Pam est déconcertée par l'ascension de sa fille dans le monde de l'entreprise. Elle n'a repris le travail qu'après son divorce, quand Ava avait onze ans, et elle a détesté chaque instant passé derrière un bureau, à faire office de secrétaire.

« Les enfants sont le plus beau cadeau du monde, ne cessait-elle de répéter. Si j'avais pu en avoir beaucoup, ton père ne nous aurait jamais quittées. C'est ce que tu dois viser, Ava. Un foyer plein d'enfants et un homme qui reste à tes côtés. »

Ava sait que si sa mère avait pu rester à la maison, elle aurait réussi à éradiquer les qualités dont Ava a besoin dans le monde de l'entreprise. Son enfance a été un peu solitaire, mais elle est heureuse d'avoir eu le temps et l'espace de s'accrocher à ce qu'elle est. Elle n'a jamais remis en question l'amour absolu de sa mère, mais elle a toujours eu l'impression que celle-ci avait le sentiment de n'avoir pas été à la hauteur pour sa fille unique. « Je voulais te donner la meilleure vie possible, pas t'obliger à grandir dans une famille monoparentale, regrettait souvent sa mère. Tu méritais tellement plus que cela.

— Mais tu m'as donné la meilleure vie possible, maman, répliquait Ava pour la réconforter. Je sais que tu es là pour moi. »

Son père s'est remarié peu après le divorce et Ava a maintenant beaucoup de demi-frères et sœurs, qu'elle ne voit cependant que rarement. Sa belle-mère a préféré que le père d'Ava oublie sa première famille et il y est très bien parvenu, comme seuls les hommes semblent être en mesure de le faire.

Ava soupire, abandonnant ses pensées à propos de son père. Elle a l'amour et le soutien de sa mère et c'est tout ce dont elle a besoin.

— Je veux nager, je veux nager, couine Chloe.

— Oui, oui, allons-y, accepte Finn. Ravi de vous avoir ici, Grace. Faites-moi savoir si vous avez besoin d'un coup de main pour vous installer.

Il sourit et, une fois de plus, Grace rougit légèrement.

« Finn le fabuleux dragueur », c'est ainsi que Lucy l'a toujours décrit, parce que c'est ce qu'il est. *Flirter n'est pas tromper*, se rappelle Ava. Et en effet. Flirter est un passe-temps innocent, auquel tout le monde s'adonne. Même Ava se surprend à sourire et à pencher la tête lorsqu'elle essaie de conclure une affaire avec un directeur d'école. Il est dans la nature humaine d'être sensible aux belles personnes et Finn a un physique des plus avenants, tout comme Grace, bien qu'elle semble affectionner une apparence très discrète.

— Bien, dit celle-ci. Je vais aller chercher mes affaires.

— Vous avez besoin d'aide ? propose Ava.

— Non, j'ai juste emporté une valise et quelques provisions.

Allez donc profiter de cet après-midi avec vos charmantes petites.

Ava acquiesce et remet les clés à Grace. Elle va vérifier que les filles se soient bien tartinées de crème solaire et portent leur bonnet de bain. La journée étant une nouvelle fois caniculaire, elle espère qu'aucune n'a pris de gros coups de soleil. Le parc est équipé d'un pare-soleil, mais Finn a été irresponsable d'oublier le sac.

Une fois sûre que les filles ne risquent rien, elle se rend à la cuisine afin de préparer le déjeuner pour tout le monde et se surprend à fredonner.

Elle ne doute pas que Grace leur trouvera le locataire idéal, et ce locataire les aidera à payer les factures et l'emprunt. Sa bonne action, consistant à offrir à son assistante un logement pour la semaine, a été immédiatement récompensée.

Tout en découpant des fruits, elle se félicite d'avoir engagé Grace. Ce dont elle a besoin, c'est d'une « Grace » à la maison aussi. Si elle est promue, l'argent supplémentaire pourrait lui permettre d'embaucher quelqu'un. Cela leur serait bénéfique, à Finn et elle, quoi qu'il en dise. Elle est sûre qu'il serait heureux d'avoir plus de temps pour travailler.

Dans la piscine, les filles s'égosillent et s'éclaboussent et, au son des stridulations des cigales dehors, Ava éprouve quelques minutes de contentement. Toutes les petites choses que Finn néglige pourraient être effectuées par quelqu'un dont le travail consisterait à faire tourner la maison.

Ce soir, elle lui parlera et l'informera que, malgré ses réticences, elle veut absolument le poste. Ils trouveront un moyen pour que cela fonctionne.

Les choses vont s'améliorer à partir de maintenant, Ava le sent.

16

GRACE

Le premier soir, je suis en train de déballer mes affaires et de savourer une assiette de brie et de crackers artisanaux dans l'appartement situé au-dessus du garage, lorsqu'on frappe un petit coup léger à ma porte.

Hazel se tient sur mon seuil, un petit sourire aux lèvres.

— Maman dit qu'on organise un barbecue et est-ce que tu voudrais venir dîner, s'il te plaît, merci ?

Je ne peux m'empêcher de rire tout en opinant.

— J'adorerais, merci.

C'est une petite fille ravissante et je n'ai qu'à regarder son père pour voir d'où elle tient son physique. J'espère qu'en grandissant, elle ne laissera pas ses atouts la détourner de la personne qu'elle pourrait être. Je lui prédis un très bel avenir. D'après ce que je sais d'Ava, je suis sûre qu'elle encouragera sa fille à conquérir le monde.

— Ça commence bientôt, parce que papa dit qu'il se fait tard et que Chloe et moi, on doit lui donner un peu de répit.

— Je descends dans une seconde. Merci beaucoup, Hazel.

Elle acquiesce et descend l'escalier, sautant d'une marche à l'autre.

Je m'étais préparée à cette éventualité. Je ne voudrais pas apporter une bouteille de vin, mais j'ai acheté une jolie boîte de chocolats de qualité pour Ava et deux petits sachets de pièces en chocolat pour les filles.

Je vérifie rapidement ma coiffure et mon maquillage, puis je descends. Il est à peine plus de 17 heures, mais j'imagine qu'un dimanche avec deux jeunes enfants peut sembler très long. Cordelia est fille unique et, le dimanche, quand je ne travaillais pas, je profitais de chaque instant passé avec elle pour aller au cinéma ou visiter le zoo. Cela étant, la plupart du temps, je travaillais. Voilà la vérité. Le docteur Gordon pensait qu'il était important pour moi de me répéter constamment la vérité, et je sais que, plus d'une fois, en regardant les gens autour de moi, j'ai dû me retenir de crier que je savais n'être pas la seule à mentir.

Je prends une profonde inspiration avant de franchir la porte d'entrée ouverte et de me laisser guider par le son des voix dans la maison.

Ava s'active en cuisine – elle prépare une salade.

— Oh, vous n'auriez pas dû, dit-elle quand je lui tends les chocolats.

Hazel et Chloe montent la garde à côté d'elle, impatientes de recevoir leurs propres cadeaux, dont elles sont ravies.

— N'allez surtout pas les manger avant le dîner, dis-je en jetant un rapide coup d'œil à Ava, qui acquiesce.

Je ne voudrais surtout pas dépasser les bornes.

— Je ne savais pas trop ce que vous mangiez, mais Finn prépare du poulet et des épis de maïs, déclare Ava en posant la salade sur la table de la salle à manger.

Les portes vitrées coulissantes sont ouvertes, et je suis Ava dans le jardin. Finn se tient devant le barbecue, en short et T-shirt moulant qui remonte et révèle un ventre ferme lorsqu'il lève un peu les bras.

Les effluves de viande rôtie me nouent aussitôt la gorge. Cela fait six ans que je suis incapable d'en manger.

— Je suis végétarienne, dis-je. Mais une salade avec des épis de maïs, c'est parfait, exactement le menu que j'aurais choisi si j'avais préparé le repas.

— Génial, fait Ava, visiblement soulagée.

Le dîner est un peu emprunté, car personne ne sait exactement les questions qu'il peut poser. Notre relation devrait se limiter au lieu de travail, et ma présence ici a fait basculer les choses dans le domaine personnel. Je prends le contrôle de la situation en interrogeant Finn sur son travail. Il est d'entrée de jeu évident qu'il adore en parler.

— Ava m'a dit que vous étiez artiste peintre, j'attaque. Quel est votre matériau préféré ?

— Principalement la peinture à l'huile, mais j'aime aussi utiliser le fusain. Parfois, une œuvre fonctionne mieux avec la profondeur et la variété d'ombres que permet le fusain.

— Et qu'aimez-vous peindre ?

Il y a des tableaux accrochés partout dans la maison, toutefois je ne les ai pas regardés d'assez près pour savoir s'ils ont été peints par Finn ou non.

— J'aime les visages, dit-il. J'aime les angles et les ombres, la façon dont le visage d'une personne me dit qui elle est et quelle est son histoire.

J'acquiesce avec empressement. J'en déduis que les portraits des filles sont tous de lui. Il est très doué.

J'aimerais lui demander ce qu'il voit quand il me regarde, mais je ravale la question. La réponse risque de me déplaire.

— Et vous effectuez des travaux sur commande ?

Je pose la question, même si je connais la réponse. J'ai fait des recherches à son sujet et, bien qu'il ait un site web, il déclare explicitement ne pas accepter de commandes pour l'instant. Je ne sais absolument pas pourquoi, peut-être juge-t-il indigne de son talent de peindre le grand-père ou l'enfant de quelqu'un. Si j'étais Ava, cela me contrarierait, d'autant qu'elle travaille vraiment dur. J'ai une vague idée de ce que doit être son salaire et je connais aussi le prix de cette maison. Ils sont sans doute très justes financièrement, comme de nombreuses familles. Pourquoi Finn ne fait-il pas tout ce qu'il peut pour gagner plus d'argent ?

— Cela m'arrive parfois, mais pas en ce moment. Là, je travaille sur le portrait de mon arrière-grand-père. Il vivait en Irlande et il était fermier...

Finn continue à parler et je hoche la tête tout en observant Ava, qui découpe la nourriture pour les filles, essuie leurs mains collantes et va chercher de l'eau quand elles en demandent. De temps en temps, elle met un peu de nourriture dans sa propre bouche.

— Je garde la boutique ici et je peins quand j'en ai le temps, tandis qu'Ava sort dans le monde et passe ses journées avec des adultes, conclut Finn.

J'acquiesce et je souris, puis je jette un coup d'œil à Ava, qui rougit légèrement en entendant ce commentaire. Bien sûr, je sais qu'elle a du mal à trouver un équilibre dans sa vie. Je me souviens d'avoir rencontré les mêmes difficultés, un jour.

Il m'est arrivé une fois de rester éveillée jusqu'à 4 heures du matin lorsque Cordelia avait de la température, d'avoir vérifié son état toutes les vingt minutes en attendant que le médicament fasse son effet, puis d'être allée secouer Robert en le suppliant de me laisser dormir quelques heures avant ma réunion à la banque, où je devais renégocier mon prêt commercial. Le lendemain soir, alors que Cordelia allait mieux et que j'arrivais tout juste à ne pas m'endormir à table, tant j'étais épuisée, je l'ai entendu au téléphone avec sa mère, lui expliquant qu'il était fatigué parce qu'il devait à la fois travailler et s'occuper d'une enfant malade. Sa mère, qui me détestait parce qu'elle me trouvait arrogante, ne demandait qu'à compatir aux souffrances de son fils marié à une femme qui ne savait pas donner la priorité à sa famille.

— Elle a de la chance de vous avoir, dis-je à Finn, qui opine.

Le maïs est délicieux, agrémenté de beurre et d'herbes aromatiques, et le dîner est bientôt terminé. Ava se lève pour commencer à débarrasser.

— J'ai une idée, dis-je rapidement.

— Est-ce que cela implique de manger ces charmants chocolats ? s'esclaffe Ava.

— Non, je réponds. Ils sont juste pour vous, mais peut-être me permettrez-vous de vous donner un peu de mon temps libre en guise de remerciement pour ce charmant dîner et pour votre invitation à séjourner chez vous ?

— Oh ? fait Ava, faute de comprendre ce que je suggère exactement.

— Pourquoi ne me laisseriez-vous pas m'occuper du nettoyage et des enfants, pendant que Finn et vous iriez prendre un verre quelque part ? Il est encore tôt et je suis sûre que Hazel sera capable de me dire exactement ce que je dois faire. Vous pourriez avoir une heure ou deux, juste votre mari et vous.

Je retiens mon souffle pendant qu'Ava réfléchit. Je vois bien qu'elle va refuser : elle ne me connaît pas très bien, après tout.

— Je peux lui dire ce qu'il faut faire, je peux, je peux, s'écrie Hazel, trop heureuse d'être responsable d'une adulte.

— Ça me semble une excellente idée, renchérit Finn en s'adossant à sa chaise.

— Eh bien... dit Ava.

Elle hésite encore.

— Vous avez mon numéro et j'ai le vôtre, et je suis sûre qu'une pause vous ferait le plus grand bien. Vous travaillez si dur.

— Oui, viens, allons boire un verre. Ça fait des années qu'on n'a pas fait ça.

Finn se lève comme si la décision était déjà prise. Je remarque qu'il n'a pas esquissé un geste pour débarrasser la moindre assiette de la table.

— Seulement si vous êtes sûre. Elles doivent être au lit à 20 heures et...

— Je suis sûre, et je pense que tous les enfants ont besoin d'un bain et d'une histoire. Hazel sera plus que capable de me montrer ce que je dois leur lire.

— D'accord, d'accord, répond Ava.

Elle n'est toujours pas pleinement convaincue, mais la perspective d'un repos bien nécessaire la tente. Si elle m'avait engagée sur un site de baby-sitting, elle m'aurait fait passer un entretien et m'aurait donné une chance, en supposant que mes références avaient été vérifiées. Or, nous avons déjà passé de nombreuses heures et journées ensemble, et elle a vérifié mes références.

— Merveilleux, reposez toute la vaisselle et filez. Ce sera vite fait.

— Oui, viens, Ava, allons-y, insiste Finn.

Il faut encore quelques minutes de négociation, pendant lesquelles Ava m'explique tout ce dont les enfants ont besoin et, avant qu'ils ne sortent et que je me retrouve seule avec les petites, me montre la liste des numéros d'urgence sur le réfrigérateur.

Je n'ai jamais fait de baby-sitting à l'adolescence. Le seul enfant dont je me sois jamais occupée est Cordelia et, bien sûr, les choses sont différentes avec votre propre enfant.

Nous nettoyons toutes les trois la table du dîner, même la petite Chloe participe, en portant avec précaution une assiette à la fois dans la cuisine. Hazel est si autoritaire qu'elle en est presque impolie, me donnant des instructions sur ce qu'il faut faire, mais je ne le prends pas personnellement. Elle a cinq ans et je sais que le monde lui dira bien assez tôt de se taire et de se montrer polie, d'être gentille, d'être agréable et de garder ses opinions pour elle.

— Et maintenant ? demande Hazel, une fois que tout est propre.

— Eh bien... j'hésite. Nous pourrions peut-être... faire des pâtisseries ?

Les enfants aiment beaucoup la pâtisserie. Cordelia adorait cela, qui se tenait à mes côtés et jetait des pépites de chocolat dans la pâte à biscuits avec un certain sérieux. Elle est devenue une très bonne pâtissière. Je ne sais pas si elle concocte encore des gâteaux. J'ai le cœur serré et douloureux quand je songe aux changements qui se sont produits en six ans chez mon enfant, à tout ce que j'ai manqué de sa vie.

La seule chose que je sais, c'est qu'elle n'est pas avec l'homme qu'il lui faut.

Garth Stanford-Brown est avocat dans un grand cabinet et il a neuf ans de plus que Cordelia. Je le suis également sur Instagram : ses posts sont remplis de photos de lui dans sa robe de plaideur, célébrant les affaires qu'il a gagnées, jouant au football. Il est la star de son propre spectacle et il tient à rabaisser Cordelia, à ce qu'elle se fonde dans la masse au lieu de se démarquer. C'est pourquoi il se moque d'elle sur ses réseaux sociaux. Au fond, Cordelia a choisi un homme comme son père, mais avec beaucoup plus d'intelligence et d'argent.

Hazel me ramène à la joyeuse cuisine qui a besoin d'être rénovée mais qui est parfaite pour les enfants, avec ses portes en mélamine crème et son plan de travail en pierre bleue.

— Oui, dit-elle, on peut faire des cupcakes. Maman a une boîte dans le garde-manger et elle a dit qu'on pourrait en faire samedi si elle avait le temps. Mais elle a pas eu le temps, parce qu'elle a fait la lessive et encore la lessive et qu'elle a dû ensuite aller à l'épicerie et papa a dit qu'elle ne s'arrêtait jamais pour une foutue minute.

— Eh bien, nous avons le temps ce soir, alors allons-y. D'accord, Chloe ? je demande à la benjamine, beaucoup plus calme, qui se contente de hocher la tête.

Pendant que nous prenons tout ce dont nous avons besoin, je remarque que le garde-manger a des étagères collantes, de même que le réfrigérateur. Ça me démange de les nettoyer, mais ce serait peut-être aller trop loin. J'ai déjà rangé le salon sous prétexte que les jouets traînaient partout et que je gardais les enfants, donc ça va.

Je me montre patiente avec les fillettes qui jettent les ingrédients dans le bol et mangent des pépites de chocolat parce que nous préparons des cupcakes aux pépites de chocolat. C'est la seule activité pour laquelle j'ai toujours eu du temps avec Cordelia, une précieuse demi-heure pendant laquelle je ne répondais pas au téléphone et ne me préoccupais pas du travail. Comme Robert ne se joignait jamais à nous, c'était toujours notre moment à deux.

— Ça doit être amusant d'avoir papa à la maison avec toi tous les jours, dis-je à Hazel, qui hausse les épaules et se fourre une nouvelle pépite de chocolat dans la bouche. Si tu les manges toutes, nos cupcakes ne seront pas très beaux, je constate en souriant. Qu'est-ce que tu fais avec papa quand tu n'es pas à l'école ?

— On va au parc, on va dans les magasins et parfois au restaurant avec la maman de Sami et on prend des milk-shakes. Chloe les aime à la fraise, pas vrai, Chloe ? demande Hazel à sa sœur, qui acquiesce avec enthousiasme.

— La maman de Sami ? j'insiste dans l'espoir d'obtenir plus d'informations.

— Oui, elle est gentille et Sami est dans ma classe et tous les jours après l'école, papa et elle, ils parlent, ils parlent, ils parlent, et moi, Sami et Chloe, on joue sur la structure d'escalade à l'école. Enfin, normalement, Chloe n'a pas le droit, parce que c'est seulement pour les grands.

— Je suis grande, proteste l'intéressée, en levant trois doigts pour me montrer à quel point elle est grande.

— Tout à fait, je la rassure. Et je parie que tu es très douée pour grimper sur la structure d'escalade. Sami a un papa ? je demande à Hazel.

J'ignore si Sami est un garçon ou une fille. C'est un prénom qui fonctionne pour les deux sexes.

Hazel se penche vers moi et murmure, comme si quelqu'un risquait de nous écouter :

— Sami, il dit que son papa s'est enfui.

— Oh ! je m'exclame.

Sami est donc un garçon et sa mère est célibataire. Ava a-t-elle déjà pensé à poser ce genre de questions à ses enfants ?

Certes, je n'avais jamais songé à interroger qui que ce soit dans ma vie. Je pensais que Robert et moi formions une équipe, que notre mariage reposait sur une base solide d'amour, de confiance et d'amitié. Je partais du principe que Tamara m'aimait et me respectait.

Je chasse ces pensées et j'essaie de me concentrer sur ce que je fais avec les fillettes.

— Bon, on a terminé, je déclare.

Elles s'écartent tous les deux quand je glisse les cupcakes dans le four.

— Maintenant, il est temps d'aller au lit, je déclare. Et demain matin, quand maman vous donnera la permission, vous pourrez toutes les deux manger un délicieux cupcake.

— Mais j'en veux un maintenant, proteste Hazel.

— Moi aussi, ajoute Chloe.

— Le problème, c'est qu'il leur faut du temps pour cuire, et maman a dit que vous deviez être au lit à 20 heures. Il est 19 heures maintenant et vous n'avez pas encore pris le bain. Et ensuite, il y aura une histoire. Si vous n'êtes pas couchées à l'heure, maman ne me demandera plus de faire du baby-sitting et nous ne pourrons plus faire de cupcakes.

Je secoue tristement la tête.

Hazel réfléchit un instant.

— D'accord, concède-t-elle, mais il faut que tu laisses un mot à maman où tu lui dis qu'on peut en avoir un.

— Promis, dis-je. En fait, on va l'écrire un tout de suite, ce mot.

Hazel vient de commencer à apprendre à écrire, mais elle se débrouille déjà très bien. Je l'aide pour l'orthographe et le tracé de quelques lettres et bientôt, un message est posé sur le comptoir : « *Des cupcakes pour après le petit déjeuner !!!* » J'examine les lettres bancales et je prends une profonde inspiration en me rappelant avoir appris à écrire à Cordelia, en guidant sa petite main. Je ne crois pas avoir apprécié ce moment à sa juste valeur. Ce que je donnerais pour revenir en arrière et recommencer !

— Maintenant, le bain et le lit, je déclare.

— Bain et lit, convient Hazel. Je te montrerai quelle histoire tu vas nous lire.

— Oui, bain et lit, répète Chloe.

Hazel me parle de la routine du coucher, me rappelant même de mettre du dentifrice sur sa brosse à dents. Cela prend plus de temps que je ne l'aurais imaginé, mais les deux petites sont enfin bordées dans leur lit, les paupières lourdes après une longue journée au soleil.

Je les laisse et je redescends à la cuisine, où je finis de nettoyer, puis, comme je ne peux plus rester assise sans rien faire trop longtemps, je commence à réorganiser et à essuyer les étagères du garde-manger. Ava pourrait considérer que je pousse le bouchon trop loin, et c'est bel et bien le cas, mais on dirait que c'est plus fort que moi. L'ordre me calme, le rangement me calme.

Lorsque je tombe sur une bouteille de vin poussiéreuse dans le garde-manger, je l'essuie soigneusement et je la remets en place, mais je m'arrête ensuite dans mon entreprise de rangement et je la fixe, sachant quel soulagement elle m'apporterait.

Sauf qu'après le soulagement viendraient la culpabilité et la honte. Je regrette ce que j'ai laissé l'alcool me faire. Cela m'a coûté ma fille et je ne me le pardonnerai jamais. Malheureusement, je ne peux pas revenir en arrière. Je ne peux qu'aller de l'avant.

À l'étage, j'entends un cri, comme si un enfant se réveillait d'un cauchemar. Je laisse le passé derrière moi et me dirige vers la chambre de Chloe pour lui tapoter le dos et la réconforter afin qu'elle se rendorme.

Il n'y a que moi et ces deux belles fillettes. Je ne peux rien imaginer de mieux.

17

AVA

Ava regarde Finn parler à la serveuse, en essayant de se détacher mentalement de sa position d'épouse et de se contenter d'observer. Finn pense qu'elle l'imagine en train de draguer d'autres femmes.

Peut-être est-ce bien ce qu'elle fait ? Peut-être qu'il ne peut s'empêcher d'être charmant et gentil avec tous ceux qu'il rencontre.

Ils sont dans leur petit bar à vin préféré, où le service est assuré par une jeune femme brune. Elle est jolie, avec de grands yeux bleus. Finn ne pense peut-être pas à mal, mais la serveuse, elle, l'interprète ainsi. Elle rougit et bredouille ses réponses lorsque Finn lui demande : « Et c'est un vin de quelle année ? » pendant qu'elle leur montre leur choix de rouges.

— Nous en prendrons tous les deux un verre, merci, intervient Ava, en désignant la bouteille que tient la femme.

Puis elle regarde le prix et recule légèrement. Quinze dollars le verre.

Ce n'est pas qu'ils n'aient pas les moyens de s'offrir une baby-sitter pour des soirées comme celle-ci, mais en trouver une demande une énergie qu'Ava n'a tout simplement pas. Les parents de Finn viendront si elle le leur demande, mais elle a toujours l'impression qu'ils ont une vie sociale très chargée à laquelle ils sont réticents à renoncer. Ils aiment s'occuper des filles pendant la journée, ce qui aide Finn mais pas Ava. Sa mère à elle, Pam, est heureuse de faire du baby-sitting, mais sa gentillesse a un prix. Si Pam vient, Ava doit s'assurer que la maison est propre, le linge rangé, le réfrigérateur rempli de nourriture de qualité. La dernière fois que Pam est venue, c'était à l'occasion d'un mariage auquel Ava et Finn assistaient, et tous les appels téléphoniques entre sa mère et elle, pendant les semaines qui ont suivi, ont commencé de la même manière.

« J'espère que tu as réussi à enlever cette tache sur le tapis. » Ou encore : « Je me suis arrêtée à l'épicerie et j'ai vu qu'il y avait des pommes en promotion. J'ai remarqué que tu n'avais pas l'air d'avoir de fruits pour les filles. Tu veux que je t'en apporte ? » Ou encore : « Je ne voulais pas t'en parler, mais les étagères de tes placards sont très collantes. Je sais que tu es très occupée, mais il est important d'avoir une maison propre pour y élever tes enfants. » Elle voulait bien faire, mais malgré elle, sa mère ajoutait à la culpabilité d'Ava.

Lui demander de garder les filles est émotionnellement coûteux et Ava préfère la retrouver dans un parc ou un café pour qu'elle puisse passer du temps avec les filles sans qu'elle-même se sente à cran. Pam est une grand-mère adorable et les filles ont de la chance de l'avoir. « Merci de m'avoir permis de voir mes précieux petits anges », ne cesse de répéter sa mère lorsqu'elles se quittent après une entrevue. Son téléphone est rempli de photos des filles et elle dit fièrement à tous ceux qu'elles rencontrent : « Ce sont mes petites-filles. » C'est adorable à voir et Ava déteste s'énerver contre sa mère parce qu'elle veut ce qu'il y a de mieux pour les filles. C'est plus simple de ne plus penser au désordre de sa maison et d'apprécier le temps passé ensemble.

Cette soirée n'est pas censée leur coûter beaucoup d'argent.

Juste un verre rapide, et s'ils en prennent deux chacun, elle leur reviendra à soixante dollars. Ava gagne bien sa vie, très bien même, mais les prix à Sydney augmentent chaque jour et elle est consciente d'être la seule à entretenir la famille.

La serveuse remplit deux verres puis, sur un autre sourire à Finn, s'éloigne pour servir son client suivant. Le vin est délicieux, avec un petit goût de cerise noire.

— J'ai rencontré l'institutrice de Chloe à l'école vendredi, déclare Finn.

— Pourquoi ? Je ne savais pas qu'il y avait quelque chose de prévu.

— Il n'y avait rien de prévu, mais j'aime bien leur faire savoir qui je suis, connaître l'enseignante, discuter de mon enfant plus en profondeur que le jour de la rentrée, tu sais. Je l'ai fait aussi avec Hazel.

— Ce n'est pas Celia ? demande Ava.

Finn secoue la tête et soupire, comme si elle était censée le savoir. Mais puisque Chloe allait à la même école maternelle que Hazel, elle a supposé que les enseignantes seraient les mêmes. Le premier jour d'école des filles, elle a emmené Hazel en primaire tandis que Finn conduisait Chloe à la maternelle. Lorsque Finn la frustre au-delà de ce qu'elle pense pouvoir supporter et qu'elle envisage de le quitter, elle se rappelle toujours ces aspects pratiques et la difficulté d'élever deux jeunes enfants tout en travaillant à temps plein.

Si cette méthode ne fonctionne pas, elle pense au chagrin qui serait celui des filles si elles n'avaient plus leur père au quotidien dans leur vie. Mais surtout, elle se rappelle qu'elle aime son mari, malgré ses manies irritantes.

— Comment s'appelle-t-elle ? Elle est gentille ? demande Ava.

En même temps, elle s'interroge sur la beauté de la nouvelle enseignante, puis elle se reproche ce genre de pensées.

— Olivia, et oui, elle a l'air vraiment charmante. Elle a une vingtaine d'années et un visage incroyable, figure-toi. De grands yeux verts et des pommettes hautes, explique-t-il en désignant son propre visage. Je lui ai demandé si je pouvais la dessiner. Elle avait l'air enthousiaste.

Finn boit une gorgée de vin.

Ava prend également une grande gorgée de son verre, qu'elle garde en bouche pendant un moment pour laisser la légère décharge acide lui rappeler de réfléchir avant de parler.

— Je ne pense pas que ce soit une bonne idée, dit-elle après avoir avalé.

— Pourquoi ?

— C'est... l'enseignante de Chloe et ce ne serait pas très professionnel, dit-elle.

— Ton assistante loge dans l'appartement au-dessus de notre garage, répond-il.

Et c'est reparti. Un prêté pour un rendu. Elle ne sait pas exactement quand ils en sont venus là, mais il semble que Finn ait quelque chose à répliquer pour chacune de ses déclarations. Ce n'est jamais une discussion, plutôt une comparaison.

« *Finn, c'est épuisant de devoir nettoyer après avoir préparé le dîner.*

— *C'est épuisant de préparer le dîner après une journée passée à s'occuper de nos enfants, Ava.*

— *Finn, tu peux sortir les poubelles ? J'ai mal à la tête, le travail a été très stressant aujourd'hui.*

— *Passer la journée à la maison avec ces deux-là a été stressant, d'autant plus que Chloe est enrhumée.* »

Finn est plus doué qu'elle pour ce jeu et elle finit toujours par céder.

— Je sais, c'est juste... ne le fais pas, d'accord ?

Elle n'arrive pas à lui fournir de raison logique.

— Parfois, j'ai l'impression que tu ne prends pas mon travail au sérieux, proteste Finn en terminant son verre et en faisant signe à la serveuse. Deux verres du même, s'il vous plaît, dit-il quand la jeune femme arrive.

Ava ajoute trente dollars à l'addition.

— Bien sûr que si, dit-elle. Mais tu as des tas d'autres personnes à dessiner. Et aussi...

Elle veut s'arrêter, ne pas avoir cette conversation parce qu'ils l'ont eue trop de fois pour qu'elle puisse en tenir le compte, mais curieusement, assise seule avec lui, sans rien pour l'interrompre, elle ne peut pas s'empêcher de prononcer les mots.

— Il faudrait peut-être que tu trouves un emploi à temps partiel. Je sais que tu as besoin de plages de liberté pour travailler, mais avec l'augmentation des taux d'intérêt sur l'emprunt et tout le reste... tu pourrais peut-être commencer à prendre des commandes, juste une ou deux, parce que même une petite somme nous aiderait...

Elle s'arrête de parler, déconcertée par la façon dont il la regarde.

— C'est drôle comme tu veux que je sois tout, Ava... Quand je dis « drôle », je ne veux pas dire : « ha-ha », mais « bizarre ». Je m'occupe des filles pour que tu puisses travailler, non ? Si je trouve un emploi, qui les emmènera à l'école le matin ?

— C'est moi qui les emmène à l'école la plupart des matins, Finn, réplique-t-elle, sans émotion.

— Oui, jette-moi ça à la figure. Tu me fais comprendre que je suis un loser à la première occasion. Tu ne pourrais pas juste être heureuse ?

Il vide rapidement son deuxième verre de vin en regardant autour de lui. Ava a du mal à trouver un moyen de lui parler sans le contrarier. Ils restent assis en silence plus longtemps qu'elle ne le voudrait, mais rien de ce qu'elle souhaiterait dire ne semble convenir.

— Je vais aux toilettes, puis nous pourrons partir. Je veux travailler un peu ce soir, lâche-t-il en se levant.

Pendant qu'il s'éloigne, Ava prend encore une gorgée de vin. Elle déteste avoir dû se précipiter comme toujours et gâcher cette précieuse occasion de détente. *Pourquoi ne peux-tu jamais laisser tomber ?*

Finn a laissé son téléphone sur le bar, si bien que quand il vibre, elle le regarde. Un message clignote à l'écran puis disparaît. Elle croit avoir vu le mot « amour », aussi s'empare-t-elle de l'appareil et veut-elle déverrouiller l'écran, sans succès. Elle essaie encore deux fois avant de voir Finn revenir. Elle se hâte de relâcher l'appareil sur le bar. Son mari a changé le schéma de déverrouillage de son écran. Ils ont toujours connu leurs schémas respectifs, car Finn a l'habitude d'oublier le sien. Mais il en a changé dernièrement sans l'en informer.

Quand cela s'est-il produit ?

— Prête ? demande Finn.

— Oui, répond-elle en se levant.

Pendant le trajet du retour, elle voudrait interroger Finn sur son téléphone sans passer pour une paranoïaque ou une flic, mais n'arrive pas à trouver comment s'y prendre.

La maison est silencieuse. Grace est assise sur le canapé et regarde une émission de cuisine à la télévision.

— Vous rentrez tôt, constate-t-elle en les voyant. Les filles ont été adorables et j'espère que cela ne vous dérange pas, mais nous avons fait des cupcakes.

— Il y a école demain, répond Ava d'une voix tendue. Et ça ne nous dérange pas du tout. Je suis sûre qu'elles ont adoré ça.

Et puis, parce qu'elle ne veut pas que Grace la pense impolie :

— C'était très gentil de votre part de faire du baby-sitting pour nous. Nous avons bu un verre en toute tranquillité, ce qui n'arrive pas souvent.

Elle lit une question dans les yeux de son interlocutrice, malgré la gentillesse de ses paroles.

— À demain au travail, alors, conclut Grace qui se dirige vers la porte.

— Vous pourriez tout aussi bien y aller en voiture avec moi, réplique Ava, désireuse de lui offrir quelque chose de plus. J'ai une place de parking attitrée là-bas.

— Oh, dit Grace, ce serait adorable, merci. Vous êtes très gentille.

— Ce n'est pas un problème du tout.

Elle adresse à Grace un sourire sincère.

— Bonne nuit, alors.

— Bonne nuit, répond Ava, et merci encore.

Dans la cuisine, le lave-vaisselle ronronne, les surfaces brillent de propreté et des cupcakes refroidissent sur le comptoir.

Elle entend se refermer la porte du loft où Finn travaille.

C'en est fini des discussions pour ce soir.

Elle prend un cupcake et mord dedans, savourant les pépites de chocolat chaudes, encore fondantes.

Elle n'a pas à s'inquiéter, elle en est sûre. Finn n'est pas ce genre de personne.

Au lieu de ruminer sur la question, elle récupère les boîtes à déjeuner des filles dans leurs sacs – ce qu'elle aurait dû faire vendredi après-midi. Elle jette les emballages vides qu'elles y ont laissés et les essuie pour qu'elles soient prêtes pour demain.

Elle va chercher dans le garde-manger les barres de muesli que les filles emportent tous les jours à l'école. Elle appuie sur l'interrupteur... et s'arrête, sidérée.

Les étagères ont été réorganisées, nettoyées, ordonnées.

Le mérite en revient à Grace, manifestement. Un frisson la traverse. Elle a le sentiment d'être exposée. Son garde-manger était un véritable capharnaüm, qu'elle n'aurait jamais voulu laisser voir ça à qui que ce soit en dehors de la famille. Ce n'est certainement pas un endroit que Finn aurait pensé à arranger ou à nettoyer ni qu'il aurait accepté de ranger si elle le lui avait demandé, mais c'était quelque chose qu'elle s'apprêtait vraiment à faire dès qu'elle en aurait le temps.

Sauf que maintenant, c'est fait, aussi ordonné que son bureau au travail, que le salon et la cuisine, comme si quelqu'un d'autre vivait ici à la place d'Ava.

Si le trajet qu'ils viennent d'effectuer en voiture pour rentrer chez eux n'avait pas été aussi gênant par son silence, elle aurait gravi l'escalier en courant pour lui en parler.

Mais même si elle s'en ouvre à lui, il se contentera de répliquer que c'est sa faute puisqu'elle a laissé son assistante vivre dans leur maison. « *C'est ton assistante,* l'entend-elle d'ici. *Elle cherchait à t'aider.* » Et elle sait qu'il serait probablement ravi que quelqu'un d'autre ait fait le travail à sa place.

Ava n'arrive pas à trouver la bonne dose de gratitude en elle. C'est sa cuisine, dans la maison où vivent son mari et ses enfants, et c'est une autre femme qui a fait le ménage pour elle, et non une employée payée pour ce travail, ce qui est quelque peu différent.

« *Mais tu la paies et elle a dit qu'elle était heureuse de t'aider de toutes les manières possibles. Ne s'agit-il pas d'une simple extension de ce principe ?* »

D'un point de vue logique, Ava sait que c'est vrai, mais elle n'arrive pas à se détendre à ce sujet. Secouant la tête, elle emballe ce qu'elle peut dans les boîtes à déjeuner des filles, puis elle emporte une tasse de thé au lit, où elle passe en revue tous les courriels reçus au cours du week-end.

Et tout à coup elle se retrouve à faire défiler des vidéos sur Instagram, consacrées à l'organisation d'une maison : elle regarde des professionnels entrer chez les gens et vider leurs placards. Après avoir visionné le même type de vidéos pendant une demi-heure, elle se convainc qu'elle a réagi de manière excessive par rapport à l'initiative de Grace. Celle-ci a juste essayé d'aider et ce n'est pas très grave. Il y a beaucoup de gens dont le garde-manger a bien pire allure que celui d'Ava tantôt.

Grace sera de toute façon partie dans quelques jours et le garde-manger d'Ava reviendra à son état chaotique habituel. Tout comme le reste de sa vie domestique. Elle devrait profiter de l'aide de Grace tant que c'est possible.

Satisfaite, Ava éteint sa lampe et se retourne pour s'endormir. Finn ne viendra pas la retrouver au lit avant des heures et elle sait que c'est en partie de sa faute. Elle n'aurait pas dû lui parler de trouver un emploi.

Si elle ne l'avait pas fait, il aurait été facile de l'interroger sur le schéma de déverrouillage de son téléphone. Il a dû oublier le précédent et n'a pas voulu déranger Ava avec ça.

Ses yeux se ferment sur cette idée et elle s'endort, rassurée de constater qu'elle fait plus de choses qu'elle ne devrait. Tout va bien. Très bien.

18

Ma petite fille chérie,

Les choses ne restent jamais les mêmes. Dans le bon ou le mauvais sens, on peut être sûr que les situations changent.

Pour moi, cela s'est produit lorsque je l'ai rencontré. J'avais quinze ans.

Il s'appelait Luka. Il a débarqué dans mon école avec ses cheveux bruns, ses yeux vert pâle et l'étiquette de l'élève renvoyé de son lycée précédent, qui l'entourait comme une aura exotique.

Je n'avais jamais rencontré quelqu'un comme lui auparavant. Il ne semblait pas se soucier de sa disgrâce, partageait même l'information avec tous ceux qui voulaient bien l'écouter. « J'ai déclenché l'alarme incendie et toute l'école est devenue folle », racontait-il en s'esclaffant. Il n'était pas attentif en classe lorsqu'il était censé l'être, préférant lire des magazines sous les yeux des professeurs. Il a été envoyé en retenue pratiquement dès le premier jour et je l'observais, non seulement avec la curiosité que suscite un nouveau venu, mais aussi avec envie.

J'avais passé l'année précédant celle de mes seize ans à

respecter les consignes, à satisfaire mes parents, à satisfaire mes professeurs, terrifiée à la pensée qu'une catastrophe surviendrait fatalement si j'agissais autrement. Parce qu'une fois, cela avait bel et bien tourné de façon catastrophique. Mon comportement avait tué ma grand-mère, la seule personne au monde qui m'aimait d'un amour inconditionnel.

Luka semblait ignorer que son attitude avait le pouvoir de faire basculer le monde sur son axe.

Lors d'une soirée parents-professeurs, un mois après son arrivée, j'étais assise à côté de mes parents qui écoutaient, visage sévère, mon professeur d'anglais chanter mes louanges. « Elle est d'une très grande créativité et sa compréhension des textes est excellente, leur disait Mme Williams.

— Ce n'est pas simplement la norme ? a demandé mon père.

— Elle ne devrait pas être à la remorque des meilleurs élèves de la classe, a renchéri ma mère.

— Oh, a protesté mon professeur en s'empourprant, mais elle est troisième de la classe et... »

J'ai cessé d'écouter pour regarder vers le couloir où tous les professeurs avaient installé leur table. Devant chacune d'elles se trouvait un élève flanqué d'un de ses parents ou des deux. Mes yeux se sont posés sur la famille de Luka. Il était assis entre son père et sa mère, tous deux habillés en jean, de manière décontractée. J'ai observé notre professeur de sciences, M. Baker – petit homme étrange avec ses lunettes sur la tête et une autre paire autour du cou – pendant qu'il parlait. Je ne pouvais pas entendre ce qu'il disait, mais il expliquait à l'évidence que Luka avait raté son dernier contrôle de sciences. Je le savais. Luka n'avait pas l'air inquiet, mais rien ne semblait jamais l'inquiéter. Toutefois, ce qui m'a le plus troublée, c'est que ses parents n'avaient pas l'air de s'en préoccuper non plus. Au contraire, son père, un grand barbu, a haussé les épaules avant d'ébouriffer les cheveux bouclés de son fils, suscitant un sourire de travers chez Luka, puis ils se sont levés pour passer au professeur suivant et sa mère lui a passé le bras autour des épaules en souriant.

Je ne comprenais pas comment un tel amour et une telle bienveillance étaient possibles. Si j'avais échoué à un devoir, je serais restée enfermée dans ma chambre pendant des jours. Et pourtant, Luka était là, semant la pagaille dès qu'il en avait l'occasion, mais toujours entouré de l'amour de ses parents. Cela m'affligeait tout en me mettant en rage. Qu'est-ce qui n'allait pas chez moi ? Je comprenais toutes les raisons que ma mère avait de ne pas m'aimer, mais je sentais qu'il devait y avoir quelque chose de plus, quelque chose d'intrinsèquement antipathique chez moi, d'impossible à aimer. Je ne pouvais évidemment pas l'interroger sur le sujet, car je savais parfaitement la réaction horrifiée que je recevrais.

Je suis rentrée chez moi, ce soir-là, plus désorientée que jamais sur le monde et la place que j'y occupais.

Je n'avais jamais imaginé qu'il me parlerait. Cependant, un jour, après le déjeuner, il est entré en classe et a déposé une barre de chocolat au caramel sur mon bureau. Elles étaient en vente à la cantine, mais je n'avais jamais eu droit à de l'argent pour la cantine. Cette friandise m'a aussitôt fait saliver. Depuis la mort de ma grand-mère, j'en mangeais très rarement. Je n'avais jamais d'argent à dépenser.

« Tu as l'air d'avoir besoin d'une friandise, a-t-il dit.

— Oh, je ne peux..., j'ai... »

Tout en bégayant, j'ai piqué un fard.

« Ne me dis pas que tu suis un régime débile. Tu n'en as pas besoin. »

J'ai secoué la tête, avant de trouver refuge dans le silence.

« Vas-y », a-t-il insisté. Même si le professeur venait d'entrer dans la salle pour commencer le cours, j'ai attrapé la barre et j'en ai déchiré l'emballage de plastique jaune pour croquer une énorme bouchée. Luka s'est mis à rire et j'ai fermé les yeux, submergée par la suavité poisseuse de la barre.

« *Je t'en donnerai encore, si tu m'attends après les cours, a-t-il dit.*

— Assieds-toi, Luka », a tonné le professeur d'histoire.

Il a obéi.

Je savais que mes parents seraient en colère. Je savais que je serais punie, mais il était hors de question que je n'attende pas Luka à la sortie de l'école. Nous avions sport en dernière heure, garçons et filles séparément. Nous faisions de la gymnastique, quelque chose que j'aimais bien d'habitude, pourtant tout au long du cours, je me suis trompée, tombant alors que j'aurais dû faire la roue, manquant et trébuchant alors que j'aurais dû sauter. En me douchant après le cours, j'ai essayé de me raisonner : non, il ne m'attendrait pas, c'était juste une plaisanterie cruelle de sa part. La cruauté gratuite, je comprenais ça. Je pouvais m'en accommoder.

Mais quand j'ai quitté les vestiaires des filles, néanmoins, il était là, à m'attendre.

« *Tu veux qu'on aille se prendre un milkshake ? a-t-il demandé.*

— Je n'ai pas d'argent, ai-je répliqué.

— J'en ai, allons-y. »

J'aimerais pouvoir expliquer l'émerveillement de ce premier après-midi avec Luka, ma petite chérie. Au café où il m'a emmenée, nous avons commandé deux parfums de milkshake différents, que nous avons échangés après en avoir bu la moitié. Je ne me souviens pas de tout ce dont nous avons parlé, mais il m'a dit, ça, je m'en souviens, que ses parents étaient des artistes : selon eux, il atteindrait son potentiel lorsqu'il serait prêt. Je sais que j'ai beaucoup parlé de ma grand-mère et peu de mes parents, sauf pour lui dire qu'ils étaient sévères.

Je sais qu'il m'a raccompagnée sur la moitié du chemin et qu'il m'a embrassée quand je lui ai dit que je devais finir le trajet seule pour que mes parents ne le voient pas.

Et je sais que lorsque j'ai franchi la porte d'entrée, pour trouver ma mère assise dans la cuisine, les bras croisés, le visage empourpré par la fureur, je m'en contrefichais. J'aurais dû être rentrée depuis plus de deux heures et mes parents n'avaient aucune idée de l'endroit où j'étais allée. Je suis sûre que ma mère m'a imaginée occupée à quelque chose de mal. Elle avait tout à fait raison. Elle m'avait interdit de m'approcher des garçons, qui étaient des « créatures répugnantes n'ayant qu'une idée en tête : ruiner la vie d'une jeune femme ».

« Toi... » a-t-elle commencé.

Je l'ai regardée et, pour la première fois de ma vie, j'ai eu pitié d'elle et de la façon dont elle vivait sa vie.

« Je sais, l'ai-je coupée avec désinvolture, je vais dans ma chambre et tu ne me donneras plus jamais à manger jusqu'à ma mort. » Sur quoi j'ai quitté la cuisine d'une démarche théâtrale, puis claqué la porte de ma chambre.

Je n'ai pas dîné ce soir-là, bien sûr, mais le lendemain matin, quand je suis entrée dans la cuisine pour préparer mon petit déjeuner, personne ne m'a rien dit.

J'ai mangé en silence, puis je me suis préparé un déjeuner et je suis partie. Sans qu'un mot ne soit prononcé.

Et j'ai su que j'avais gagné.

Je ne les ai plus jamais laissés me dicter ma conduite. Et ils m'ont détestée pour cela jusqu'au moment où ils m'ont mise à la porte.

19

GRACE

Au lit, je me tourne et me retourne. Ava et Finn n'ont pas l'air d'avoir profité des quelques heures passées dehors. En fait, on dirait qu'ils se sont disputés. C'est dommage.

Je m'inquiète également des rangements que j'ai effectués dans la cuisine. J'ai dépassé les bornes. Je n'aurais jamais dû. J'ai trouvé un vieux paquet de cigarettes caché sur une étagère supérieure, que j'ai soigneusement remis en place : que ce soit Finn ou Ava qui l'ait caché là, il n'était manifestement pas destiné à être vu. Je me suis immiscée dans leur vie privée. Je pourrais peut-être prétendre que c'est Hazel qui l'a suggéré et que nous en avons fait un jeu ? Non, ce n'est pas juste vis-à-vis de la petite.

Je veux rendre la vie d'Ava plus facile, facile au point qu'elle me fasse confiance et se fie à moi, mais j'agis peut-être trop vite. À côté de mon lit, je regarde défiler les chiffres du réveil numérique que j'ai apporté avec moi. Cela m'occupe toute la nuit jusqu'au matin. Je regrette souvent de ne plus pouvoir recourir au choc glacé de la vodka qui, je le sais, me calmerait assez pour m'endormir. Mais cela ne m'est plus possible, désormais. Je pourrais sans doute boire un verre sans que personne ne le sache, sans que personne ne s'en doute. Ce n'est pas comme si quelqu'un me surveillait, mais il faut que je garde le contrôle tant que je n'ai pas la certitude d'avoir atteint le but que je me suis fixé.

Le sommeil finit par arriver vers 3 heures du matin, pourtant je me réveille tôt, avant 7 heures, et je suis prête pour la journée. Je descends donc attendre. La porte de la cuisine qui donne sur une petite cour est ouverte : la chaleur de février imprègne déjà l'air.

Ava est dans la cuisine avec les filles. Les cheveux mouillés et le visage encore non maquillé, elle s'efforce de préparer les déjeuners, le petit déjeuner des filles et de vider le lave-vaisselle. Je sais que je ne devrais pas m'en mêler. Elle n'a sans doute aucune envie que je la voie ainsi, mais je suis incapable de m'en empêcher.

— Je peux vous aider ? je demande.

Ava se tourne rapidement vers moi, et je la vois rougir. Je l'ai surprise en plein chaos.

— Je suis prête à partir et je n'ai rien à faire. Laissez-moi vous aider, j'insiste.

Les épaules d'Ava s'affaissent et elle opine.

— Vous pourriez peut-être coiffer Hazel, elle veut une tresse française.

— Bien sûr.

La fillette me tend sa brosse à cheveux avant de se retourner.

— Tu sais faire ? demande-t-elle.

— Oui ! J'en faisais pour...

Je m'interromps *in extremis*.

— ... pour mes amies et moi, quand j'étais plus jeune.

— Quel âge tu as maintenant ? veut savoir Hazel.

— Cinquante-deux ans, je réponds.

— Vous ne les faites pas, constate Ava en finissant de vider et de remplir le lave-vaisselle.

— Merci, dis-je en passant machinalement les mains dans les cheveux noirs de Hazel.

Ils sont doux comme de la soie et sentent bon le shampoing pour bébé dont je me souviens si bien depuis la petite enfance de Cordelia. Je me rappelle même le jour où elle m'a dit qu'elle voulait essayer un autre shampooing. Elle avait sept ans et je continuais à lui acheter la même lotion pour bébé que j'avais toujours utilisée.

— Je veux celui avec des fleurs sur le devant, m'a-t-elle annoncé en faisant référence à une publicité qu'elle avait vue à la télévision.

On ne nous prévient jamais des ultimes moments de l'enfance, mais je me rappelle avoir jeté le dernier flacon vide de shampoing pour bébé et m'être sentie très triste.

— Terminé, je préviens Hazel qui court aussitôt s'admirer.

Ava et moi ne tardons pas à avoir déposé les fillettes à l'école et sommes en route pour le travail. Je veux qu'elle me fasse confiance, qu'elle m'apprécie. Je sens que je suis très proche d'avoir atteint cet objectif.

— Hmm, Grace... commence-t-elle.

Je sais ce qui va suivre.

— Vous êtes contrariée à propos du garde-manger, dis-je.

— Eh bien... c'est...

— Je peux être honnête avec vous, Ava ?

— Bien sûr.

— Je me sentais... déstabilisée hier soir parce que je me trouvais dans un nouvel espace et que je viens de commencer ce nouveau travail. Et je suppose que... ça me calme d'organiser les choses... Ça m'aide vraiment. Certes, je savais que je ne devais pas le faire, mais d'une certaine manière...

Je m'arrête de parler et je hausse les épaules.

— Ne vous inquiétez pas, dit Ava, vraiment... Je vous suis très reconnaissante.

— Vous êtes vraiment gentille, je constate.

Ava sourit en réponse et nous restons assises en silence pendant un court moment, pas tout à fait gênant mais pas facile non plus.

L'une des façons de bâtir une relation de confiance avec quelqu'un, c'est de lui parler de soi, de lui dire quelque chose de personnel et de douloureux.

— Ma mère faisait la même chose, elle rangeait ses étagères et ses placards lorsqu'elle était anxieuse, je déclare.

— Je comprends. Chacun se débrouille à sa manière.

— Oui, j'acquiesce avant de secouer la tête et de me toucher l'œil. Ma mère me manque énormément.

— Je suis désolée, dit Ava. Quand est-elle morte ?

— Il y a cinq ans. Mon père et elle possédaient un café qui servait de la nourriture biologique dans les montagnes Bleues. Lorsque mon père est décédé d'une crise cardiaque, ma mère n'a pas eu le courage de continuer à tenir le café et l'a fermé, et peu de temps après, elle a été victime d'un AVC.

— Oh, mon Dieu, ils sont décédés si proches l'un de l'autre ! s'exclame Ava après avoir entendu ma triste histoire.

— Ils s'aimaient beaucoup.

J'essuie une larme inexistante. Mes parents sont toujours en vie, ils vivent dans une maison de retraite à Sydney. Je ne leur rends jamais visite et ils s'en moquent.

Je ne les ai pas vus depuis plus de six ans. Tout au long de ma vie, j'ai eu des périodes où je ne les voyais pas, à commencer par l'époque où je n'étais qu'une adolescente rebelle qui les mettait en rage par ses erreurs. Chaque fois que je rentrais chez moi, c'était toujours avec l'espoir qu'ils allaient enfin m'accepter. Ils m'ont mise à la porte quand j'ai eu seize ans, mais cela ne m'a pas empêchée de rester au lycée. Je suis retournée leur rendre visite à l'âge de dix-huit ans, lorsque je suis entrée à l'université.

« Une femme comme toi aura besoin d'un travail, m'a sorti mon père. Aucun homme ne voudra de toi, vu ton attitude. »

Je ne sais pas à quoi je m'attendais. Des félicitations ? « Nous sommes fiers de toi » ? Pourquoi les enfants maltraités ne cessent-ils de désirer l'amour de leurs parents ?

Je suis retournée leur rendre visite quand j'ai eu vingt-cinq ans pour leur présenter Robert. Ma mère lui a demandé : « Êtes-vous prêt à affronter un mariage avec ma fille ? », ce qui a fait beaucoup rire autour de la table, où l'on avait servi une tasse de thé supplémentaire. Des sandwichs secs côtoyaient des scones durs comme du bois, avec un minuscule pot de confiture à nous partager. J'étais mortifiée, d'autant plus que Robert venait d'un milieu fortuné et que sa famille m'avait déjà offert des dîners somptueux au restaurant comme chez eux.

J'y suis encore retournée leur présenter Cordelia et enfin, il m'a semblé avoir réalisé tout ce qu'ils attendaient de moi. J'étais une épouse et une mère acceptable aux yeux de la société. J'étais une mère qui travaillait, ce qui leur posait un léger problème, mais ma mère parvenait à garder ses pensées pour elle lorsque je lui rendais visite. Elle adorait Cordelia, se plaisant à jouer à la ménagère avec elle. Je ne pouvais pas lui demander de s'abstenir d'apprendre à ma fille à repasser. Elle ne lui causait aucun tort, me raisonnais-je, et il était plus important que Cordelia noue une relation avec sa grand-mère. La mère de Robert l'encourageait à faire du shopping et à savourer des repas coûteux. Aucune des deux ne l'encourageait à étudier dur et à réussir. La gentillesse que j'avais toujours quêtée auprès de mes parents avait été facilement accordée à Cordelia. Ma mère avait même commencé à avoir un stock de friandises chez elle, en prévision de ses visites. Elle ne m'offrait jamais de chocolat lorsque nous venions à la maison et, un jour où j'ai osé en prendre un, elle m'a sorti : « Les femmes d'un certain âge ont tendance à prendre du poids. » Sur quoi elle m'a jaugée de haut en bas alors que j'essayais de rentrer le ventre. À l'époque, je dirigeais une entreprise en pleine expansion, j'étais une épouse, une mère et, à tout point de vue, un être humain accompli, mais aux yeux de ma mère, j'échouais toujours sur un point ou un autre.

Et puis, bien sûr, tout a terriblement mal tourné et j'ai su, avant même d'entrer en cure de désintoxication, que mes parents ne voudraient plus jamais me revoir. J'espère que Cordelia est toujours en contact avec eux. Je ne veux pas les voir et je sais qu'ils ne s'intéressent pas à moi, mais je pense que ce serait déchirant pour eux si Cordelia ne leur adressait plus la parole. Ils comptent toujours pour moi, même si je m'efforce à l'indifférence. Les êtres humains sont d'une complexité exaspérante.

— Avez-vous été mariée ? demande Ava, me ramenant à notre conversation, ce dont je me réjouis. Désolée si c'est une question trop personnelle, s'empresse-t-elle d'ajouter.

— C'est bon. Mais non, je n'ai jamais été mariée. J'ai été fiancée une fois, malheureusement Michael est mort.

Si Cordelia avait été un garçon, je l'aurais appelé Michael. J'aime beaucoup ce prénom.

— Oh, répond-elle, avant d'attendre patiemment la suite de l'histoire.

Et quelle histoire ! Toute prête pour celui ou celle qui poserait la question.

— C'était mon petit ami au lycée et l'amour de ma vie. Nous avions l'intention de nous marier, mais à l'âge de dix-neuf ans, il a été victime d'une crise cardiaque au cours d'un match de rugby. Il souffrait de cardiomyopathie hypertrophique, c'est-à-dire d'un épaississement du muscle cardiaque. Personne n'en savait rien et il s'est effondré d'un coup. Il était mort avant qu'on puisse faire quoi que ce soit.

Une terrible tragédie, qui n'est pas arrivée à qui que ce soit de ma connaissance, mais que j'ai lue sur Internet en faisant défiler Facebook : j'ai même dû m'arrêter un instant pour réfléchir à la nature capricieuse du destin. À l'époque, je venais tout juste de récupérer le droit d'avoir un téléphone – droit gagné en participant de manière acceptable à ma propre guérison et en manifestant des remords pour ce que j'avais fait. J'étais ravie de retrouver mon téléphone, mais découragée de savoir qu'il me faudrait encore beaucoup de temps avant d'être déclarée désintoxiquée et autorisée à quitter la clinique. Pire encore, je me suis rendu compte que peu de gens tenaient à recevoir de mes nouvelles. Le premier message que j'ai envoyé à Cordelia a reçu une réponse furieuse.

Bonjour, ma chérie, j'ai un téléphone maintenant. Je tenais à t'en informer. Nous avons beaucoup de choses à nous dire. J'espère que tu me laisseras t'expliquer. J'espère que tu envisageras de me pardonner.

Comment tu oses ? Après tout ce que tu as fait. Tu as ruiné ma vie. Ne me contacte plus jamais.

Il est hors de question que je respecte ce souhait. Je n'en suis tout simplement pas capable. Je la contacte une fois par jour depuis et, dans l'intervalle, j'ai fait défiler les histoires affligeantes d'autres personnes.

Pendant un bref laps de temps, l'histoire de ce jeune homme mort subitement d'une crise cardiaque m'a aidée à relativiser ma propre situation. Et elle s'est révélée utile aujourd'hui.

— Ma pauvre, c'est terrible pour votre famille et vous, dit Ava.

— La mère de Michael s'en veut encore aujourd'hui. Mais je pense que les mères s'en veulent toujours, même quand elles ne devraient pas. Comment aurait-elle pu savoir ?

Je regarde Ava pendant que je prononce ces phrases et je la vois noter mentalement de demander au médecin de vérifier le cœur de ses enfants lors de leur prochaine visite. J'étais comme ça avec Cordelia quand elle était petite. Si je lisais ou entendais parler d'une maladie qui avait subitement tué un enfant, je prenais immédiatement rendez-vous pour faire vérifier qu'elle n'en était pas atteinte. Robert trouvait ça drôle. Il me traitait de névrosée. Sans doute l'étais-je bel et bien. J'essaie d'éviter de penser à Robert, mais il surgit sans prévenir dans mes pensées ces jours-ci, toujours pour me juger. Je sens qu'il me critique depuis la tombe. Cela n'a pas d'importance. Il peut me juger autant qu'il veut. C'est Cordelia que je dois retrouver, Cordelia qui me manque terriblement. J'ai du mal à comprendre comment, après tous les soins que j'ai pris pour élever mon adorable fille, j'ai réussi à saccager notre relation en un an.

— Et vous avez de la famille par ailleurs ? demande Ava.

Je dois réfléchir vite.

— J'ai une tante à Londres. Nous étions très proches avant qu'elle ne déménage et elle ne va pas très bien. J'espère la voir lors de mes prochaines vacances.

— J'adore Londres, déclare Ava en s'arrêtant dans le parking.

Une fois que nous sommes garées, je sors de la voiture et monte en premier parce que nous sommes convenues qu'il valait mieux laisser le reste du personnel dans l'ignorance de notre arrangement concernant mon hébergement chez elle. « Ça ne regarde personne », a déclaré Ava et je suis d'accord. Cela me convient. Quand j'aurai fait ce que j'ai à faire, je n'ai pas besoin que quelqu'un sache que j'ai vécu chez Ava, même une courte période.

Dès que les portes de l'ascenseur s'ouvrent, j'aperçois Melody, affalée derrière le bureau de la réception, les yeux rivés sur le téléphone qu'elle a posé devant elle.

— À mon avis, il est important que la première personne que l'on voit en entrant dans une entreprise soit occupée à son travail et prête à accueillir un client, je lance au lieu de la saluer.

Melody lève au ciel ses jolis yeux bleus, alourdis de faux cils.

— Personne ne vient ici d'aussi bonne heure, réplique-t-elle.

— N'empêche, c'est important, j'insiste.

Melody se lève et prend son téléphone sur le bureau.

— Je vais peut-être aller me chercher un café, lance-t-elle en s'éloignant.

La réception est vide au moment précis où Ava entre.

— Tout va bien, Grace ? demande-t-elle.

— Oui oui, j'attends que Melody revienne avec son café. Elle a tendance à laisser la réception déserte et je n'aime pas que quelqu'un puisse arriver et ne trouver personne. Ce n'est pas la première fois que je m'en aperçois et je ne suis ici que depuis quelques semaines.

— Elle vous a demandé de surveiller la réception ?

— Oh non, elle m'a dit de ne pas m'inquiéter parce que personne ne se présente ici d'aussi bonne heure.

Ava fronce les sourcils et nous attendons toutes les deux que Melody revienne – ce qui ne tarde pas –, sourire aux lèvres et les yeux rivés sur son téléphone. C'est un miracle que cette fille ne se prenne pas les pieds dans quelque chose.

— Melody, lance Ava.

La jeune femme lève les yeux, amorçant déjà une petite moue boudeuse de ses lèvres charnues.

— Je préférerais que vous ne quittiez pas la réception, à moins d'avoir demandé à Grace ou à James de vous remplacer.

Melody opine, un signe de tête sec et plutôt grossier, et reprend place, tandis qu'Ava et moi nous dirigeons vers son bureau. J'ai une petite table de travail et une chaise devant ce même bureau, mais nous aimons commencer notre journée en passant en revue tout ce qui doit être fait.

— Elle ne quitte jamais son téléphone des yeux, dis-je lorsque nous sommes assises et que je me tiens prête à prendre des notes.

— J'ai remarqué cela, moi aussi, convient Ava. Je vais peut-être lui envoyer un courriel à ce sujet.

— Je peux le rédiger pour vous si vous voulez.

Ava acquiesce.

— Super ! Alors passons à ce qui nous attend aujourd'hui.

Ava est bien mise aujourd'hui, bien coiffée et bien maquillée. Le chemisier qu'elle portait ce matin avait une trace de Nutella, laissée par la main de Chloe, mais comme je le lui ai fait remarquer avant que nous quittions la maison, elle s'est changée. De plus, sachant que j'étais avec les petites, elle a pris un peu plus de temps pour soigner son apparence. Elle a l'air calme et en contrôle. C'est exactement ce à quoi je ressemblais avant que tout ne s'écroule de façon si spectaculaire.

La journée passe assez vite, entre conversations interminables avec les formateurs sur les vols et les motels, et comptes rendus généraux sur la façon dont leurs interventions se sont déroulées. Collin passe la tête dans le bureau vers la fin de la journée pour nous informer qu'il part en déplacement à Melbourne – une visite rapide.

— Patricia revient en Australie pour quelques jours, car sa nièce se marie, et elle m'a demandé de passer la voir, précise-t-il, sourire narquois aux lèvres.

Ava garde la tête baissée, concentrée sur le document qu'elle lit, mais nul ne peut manquer la crispation de ses épaules.

— Très bien.

— Oui, fait Collin, puisque rien d'autre ne vient. J'ai comme l'impression que nous avons beaucoup de sujets à traiter, elle et moi.

Ava acquiesce, mais fronce les sourcils.

— Où avez-vous dit que les formateurs devraient séjourner

quand ils se rendent à Bendigo ? je lui demande alors que nous venons juste d'en parler.

— À demain, lance Collin.

— Bon voyage, répond Ava.

— Quel odieux bonhomme, je murmure une fois qu'il est parti.

Ava me regarde avec un sourire authentique.

— Alors, ce n'est pas juste moi ?

— Pas du tout.

— Je pense que Patricia va lui proposer le poste de PDG pour l'Australie, lâche-t-elle en se mordillant la lèvre.

Je vois que cette perspective lui fait affreusement mal.

— Vous n'en savez rien.

J'essaie de la réconforter, cependant c'est bien la tournure que semble prendre la situation.

Ava hausse les épaules.

— C'est impossible de tout faire, surtout avec les filles. Collin a une femme et des enfants, mais elles n'affectent pas beaucoup son travail.

— C'est différent pour les hommes, je conviens.

Et je me souviens d'une dispute avec Robert il y a huit ans.

« Il n'y a pas que le travail dans la vie, Grace. Tu penses peut-être que tu fais tout ce que tu peux pour être avec Cordelia, mais elle sent bien que ce n'est pas le cas. Tu devais assister à son spectacle de théâtre, ce soir, et j'ai dû y aller seul. C'était le spectacle de fin d'année.

— J'ai eu une urgence, ai-je expliqué. Nous étions en plein milieu d'un inventaire quand le système est tombé en panne. J'avais six employés avec moi pour m'aider et il fallait que ce soit fait. Je ne pouvais pas les abandonner.

— Ça n'est pas bien, Grace. Tout simplement pas bien. J'ai dû quitter mon dîner plus tôt, histoire de pouvoir être là pour elle. Mon travail est important, Grace. Il ne s'agit pas simplement de diriger une chaîne de salons ridicules dédiés à l'épilation. »

Aujourd'hui, je lui aurais ri au nez. Aujourd'hui, je l'aurais informé que ma chaîne de salons payait l'école privée de Cordelia, notre belle maison et la femme de ménage qui la gardait dans un état impeccable. Je lui aurais fait remarquer que son travail en faveur de « la croissance des espaces verts dans la ville » était important, mais que ce n'était en aucun cas ce qui faisait vivre notre famille. Malheureusement, à ce moment-là, je n'ai rien ressenti d'autre que de la culpabilité, une terrible et lourde culpabilité de mère qui avait déçu sa fille. Dès qu'elle avait connu les dates de son spectacle, elle avait compris que son père ne serait pas là, parce qu'il dînait avec le Premier ministre de la Nouvelle-Galles du Sud. Ça, c'était important – même s'il y aurait des centaines de convives et que Robert avait fort peu de chances d'échanger quelques mots avec cet homme, sans même parler de lui présenter son entreprise. Il avait payé pour le privilège de participer à ce dîner, mais c'était un détail. Mon inventaire, lui, n'était pas important. Je pensais le terminer à temps pour assister au spectacle. Je pensais que ce ne serait pas un problème, mais ça n'avait pas marché. Je m'étais sentie mal, elle m'avait détestée pour cette absence et lui aussi.

— Je suis certaine que Patricia sait qui se coltine le plus gros du travail, dis-je pour tenter de remonter le moral d'Ava.

Elle se contente de hausser les épaules.

— Je ne pense pas, non. Je travaille, je travaille et ça va mieux, maintenant que vous êtes là, mais j'ai surtout l'impression de ne pas être à la hauteur. Je ne suis pas assez bonne au travail, et à la maison, je ne suis pas assez bonne non plus, ni comme mère, ni comme épouse.

Elle regarde ses mains, faisant tourner l'alliance à son annulaire. J'ai l'impression qu'elle a parlé tout haut, sans le vouloir.

Je hoche la tête, comprenant exactement ce qu'elle cherche à dire.

— Je pense que vous faites un travail formidable sur tous les plans, dis-je doucement.

Elle lève les yeux vers moi et sourit.

— Merci, Grace, ça me touche beaucoup.

Je sais que ce n'est pas de moi qu'elle désire entendre ces mots. Elle veut les entendre de Patricia, de Finn et même de ses filles. Je me souviens de ce que l'on ressent lorsqu'on veut entendre ces mots, qu'on a besoin d'être reconnue par ses proches.

À la fin de la journée, je rappelle à Ava le courriel à adresser à Melody.

— Oh oui, mais je dois juste faire le point avec un fournisseur qui m'a promis une livraison de livres depuis des semaines.

— Je peux l'envoyer, juste quelques mots pour lui demander de ne pas consulter son téléphone en permanence et de ne pas quitter son bureau. J'utiliserai votre adresse électronique.

— Parfait, montrez-le-moi juste, que j'y jette un œil avant de le lui adresser.

Quelques minutes plus tard, j'envoie l'e-mail pour vérification à Ava.

Bonjour Melody,

Juste un petit rappel : ne laissez pas la réception vide.
Et je sais que nos téléphones sont toute notre vie, mais ce
serait bien que vous laissiez le vôtre dans votre sac lorsque
vous êtes à la réception.

Merci d'avance,

Ava

Ava est au téléphone avec le fournisseur, mais elle me répond d'un pouce en l'air.

Je supprime alors cet e-mail pour en envoyer un autre de mon cru à Melody.

Bonjour Melody,

Je tiens par cet e-mail à vous informer que nous sommes préoccupés par vos performances au travail. Il n'est pas acceptable de s'absenter de la réception sans demander à quelqu'un de vous remplacer.
En outre, nous exigeons que les téléphones personnels soient rangés pendant les heures de bureau. Des manquements de votre part ont été constatés à plusieurs reprises. Considérez ceci comme un premier avertissement.

Ava

La législation australienne en matière d'emploi prévoit trois avertissements avant qu'un employé soit licencié. Ava me remerciera pour cela plus tard, je le sais.

20

AVA

Lundi soir, les filles sont fatiguées après une longue et chaude journée et Finn disparaît dès la fin du dîner pour aller travailler. Il a été distrait pendant le repas, vérifiant sans arrêt son téléphone. Il a laissé Ava s'occuper du nettoyage et lui a même demandé de se charger des histoires.

« Mais elles adorent que tu les leur racontes, a-t-elle protesté.

— Je travaille sur quelque chose de nouveau, Ava, quelque chose d'extraordinaire. Après cette toile, il ne m'en faudra plus qu'une et j'en aurai assez pour une expo », a-t-il expliqué.

Cependant, quelque chose dans sa posture, dans la façon dont ses yeux ne cessaient de vagabonder pendant qu'il parlait, l'ont amenée à s'interroger sur ses propos. N'était-ce qu'une excuse pour s'enfermer loin de sa famille ?

Mais elle n'a pas pu lui refuser de prendre ce temps pour travailler : il ne faut pas qu'elle remette en question tout ce qu'il dit, simplement parce qu'il a changé le schéma de verrouillage de son téléphone. Pendant qu'elle nettoyait la cuisine, elle s'est même laissé aller à imaginer une exposition où toutes les toiles de Finn seraient vendues et du travail en continu pour son mari.

Le bain des filles prend plus de temps que prévu, mais c'est toujours le cas lorsqu'elles ont l'impression qu'Ava est stressée et qu'elle les houspille pour qu'elles se dépêchent.

Hazel et Chloe se plaignent toutes les deux qu'elle ne fait pas les « bonnes voix » lorsqu'elle leur lit une histoire, aussi doit-elle compenser en leur en lisant deux. Enfin, à 22 heures, elle est au lit. Son téléphone lui annonce la réception d'un courriel qu'elle envisage d'ignorer, mais elle récupère quand même l'appareil et y jette un coup d'œil.

Le message vient de Collin. Il aime envoyer des e-mails tard dans la nuit, comme pour prouver qu'il travaille dur. Mais il s'est probablement autorisé un long déjeuner et un dîner tranquille avant de s'installer devant son ordinateur. Ava ressent une bouffée d'irritation lorsqu'elle lit son e-mail.

Vas-y mollo avec Melody, elle est jeune, c'est tout. Tu es d'une autre génération et tu ne comprends pas que leur téléphone est leur vie.

Ava se sent immédiatement insultée et réprimandée.

Nous sommes une entreprise, Collin. Elle peut consulter son téléphone au déjeuner comme tout le monde.

Elle attend quelques minutes, espérant que l'échange de courriels s'arrêtera là, mais Collin aime avoir le dernier mot.

En l'absence de Patricia, je préférerais que tu me consultes avant d'envoyer des e-mails à mes employés pour leur reprocher leur conduite. Tu as été jeune et libre un jour, Ava. Je m'en souviens, bien.

— Connard... murmure Ava.

Elle sait exactement ce que sous-entend Collin. Il le lui rappelle assez souvent.

La suffisance de son courriel et l'idée qu'il semble déjà se savoir le nouveau PDG pour l'Australie la tourmentent toute la nuit.

Évidemment, Melody s'est précipitée vers Collin dès qu'elle a reçu son courriel lui demandant amicalement de ne pas utiliser son téléphone au travail. Collin passe au moins vingt minutes par jour, penché sur le bureau de la réception, à « bavarder » avec Melody. Il est beaucoup plus âgé qu'elle, tellement qu'Ava a du mal à comprendre pourquoi cette jeune femme adhère à son attitude. Ava a envisagé d'en parler à Patricia, mais Melody a l'air d'apprécier leurs discussions et puis, ils ne se cachent pas, donc elle ne voit pas exactement ce qu'elle irait rapporter à leur patronne. « J'ai peur qu'il ne lui parle trop. » Cela semble bizarre. Quant à invoquer sa propre incartade avec Collin, ce serait désastreux pour elle. Et si jamais elle accusait Collin d'avoir une liaison avec Melody sans preuve, elle serait renvoyée.

Elle s'accorde dix minutes pour réfléchir à la manière de prouver qu'il se passe quelque chose, allant même jusqu'à s'imaginer présenter des preuves à Patricia et regarder Collin se faire réprimander, voire licencier. Puis elle se rappelle qu'elle n'a aucun moyen de s'assurer s'il se passe réellement quelque chose entre eux deux. C'est juste une impression, mais elle ne peut pas faire exploser la vie de tout le monde sur une simple intuition. Elle prend la décision de commencer à les surveiller attentivement. Peut-être en notant les moments où ils s'absentent en même temps du bureau, comme le jour où ils sont allés au café ensemble, pour y échanger des confidences à mi-voix. Cette idée lui laisse un goût amer dans la bouche. Elle se sent sale, mais elle devine qu'elle est en train de perdre cette compétition avec Collin, qu'elle l'a probablement déjà perdue.

Le mardi matin, après s'être beaucoup tournée et retournée dans son lit, Ava n'a pu s'empêcher d'être une fois de plus reconnaissante envers Grace quand elle l'a trouvée sur le seuil de sa cuisine, en plein milieu de la frénésie au petit déjeuner. Finn dormait encore profondément quand Ava s'est levée.

La cuisine, si parfaitement propre et rangée dimanche soir, est déjà retombée dans le chaos.

— Tresse française, tresse française, crie Hazel en voyant Grace.

— Bien sûr, va me chercher ta brosse.

— Moi aussi, moi aussi, s'exclame Chloe en sautillant.

— Absolument.

Grace est rayonnante et Ava a envie de lui dire qu'elle n'a pas à se charger de ça, mais son assistante paraît vraiment apprécier ses interactions avec les filles. Aussi acquiesce-t-elle avec gratitude et termine-t-elle tout avant de monter à l'étage pour se coiffer et se maquiller.

Dans la voiture, sur le chemin du travail, Grace et elle discutent de la présentation d'Ava à la Journée des métiers du lycée de Redwood, cet après-midi.

— J'ai peur qu'on me trouve ennuyeuse, dit Ava.

— C'est absurde, proteste Grace. Vous êtes une femme qui dirige une entreprise et élève des enfants. Qu'y a-t-il de plus intéressant ?

— Je ne la dirige pas encore, objecte Ava.

— En effet, convient Grace, mais rien n'est perdu tant que la partie n'est pas terminée.

Ava est ragaillardie par cette sentence. Parvenue au pied de leur immeuble, elle gare la voiture et laisse quelques minutes à Grace pour arriver la première. Elle en profite pour consulter son téléphone et vérifier si elle n'a pas raté un e-mail.

Lorsqu'elle parvient à leur étage, Melody se lève dès qu'elle la voit.

— Bonjour, madame Green, l'accueille-t-elle.

— Bonjour, répond Ava. Et vous savez qu'il faut m'appeler Ava.

— J'essaie juste d'être professionnelle.

Face au sourire narquois de leur standardiste, Ava secoue la tête et s'éloigne.

Devant son bureau, Grace est au téléphone avec l'une des formatrices. Ava entend que la jeune femme s'inquiète d'être en retard parce qu'elle est dans un bus bloqué par des embouteillages. Grace réconforte la jeune femme d'un ton bas et apaisant : elle va régler le problème avec l'école.

Il y a un café sur la table de travail d'Ava et le bureau est bien rangé. Ava s'affale sur sa chaise et prend une grande inspiration, pour se libérer de son épuisement. Elle pense à Finn, qui est probablement encore en train de dormir. *Aura-t-il un jour assez de tableaux pour une exposition ?* Puis, parce que la pensée occupe toujours son esprit depuis que c'est arrivé, elle s'interroge sur la raison pour laquelle il a changé le schéma de verrouillage de son téléphone. Elle n'a pas pu lui parler hier soir, mais elle se débrouillera pour le faire ce soir.

— J'ai réglé le problème, annonce Grace en entrant dans le bureau. J'ai repoussé l'horaire d'une heure et le lycée n'a pas demandé mieux que de nous arranger.

— Merci.

— Par quoi allons-nous commencer aujourd'hui ? enchaîne Grace.

Ava repasse en mode travail, afin de mener à bien toutes ses tâches du jour. Sa vie privée devra attendre, comme toujours d'ailleurs.

— Melody est allée se plaindre à Collin de l'e-mail que je lui ai envoyé, confie-t-elle à Grace.

Elle est satisfaite du petit ricanement que Grace laisse échapper.

— Quelle gamine !

Et tout à un coup, l'affaire ne lui semble plus du tout aussi sérieuse.

— Si elle n'apprend pas à accepter des critiques constructives sur la façon dont elle fait son travail, elle ne survivra pas dans le monde de l'entreprise, commente Grace.

Ava secoue la tête.

— C'est vrai, cela dit elle est très jolie et cela vous mène loin, avec ou sans compétences ou aptitudes.

— J'en conviens, reconnaît Grace, mais à un moment donné, on ne peut pas s'en sortir uniquement grâce au charme et au physique.

— C'est un fait.

— J'ai travaillé dans beaucoup d'endroits et j'ai vu ce qui se passe lorsqu'une jeune femme pense que son physique lui ouvrira toutes les portes. Elle y parvient dans une certaine mesure, mais il y a toujours des problèmes par la suite. Parfois, elle s'acoquine avec des hommes qui ont de l'ancienneté et cela tourne très mal. Les relations sur le lieu de travail sont toujours une terrible erreur.

Ava a la gorge nouée.

— Je sais... Je... commence-t-elle, avant de s'arrêter.

Il est hors de question qu'elle avoue à Grace sa propre aventure avec un homme beaucoup plus âgé qu'elle.

— J'ai travaillé un jour pour une personne dont le mari l'avait trompée, raconte Grace. C'était un homme d'un certain âge et sa maîtresse débutait dans le secteur où il travaillait : la liaison a changé la vie de tous et pas pour le mieux.

Grace fixe Ava avec intensité et celle-ci a l'impression que son assistante sait quelque chose à son sujet, qu'elle voit en elle jusqu'à ses propres transgressions.

— Qu'est-ce qui s'est passé ? demande-t-elle, incapable de retenir sa question.

— Oh, eh bien, vous savez comment ces choses-là fonctionnent, répond Grace qui balaie la question d'un revers de la main. Sa femme l'a très mal pris, je crois.

Ava est en sueur, malgré l'air conditionné glacial.

— Je suis sûre que la jeune femme l'a regretté, dit-elle.

— Certainement, mais elle a détruit une famille, lâche Grace en haussant les épaules. Et ces choses ont toujours une façon de revenir vous mordre, une histoire de karma et tout ça.

— Je crois que je vais... aller aux toilettes, bredouille Ava.

Elle se lève et s'exécute, s'enferme dans une cabine où elle pose la tête sur ses genoux.

Son étreinte maladroite avec Collin lui revient. Une fois de plus, elle revit l'humiliation de le recroiser le lendemain et de savoir qu'il l'a vue nue.

Elle a été mortifiée et il lui a fallu des mois pour pouvoir à nouveau regarder Collin en face. Lui, de son côté, n'avait pas du tout l'air affecté par cette histoire, ce qui, d'une certaine manière, a encore compliqué la tâche d'Ava.

Mais lorsqu'elle a commencé à grimper dans la hiérarchie de l'entreprise, elle a senti un changement en Collin. Il avait adopté une position d'aîné par rapport à elle, mais ce n'était plus le cas. Elle s'interroge à nouveau sur Melody et lui, et même si ça lui donne l'impression d'être quelqu'un de vindicatif, elle se demande si elle pourrait utiliser leur relation – s'ils en ont une – pour blesser Collin. Elle a fort commodément oublié que Collin détient des informations sur elle, quelque chose qu'il serait susceptible de faire parler en défaveur d'Ava s'il tournait l'histoire comme il convient. L'époque a changé et elle sait qu'elle serait crue et soutenue, mais la divulgation de leur aventure pourrait quand même entacher sa réputation et amener les gens de l'entreprise à la voir sous un jour différent. Les choses ont beau évoluer, elles restent les mêmes à bien des égards.

Pourrait-il vraiment utiliser une seule transgression de sa part à elle pour mettre un terme à sa carrière ici ? Ce serait insupportable de travailler pour lui, horrible que quelqu'un sache ce qui s'est passé. S'il est PDG, il n'aura même pas besoin de la renvoyer. Il lui suffira de le dire à une seule personne – Melody peut-être – et l'information se répandra dans toute l'entreprise : Ava sera déshonorée.

Elle ne sait pas pourquoi elle n'y a pas pensé plus tôt. Devrait-elle d'abord s'adresser à Patricia ? La possibilité que Collin se serve de leur aventure n'est-elle que le fruit de son imagination ? N'aurait-il pas plus à y perdre qu'elle ? Sauf s'il prétend que c'est elle qui l'a provoqué, que tout a été de son fait à elle et qu'il n'a été qu'un homme incapable de résister. Les femmes sont coupables quoi qu'elles fassent. Elle portait une robe courte, elle était ivre, consentante. Rien de tout cela ne devrait avoir d'importance lorsqu'il s'agit de blâmer quelqu'un, et pourtant si... bien sûr que si, dès lors que les gens commencent à parler.

Collin va utiliser cette nuit pour lui nuire, elle le sent, et elle sait qu'elle doit l'en empêcher.

Se remettant debout, elle se dirige vers le lavabo, se lave les mains et se recoiffe dans le miroir. Elle s'opposera à lui. Elle ne se laissera pas atteindre et ne lui permettra pas de la priver d'une position qu'elle a bien méritée. Peu importe ce qu'elle doit faire.

Elle retourne au bureau et voit Collin à la réception, en train de parler à Melody. Devrait-elle prévenir la jeune femme ? Que lui dirait-elle ? C'est tellement compliqué. Depuis ce soir-là, Collin et elle n'ont plus qu'une relation professionnelle.

Alors qu'Ava les observe, Melody se retourne pour la regarder, puis, d'un brusque mouvement de tête, fait passer ses cheveux noirs par-dessus son épaule, se penche vers Collin et lui murmure quelque chose.

Devant leur rire, Ava abandonne toute idée de mettre Melody en garde. Ce n'est pas à elle de parler à la jeune femme.

Si elle devient PDG, en revanche, elle mettra assurément un terme aux agissements de Collin. Elle mettra un terme à tout ce qui ne lui plaît pas dans cette entreprise. Elle a Grace pour l'aider à y parvenir.

21

GRACE

Je note quelque chose de différent chez Ava après son retour des toilettes, quelque chose qui la tracasse. Il semble que ma mention de la liaison l'ait inquiétée. Je trouve cela intéressant. Qu'est-ce qu'elle cache ?

— Si vous pouviez vous occuper du programme de la semaine prochaine, ce sera parfait, dit-elle.

Je me lève, consciencieuse, et quitte son bureau pour rejoindre ma table de travail.

Pendant que je m'assois, j'entends un léger déclic derrière moi et je me rends compte qu'elle a fermé sa porte. J'aimais laisser ma porte ouverte lorsque je dirigeais mon entreprise, j'aimais être en mesure de voir tout le monde s'activer au bureau et je voulais que mes employés sachent pouvoir s'adresser à moi sur tous les sujets.

Liza et moi avions des bureaux l'un à côté de l'autre et nous faisions des allers-retours toute la journée. Je nous croyais amies. Peut-être l'étions-nous d'une certaine manière. Lorsqu'elle a divorcé, j'ai été une épaule sur laquelle elle pouvait pleurer, quelqu'un à qui s'adresser à tout moment pour la mettre au courant de ce qui se passait.

Le lendemain du jour où j'ai vu le texto sur le téléphone de Tamara, je ne suis pas allée travailler. Au lieu de quoi, je suis restée à la maison, à soigner ma gueule de bois. J'ai attendu que Robert soit parti au travail et Cordelia à l'école avant de sortir du lit.

Je me sentais affreuse, mais je me suis douchée et habillée, puis je suis descendue à la cuisine. La vision de Robert et Tamara au lit ensemble me rendait malade. J'ai appelé Liza.

— Je voudrais que tu renvoies Tamara, lui ai-je dit.

— Quoi ? Pourquoi ?

Je lui ai parlé du texto, de la confrontation avec mon mari.

— Grace, c'est horrible... Tu en es absolument sûre ? Parce que, d'après ce que tu dis, Robert a nié et Tamara aussi.

— J'en suis plus qu'assez certaine, Liza, et il s'agit de mon entreprise : je veux que tu la renvoies.

— Mais quelle raison je vais lui donner ? Comment je le lui explique ? Tu veux que j'évoque le texto ?

Je suis restée silencieuse pendant que je me préparais une tasse de café, additionné de mon lait d'amande et d'une petite dose de whisky, toute petite, dans l'espoir que cela m'aide à penser correctement.

— Je me fiche de ce que tu lui diras. Tu trouveras bien une solution, ai-je répondu.

Liza a soupiré et je l'imaginais dans son bureau, regardant la vue, stylo à la main, le rideau soyeux de ses impeccables cheveux noirs tombant sur ses épaules. J'entendais le cliquetis du piston du stylo qu'elle actionnait frénétiquement lorsqu'elle était frustrée.

— Grace, cela pourrait revenir nous hanter. Je ne peux pas la renvoyer parce que tu la soupçonnes d'avoir une liaison avec ton mari. Tu dois bien te rendre compte que cela semble... étrange.

— Liza, je sais que c'est vrai.

— Tu n'as aucun moyen de le prouver. Et si elle s'adresse à

la Fair Work Commission[1] ? Tu ne peux pas simplement licencier quelqu'un pour cette raison. Et si tu te trompais ?

J'ai soupiré, bu une gorgée de mon café et senti la brûlure du whisky dans mon estomac.

— Liza, quand tu m'as dit que Louie te trompait, est-ce que je t'ai répondu que tu ne pouvais pas le prouver ? Une femme sait ces choses-là. Et je sais qu'ils ont une liaison.

— Tu as l'air... Il faut que tu prennes le temps de discuter vraiment avec Robert. Tout cela n'est peut-être que le fruit de ton imagination.

— Renvoie-la ! ai-je aboyé.

Et j'ai mis fin à l'appel.

Mais Liza ne m'a pas écoutée. Elle a refusé. Elle m'a écrit un courriel indiquant que je n'avais aucune preuve et que Tamara serait tout à fait en droit de nous poursuivre pour licenciement abusif.

> Je vais la faire travailler comme réceptionniste pendant un moment. Ça vous laissera à toutes les deux un peu d'espace. Mais tu dois régler la question avec Robert.

J'ai poussé un long cri sonore lorsque j'ai reçu cet e-mail. J'ai été tentée de foncer au bureau, d'attraper Tamara par les cheveux et de la jeter dehors, mais j'avais consommé pas mal de whisky à ce moment-là.

Je secoue la tête, laisse tomber le passé et me concentre sur mon travail. Je ne veux pas commettre d'erreur. Une fois le programme terminé, je quitte mon bureau et vais me préparer un café. Melody et Collin sont dans la cuisine. Je ne dis rien, je me contente de leur offrir un sourire crispé et prépare ma boisson.

---

1. Commission plus ou moins équivalente aux Prudhommes français (N.d.T.).

Leur conversation en cours s'est interrompue, pendant que je suis là.

Mais dès que je repars, j'entends un éclat de rire rauque. Je brûle de me retourner et de jeter ma tasse de café chaud au visage de Melody. Je déteste l'idée que les gens se moquent de moi dans mon dos. C'était le pire dans l'infidélité de Robert : l'humiliation de savoir que Tamara et mon mari se moquaient de moi pendant qu'ils baisaient.

Je laisse tomber mon café sur mon bureau et cours aux toilettes, où je m'enferme dans une cabine pour tenter de reprendre la main sur mes émotions. L'envie de boire est un besoin physique, qui remonte de mes orteils, mais non, je n'ai pas besoin de boire parce que je ne suis pas alcoolique et que tout ira bien.

Je suis prête à parier que si j'interrogeais Melody, elle prétendrait qu'ils riaient d'autre chose, mais je sais ce qu'il en est. Tout comme je savais à propos de Tamara.

Le jour où j'ai dit à Liza de licencier Tamara, j'ai passé des heures à chercher des preuves, en commençant par la consultation de nos relevés de carte de crédit. J'ai trouvé des dépenses pour des fleurs, des restaurants et un week-end. Le problème, c'est que Robert m'achetait parfois des fleurs, je savais qu'il sortait dîner avec des amis et je me souvenais qu'il avait parlé d'un week-end entre garçons. J'étais en revanche incapable de me remémorer la moindre de ces dates. Je ne pouvais pas pointer un doigt catégorique et affirmer que c'était à ce moment-là qu'il avait été avec Tamara. Robert était doué pour brouiller les pistes.

Mais je savais, je le savais tout simplement, et rien n'aurait su me faire changer d'avis sur son adultère.

Au cours des semaines qui ont suivi, il a continué à nier les faits et j'ai continué à faire pression pour qu'il quitte la maison et m'accorde le divorce. Il m'a demandé de suivre une thérapie de couple et j'y suis allée une fois, mais lorsque nous nous sommes assis devant la thérapeute, il lui a tout déballé et, même si j'ai continué à lui expliquer que je savais, tout simplement, elle m'a répliqué qu'à son avis, j'avais besoin moi-même d'une thérapie. « La paranoïa peut être très préjudiciable à une relation, surtout si elle est associée à une consommation excessive d'alcool », a-t-elle déclaré d'un ton guindé. Sur quoi, elle a croisé ses longues jambes et souri à Robert.

J'avais l'impression de devenir un peu folle.

Et malheureusement, le seul moyen que j'ai trouvé pour passer mes journées sans m'effondrer a été de me faire aider par mon ami l'alcool.

J'essayais de ne boire que le soir, lorsque Robert et moi faisions semblant que tout allait bien devant Cordelia. Ma fille devinait qu'il se passait quelque chose et, lorsque j'étais particulièrement ivre, je lui racontais tout, essayant de la convaincre que son père lui mentait, car j'avais besoin qu'elle soit de mon côté. Ce sont ces moments dont j'ai le plus honte quand je repense à cette époque.

Bientôt, boire le soir n'a plus suffi, car chaque jour, au travail, je voyais Tamara à la réception. Comme nous ne nous adressions jamais la parole, c'est Liza qui m'a dit qu'elle était fâchée d'avoir été rétrogradée, même si elle touchait toujours le même salaire. Je détestais l'avoir sous les yeux, et un ou deux verres de vin au déjeuner m'aidaient à passer l'après-midi. Mais comme c'est toujours le cas avec ce genre de choses, ma consommation a continué à augmenter.

Deux mois après avoir découvert leur liaison, j'arrivais en retard au travail, je m'endormais au bureau et je fonctionnais à peine lorsque j'étais éveillée. J'étais en état d'ébriété presque tout le temps. À chaque conversation que j'avais avec Robert, il finissait par m'accuser d'être alcoolique, paranoïaque et délirante. Il rentrait tard, du « travail » ou d'être allé « prendre l'air », mais je savais qu'il était avec elle. Et je savais que je le pincerais parce que, une semaine après avoir vu ce texto, j'ai engagé un détective privé. Je ne m'attendais pas à ce qu'il mette autant de temps à m'obtenir des preuves, toutefois il a fini par réussir.

Trois mois après, j'avais les preuves en main. Des photos montrant Robert et Tamara dans un restaurant en milieu de journée, comme s'ils ne se souciaient pas d'être observés. Des photos d'eux partageant un repas, sirotant des verres de vin, discutant avec animation. Et des photos d'eux deux se serrant dans les bras l'un de l'autre, à la fin de leur rendez-vous, juste avant de se séparer.

Ce soir-là, j'ai attendu qu'il rentre à la maison, puis je lui ai jeté les photos au visage. Il les a regardées, impassible.

— Elle m'a appelé pour me parler de la façon dont tu la traites au travail. Elle a essayé d'en toucher deux mots à Liza, mais sans succès. C'est une jeune femme et elle est incroyablement boulversée. Elle s'est dit que puisque tu m'accusais de te tromper avec elle, je serais capable de te faire entendre raison. Mais personne ne peut plus te parler, Grace. Tu es cinglée.

Il a laissé tomber les photos par terre et s'en est allé dormir dans la chambre d'amis. Je les ai ramassées et déchirées en mille morceaux. Aucune preuve ne suffirait. C'était de la manipulation psychologique. C'est le nom qu'on donne à ce genre de comportement, maintenant, et ça se voit tout le temps, mais quand on est pris dedans, il n'y a aucun moyen de s'y opposer. Peut-être avais-je tort ? Peut-être étais-je paranoïaque ? Peut-être était-ce l'alcool ? Je déambulais dans la maison tout en serinant à Robert que je ne croyais qu'une seule chose.

— Je me fiche de ce qui se passe ou pas, ai-je dit à Robert le lendemain matin. Je me fiche de ce qui se passe ou ne se passe pas. Notre relation est terminée. S'il te plaît, quitte la maison et je te promets d'être juste.

Robert m'a ri au nez, au sens littéral.

— Je ne partirai pas, Grace. La moitié de la maison est à moi. La moitié de ton entreprise est à moi. Je n'irai nulle part.

C'est toi qui devrais partir. Tu as besoin de suivre une thérapie, tu as besoin d'aide pour te débarrasser de ton addiction à l'alcool. Tu as besoin d'un traitement.

Je me tenais alors dans notre cuisine de marbre blanc, immaculée, une tasse de café arrosé à la main, et je me souviens de la lui avoir lancée dessus avec une violence inouïe. Le projectile l'a touché en pleine poitrine, la tasse est tombée par terre où elle s'est brisée. Une tache de café marron s'étalait sur sa chemise gris pâle.

Il a tapoté la tache avec ses doigts et les a portés à son nez.

— Whisky ? a-t-il commenté en secouant la tête. À cette heure de la journée ? Oh, Grace. Pauvre, pauvre Grace.

Et, souriant, il est parti se changer pour aller travailler.

Cordelia s'est mise à m'éviter. Elle était en dernière année de lycée, très occupée par ses amis et ses activités. Elle a pris l'habitude de travailler en bibliothèque après les cours et d'aller directement s'enfermer dans sa chambre si elle rentrait à la maison et voyait que j'avais déjà bu. Elle a perdu du poids cette année-là, ma pauvre enfant. Le stress était trop important pour elle et je ne me le pardonnerai jamais.

Liza s'est chargée de plus en plus de tâches au travail. Et pourtant, je devais voir cette petite garce tous les jours quand j'arrivais au bureau... dans mon bureau et mon entreprise.

— Il faut que tu te ressaisisses, Grace, m'a dit Liza un soir, après m'avoir trouvée endormie sur le canapé de mon bureau. Tu ne peux pas continuer comme ça.

— Je ne devrais pas avoir à le faire, ai-je craché. On devrait me dire la vérité. Tamara devrait partir et Robert quitter ma maison.

— J'ai parlé avec elle, m'a murmuré Liza. Je ne voulais pas t'en parler, mais je l'ai interrogée et elle m'a répondu qu'elle ne comprenait même pas de quoi tu parlais. Elle a un petit ami. Elle ne couche pas avec ton mari. Quelque chose ne va pas, Grace, tu as besoin d'aide.

— Ce dont j'ai besoin, c'est que Robert et cette petite salope crèvent pour que je n'aie plus jamais à les revoir ! ai-je crié.

Liza a secoué la tête et tourné les talons pour quitter mon bureau, puis elle s'est arrêtée.

— Oh ! s'est-elle exclamée.

Tamara se tenait dans l'embrasure de la porte et me dévisageait, pâle de stupeur.

Lorsque Robert est décédé deux nuits plus tard, Tamara a été l'une des premières personnes interrogées par la police et elle avait beaucoup de choses à dire.

— J'y vais, annonce Ava.

Je hoche la tête, pour revenir au présent. J'ai perdu plus d'une heure à ressasser le passé.

— Oui ! Bonne chance pour votre intervention, dis-je tout en me réprimandant.

Je ne dois plus laisser mon esprit s'égarer.

Je passe le reste de la journée à batailler pour demeurer concentrée et je suis bien contente qu'Ava soit absente du bureau pendant la majeure partie de l'après-midi. Elle revient de son exposé regonflée à bloc par la réaction des filles et d'Amber Vale. J'essaie donc de manifester autant d'enthousiasme que possible. À la fin de la journée, je suis très soulagée lorsqu'elle m'annonce qu'il est l'heure de partir.

Nous ne parlons pas sur le trajet jusqu'à la maison, chacune de nous étant perdue dans ses propres pensées, et j'en suis bien contente. Je la remercie de m'avoir ramenée et je m'engage dans l'escalier menant au petit appartement dès que nous arrivons à la maison.

— À demain matin, me lance-t-elle.

Je la salue en partant.

Je n'ai jamais voulu avoir à penser au passé. Je pensais avoir tout remisé dans une boîte à la clinique, où j'avais enfermé ce qui m'avait blessée et ce que j'avais fait en conséquence. Mais les souvenirs refusent de rester confinés. Alors, une fois dans l'appartement, je sors la bouteille de vodka et je l'inhale jusqu'à me sentir défoncée par les vapeurs d'alcool. Mais je ne bois pas. Je ne boirai pas.

Ava s'étonne du silence de Grace pendant le trajet du retour, mais elle est vite embarquée dans la routine du dîner. Une fois les filles endormies, elle range la maison tout en réfléchissant à la manière de parler à Finn de son téléphone. Elle aimerait bien laisser tomber, mais elle n'arrive pas à se sortir l'incident de la tête.

Pleine de résolution, elle monte au loft, où se trouve l'atelier de son mari. Ava le dérange rarement pendant qu'il travaille, mais elle ne peut pas attendre un jour de plus pour lui parler.

— Je peux entrer ? demande-t-elle en frappant un petit coup à la porte.

— Vas-y.

Cependant, elle devine à ce seul mot qu'il est fâché d'être dérangé.

— Qu'est-ce que tu veux ?

Ava a pensé causer d'abord un peu et aborder le sujet de manière désinvolte, mais elle voit bien que Finn n'est pas d'humeur à bavarder. Il se tient derrière une toile presque grandeur nature, son pinceau à la main. Ava regarde le loft autour d'elle, où ils ont laissé le parquet brut et où il n'y a qu'une petite fenêtre pour l'aération. L'endroit est trop chaud en été et trop froid en hiver, mais Finn l'aime parce que c'est son espace à lui.

— Ava, qu'est-ce que tu veux ? demande-t-il à nouveau, impatient.

— Je ne savais pas que tu avais changé le schéma de déverrouillage de ton téléphone, dit-elle. Tu devrais sans doute me donner le nouveau, au cas où tu l'oublierais encore une fois.

Elle s'efforce de parler d'un ton léger, non conflictuel.

— Tu n'as pas l'intention de fouiller dans mon téléphone, n'est-ce pas, Ava ? dit Finn, en tamponnant légèrement la toile avant de reculer.

— Non, je...

Elle ne sait pas trop quoi dire.

— Je voulais l'utiliser au bar, l'autre soir et je n'ai pas pu, donc j'ai pensé...

— Pourquoi ? Tu avais ton propre téléphone.

Il a l'air détendu, ni en colère ni accusateur, simplement curieux.

Ava hausse les épaules. C'était une idée stupide de l'interroger là-dessus.

— Je peux voir ? demande-t-elle, dans l'espoir de changer de sujet.

Avant qu'il ne puisse dire quoi que ce soit, elle passe de l'autre côté pour regarder la toile. C'est l'immense portrait d'un beau visage de femme, aux yeux noirs et à la peau olivâtre, avec une minuscule cicatrice près du sourcil.

— Elle est belle. C'est très réussi. Qui est-ce ?

— Tu ne viens pas ici d'ordinaire, répond Finn.

— Je la connais ? insiste-t-elle. J'ai l'impression de l'avoir déjà vue.

— C'est la mère de Sami, un petit camarade de classe de Hazel. Ils étaient ensemble à la maternelle. Tu as dû la rencontrer au moins une fois. Ou peut-être pas, puisque c'est moi qui m'occupe des fêtes et de ce genre de trucs, en général. Il faut que je termine, si ça ne te dérange pas.

— Je croyais que tu travaillais sur le portrait de ton arrière-grand-père, dit-elle en jetant un coup d'œil à l'atelier.

Elle avise la grande toile appuyée à un mur, à moitié terminée. Le matériel de Finn coûte une fortune, mais il n'hésite pas à mettre un projet en pause s'il ne se sent plus inspiré.

— Je t'ai dit, il y a quelques jours, que je laissais reposer cette toile et que celle-ci m'appelait davantage, répond-il en la regardant. Je n'ai vraiment pas envie de parler pour l'instant, si tu n'y vois pas d'inconvénient.

Ava sait que le travail sur ce nouveau portrait ne date pas d'hier. Il semble presque terminé et il est magnifique : le léger sourire de la femme est empreint d'une joie tranquille et ses yeux sont fixés sur quelqu'un pour qui elle a de l'affection.

Ava aurait une centaine de questions à poser. *A-t-elle posé pour toi ? Depuis combien de temps travailles-tu sur ce projet ? Tu la connais bien ? Combien de temps passes-tu avec elle ? Elle est mariée ? Si oui, qu'en pense son partenaire ?*

Une étincelle d'espoir jaillit en elle.

— C'est une commande ?

Parce que c'est peut-être ça. Peut-être qu'il a abandonné sa règle de « pas de commande » parce que la mère de Sami voulait un tableau pour son compagnon.

Elle sait qu'elle a rencontré cette femme à plusieurs reprises, mais chaque fois qu'elle va à l'école, elle est généralement pressée, attendue quelque part ou cherchant à exécuter quelque tâche pour le travail sur son téléphone.

— Non, c'est juste que son visage m'inspire. Maintenant si ça ne te dérange pas...

Il lui désigne la porte avec son pinceau. Ava rougit de se voir congédiée comme si elle était une enfant égarée là, qui dérangeait son père.

Elle part sans rien ajouter, descendant lourdement les

marches pour faire le plus de bruit possible. *Tu te comportes comme une gamine,* se rabroue-t-elle.

Elle prépare les boîtes à déjeuner des filles et termine de ranger la cuisine, puis elle pense à prendre une douche, mais elle est trop en colère.

Alors, elle va dans le garde-manger et fouille l'étagère du haut où elle garde un vieux paquet de cigarettes pour les moments où elle a désespérément besoin de quelque chose de différent. Elle le conserve là depuis au moins cinq ans. Ayant glissé le paquet et le briquet dans la poche de son pantalon, elle ouvre la porte coulissante qui donne sur le jardin et se faufile dehors, comme si quelqu'un risquait de la prendre en flagrant délit.

L'air est délicieusement frais et le simple fait de rester dans l'obscurité la calme. Elle se dirige vers la balançoire du jardin, où elle s'assoit avec précaution, craignant de faire grincer les chaînes. Puis elle allume une cigarette et tire une grande bouffée, bien mauvaise pour ses poumons.

— Oh… entend-elle.

Elle sursaute et manque laisser tomber sa cigarette à la vue de Grace.

— Je suis vraiment désolée, mille excuses, dit cette dernière. Je voulais juste sentir l'air de la nuit. Je m'en vais.

Elle se détourne, mais Ava la rappelle.

— Non, non, ne partez pas, s'il vous plaît. C'est très mal de ma part, mais je ne fais jamais ça devant les enfants, ni même jamais tout court. C'est juste que la journée a été pénible. Je vous en prie, asseyez-vous, insiste-t-elle en montrant la balançoire avec son coussin vert rembourré.

Grace s'exécute.

Ava tire une nouvelle bouffée sur sa cigarette, toussant parce qu'elle n'en a pas l'habitude. Puis, prenant une grande inspiration et se retrouvant avec les yeux remplis de larmes inattendues, elle renifle.

— Oh, Ava, murmure Grace, qu'est-ce qui ne va pas ?

Elle a parlé si gentiment qu'Ava doit fermer les yeux et fouiller dans sa poche pour trouver un mouchoir en papier afin de ne pas éclater en sanglots. C'est l'épuisement, elle en est sûre. Elle craque quand elle ne dort pas bien. Ravalant sa salive, elle renifle et se mouche.

— Désolée, dit-elle à Grace, je suis juste fatiguée. Collin m'a envoyé un e-mail tard hier soir et Finn est...

Elle s'interrompt. Elle ne devrait pas partager ses inquiétudes avec Grace. Elles se connaissent à peine et Grace travaille pour elle, mais bizarrement, elle trouve facile de lui parler.

— Finn est en train de peindre le portrait de la mère d'un des camarades de classe de Hazel.

— Ce ne serait pas la mère de Sami ? demande Grace.

— Comment... Comment vous connaissez l'existence de Sami ? demande Ava, le cœur tambourinant.

— Quand j'ai gardé vos filles, Hazel m'a dit que Finn et la maman de Sami parlaient beaucoup.

Ava s'attend à ce que Grace ajoute : « Je suis sûre qu'ils sont juste amis » ou quelque chose du genre, au lieu de quoi, son assistante croise son regard et reste silencieuse quelques secondes avant d'ajouter :

— Cela doit être perturbant de savoir qu'il fait son portrait.

Ava acquiesce.

— Mais c'est idiot, je suis idiote. C'est un artiste et il peint des visages, bien sûr qu'il va avoir envie de peindre des visages de belles femmes.

— Puis-je vous donner un conseil, Ava ?

— Oui.

— Parfois, en tant que femmes, nous avons tendance à ignorer notre instinct parce que nous ne voulons pas croire que quelque chose puisse aller mal, et aussi parce que si nous nous fions à cet instinct, il va nous falloir entreprendre quelque chose pour remédier à telle ou telle situation.

Des picotements d'inquiétude courent sur les bras d'Ava.

— Je pense que... Écoutez, je n'aurais rien dû vous dire.

Elle tire une nouvelle bouffée sur sa cigarette, se penche et la tapote pour faire tomber la cendre dans l'herbe.

— Bien sûr, dit Grace. Bon, je vais rentrer dormir un peu. À demain matin.

Elle descend de la balançoire et Ava se sent mal, mais elle veut juste être seule, pour l'instant.

Une fois Grace partie, elle retourne se préparer un bol de glace qu'elle emportera au lit. Et même si elle essaie de s'en empêcher, elle cherche la mère de Sami sur la liste de classe, trouve son nom puis son Instagram.

Anita Gill fait partie de ces femmes qui sont belles sans effort, avec des yeux en amande et de longues jambes. Ses cheveux noirs sont aussi beaux attachés en un chignon désordonné que lâchés sur ses épaules. Ava veut croire que cette femme est adepte des filtres, mais tous ses posts ont pour premier hashtag « #sansfiltre ». Il pourrait s'agir d'un mensonge, pourtant Ava sait que non. Elle ressemble au portrait que Finn a peint. Elle continue à faire défiler son compte, à la recherche d'un mari, d'une femme, de quelque chose susceptible de mettre un terme à son inquiétude. Elle regrette à présent de ne pas avoir interrogé Grace sur ce que Hazel a dit, mais la conversation lui semblait alors trop personnelle et non professionnelle.

Elle avale une cuillerée de glace, prend une grosse bouchée de cookie, puis sent le tout se coincer dans sa gorge lorsqu'elle tombe sur une photo d'Anita, Finn, Sami et Hazel. On dirait qu'elle a été prise lors de l'excursion scolaire au Powerhouse Museum à laquelle Hazel a participé le mois dernier. Ava se souvient d'avoir été heureuse que Finn se porte volontaire pour l'accompagner, parce qu'il était hors de question qu'elle prenne un jour de congé. Elle n'avait pas encore embauché Grace à ce moment-là.

Sur la photo, Finn et Anita rient de Sami et de Hazel, qui regardent, les yeux écarquillés, un avion suspendu au plafond.

Une journée fabuleuse avec mon petit garçon et sa classe. Le temps passé avec lui est toujours précieux, moi qui navigue dans la vie en mère célibataire #excursion #powerhousemuseum #heureusedenouvellesamitiés.

Ava agrandit l'image et l'examine de près. Finn a l'air très heureux. Elle descend les yeux le long de son corps. Il montre l'avion d'une main et l'autre pend sur son flanc, juste à côté de la main d'Anita. Leurs doigts se touchent presque. *Qui a pris cette photo ? L'un des enseignants ? Un autre parent ? Finn a-t-il une aventure dont tout le monde est au courant ?* Même seule dans son lit, Ava sent le rouge de l'humiliation lui monter aux joues à cette idée.

Grace a raison. Elle ne veut pas le savoir, car alors elle devra entreprendre quelque chose.

Elle pose son téléphone et déglutit, avant de se fourrer immédiatement une autre grosse cuillerée de glace dans la bouche, bien qu'elle n'en ait plus du tout envie.

Et maintenant ? Qu'est-ce que je fais ?

23

Ma petite fille chérie,

Selon une histoire vieille comme le monde, je suis tombée amoureuse de Luka et j'ai arrêté de faire tout ce que j'étais censée faire.

J'ai cessé de travailler en classe, de rentrer à la maison à l'heure et d'écouter mes parents. Et j'ai commencé à coucher avec ce garçon. J'étais trop jeune, mais cela n'a rien changé, et chaque fois que je passais un après-midi avec lui, je me sentais pleine d'énergie, sûre que le monde entier était bon et que tout était possible.

J'ai stupidement supposé que si mes parents rencontraient Luka, ils l'apprécieraient... car comment ne pas aimer Luka ?

Je l'ai invité à prendre le thé : j'ai simplement demandé à mes parents si un ami pouvait venir, et ils ont été tellement sidérés à l'idée que j'aie un ami qu'ils ont accepté.

Lorsque Luka est arrivé, jean troué et pull délavé, ils ont été horrifiés.

« Enchanté, monsieur », a dit Luka en tendant la main à mon père.

Ce dernier, vêtu d'une chemise et d'une cravate, même pour un thé de l'après-midi, s'est simplement détourné.

« Tu t'humilies », a lâché ma mère en plaquant une main à sa gorge, où elle portait ses perles de mariage. Ils ont l'un et l'autre quitté la pièce et j'ai entendu claquer la porte de leur chambre.

Luka a trouvé ça drôle, mais pour ma part, j'étais mortifiée.

« Ils m'aimeront quand ils me connaîtront », a-t-il déclaré en prenant une part de la génoise plutôt sèche que ma mère avait préparée pour qu'il l'emporte en repartant.

Une fois Luka parti, j'ai rangé la vaisselle du thé et j'ai passé le reste de la journée dans ma chambre, à bouillonner de colère.

À partir de ce moment-là, mon père et ma mère n'ont plus eu qu'une seule obsession : m'éloigner de Luka.

Ils ont essayé de m'enfermer dans ma chambre, mais je suis passée par la fenêtre, si bien que je me suis tordu la cheville en atterrissant au sol. Mon père ayant cloué ma fenêtre après ma fuite, je ne suis pas rentrée à la maison. Ils ont essayé de me priver de nourriture, mais j'ai traîné chez Luka et dîné avec ses parents, détendus et gentils. « Appelle-nous Tina et Jack », m'a dit sa mère, la première fois qu'elle m'a rencontrée.

Même si nous étions dans les années 1980, Tina et Jack semblaient sortir des années 1970. Cultivant leurs propres légumes, c'étaient des artistes qui travaillaient tous deux comme travailleurs sociaux pendant la journée pour gagner de l'argent. Tina était potière et la maison était remplie de bols et de tasses émaillés magnifiques. Sculpteur quant à lui, Jack ramassait des déchets pour en faire des œuvres. Je ne comprenais pas ses sculptures tordues, mais je disais à Luka que je les trouvais magnifiques.

Ils ne voyaient pas la nécessité de brimer Luka ou ses impulsions et ils m'aimaient parce que je m'asseyais et les écoutais parler de l'état terrible du monde avec une attention ravie.

Et puis, par une nuit terrible, en plein milieu de l'hiver, je suis rentrée à la maison pour trouver une petite valise près de la porte.

« Vous partez en vacances ? ai-je prudemment demandé à ma mère, que j'ai trouvée à la cuisine en train d'émincer des oignons.

— Non », a-t-elle répondu.

Ses mains ont continué à s'activer et j'ai remarqué qu'il y avait des larmes sur son visage. Couper des oignons la faisait toujours pleurer.

« Oh ! » ai-je fait. J'avais froid, j'étais fatiguée, j'avais juste envie d'une douche chaude et d'un peu de temps dans ma chambre. J'aimais Luka et j'aimais être avec lui, mais j'avais parfois besoin d'un peu d'espace pour lire ou pour penser à lui... C'est ironique, je sais.

« Je vais juste aller me doucher, ai-je dit.

— Non », a-t-elle répliqué.

Mon père est entré dans la cuisine. Il tenait le lapin en peluche, qu'on m'avait offert quand j'étais bébé et que je gardais toujours sur mon lit.

« Qu'est-ce que tu fais avec ça ? ai-je demandé.

— Il faut que tu t'en ailles, a-t-il répondu en me tendant le jouet gris tout délavé. Nous avons préparé un sac, il y a cent dollars dedans. Tu dois quitter notre maison maintenant.

— Mais j'ai seize ans, ai-je protesté. Je suis au lycée, vous ne pouvez pas...

— Bien sûr que si ! » a crié ma mère.

Elle a laissé tomber avec fracas le couteau qu'elle utilisait sur le comptoir en mélamine et s'est retournée pour me faire face. J'ai pu voir le léger reflet des larmes qui avaient séché sur son visage.

— Nous pouvons faire ce que nous voulons. Tu peux légalement te débrouiller seule. De toute façon, tu n'obéis pas aux règles. Tu ne travailles pas à l'école. Tu ne vas pas à l'église et tu te faufiles comme une putain dégoûtante pour aller retrouver ce garçon. Un vaurien paresseux, qui plus est. »

Ses yeux flambaient d'une rage née de la déception.

« Si seulement vous essayiez de le connaître... » ai-je commencé à protester.

Mais mon père m'a arrêtée en m'attrapant par le bras pour me traîner vers la porte d'entrée.

Il m'a poussée dehors dans le froid de cette fin d'après-midi, m'a jeté ma valise et crié :

« C'est lui ou nous. À toi de décider.

— Attendez, laissez-moi une chance », ai-je tenté.

Mais il m'a claqué la porte au nez.

J'ai marché jusqu'à la maison de Luka. Il a fallu que je m'arrête pour ouvrir la valise et en sortir mon manteau, car l'heure avançait et il faisait de plus en plus froid.

Mais finalement, j'y suis arrivée et j'ai expliqué ma situation en sanglotant.

« Tu peux rester ici », a dit Luka sans permettre à ses parents de dire quoi que ce soit.

J'ai vécu avec eux pendant trois semaines avant qu'il ne devienne évident qu'ils n'étaient pas prêts à m'héberger à plein temps.

Un après-midi, alors que nous sortions ensemble de l'école, Luka m'a annoncé qu'à son avis, ce n'était une bonne idée que je continue à vivre avec eux.

« Mais je n'ai nulle part où aller », ai-je objecté.

Luka était bouleversé, mais il m'a avoué qu'il n'avait pas le choix.

« Ma mère et mon père, ils sont... Ils ne gagnent pas beaucoup d'argent et c'est difficile pour eux d'avoir une autre personne à charge.

— *Mais je peux trouver un emploi, je contribuerai, je te le promets.*

— *Désolé, s'est-il entêté en secouant la tête. Je dois aussi penser aux examens et aux trucs du genre. Je veux entrer dans un cours d'art et j'ai besoin de travailler. Je me dis qu'on s'empêche mutuellement de travailler. »*

J'ai compris qu'il utilisait ses parents comme excuse. Luka en avait assez de moi.

Je l'ai accompagné chez lui et j'ai emballé mes affaires. Ses parents étaient encore au travail.

J'avais seize ans et nulle part où aller. J'aurais pu rentrer chez moi, mais la perspective me semblait pire que d'être sans abri. Alors, tu vois, ma petite fille, je suis vraiment partie de rien.

Tu dois le savoir pour comprendre les choses que j'ai faites. Il le faut.

24

GRACE

Aujourd'hui, le trajet jusqu'au bureau a été essentiellement consacré à des discussions de travail. Nous sommes déjà mercredi et mon séjour dans l'appartement du garage touche bientôt à sa fin. Je sais qu'Ava regrette de s'être ouverte à moi, hier soir, dans le jardin.

Jusqu'au déjeuner, nous travaillons toutes les deux sans rien dire à nos bureaux respectifs et je n'aborde pas le sujet. Je vois qu'elle a besoin d'un peu de temps seule pour faire le point.

— Je vais peut-être sortir marcher une vingtaine de minutes, si vous n'avez rien contre, je lui lance, à l'heure du déjeuner.

Le soulagement se lit sur son visage.

— Bien sûr, dit-elle. Autant profiter des derniers jours de l'été.

En passant devant la réception, je vois Melody, les yeux rivés sur son téléphone, qui fait défiler l'écran, un sourire aux lèvres. Elle n'est pas en pause déjeuner. Je le sais, car nos horaires sont décalés.

— Voulez-vous que je prenne en charge la réception pendant un moment, afin que vous puissiez vous consacrer à tout ce que vous avez à faire sur votre téléphone ? je lui demande.

Elle lève la tête, me jette un regard plein d'antipathie.

— Vous savez, réplique-t-elle, votre visage me dit vraiment quelque chose.

— Vous me l'avez déjà dit.

— Non, mais j'ai vraiment l'impression de vous avoir déjà vue. On s'est rencontrées ?

La petite sournoise soutient mon regard tandis que je sens mon cœur s'emballer dans ma poitrine. Elle ne peut pas savoir. C'est impossible.

— J'en doute, je déclare. Je suis beaucoup plus âgée que vous.

— Oui, assez pour être ma mère ou peut-être ma grand-mère. Quel âge vous avez, d'ailleurs ?

La question est posée de manière impolie, et à dessein.

— Je suis assez âgée pour savoir qu'il ne faut pas utiliser son téléphone au travail, je lâche.

Et je me tourne vers l'escalier au lieu d'attendre l'ascenseur. J'ai besoin des cinq étages pour me ressaisir.

J'ai changé la couleur de mes cheveux. J'ai changé ma façon de me maquiller et de m'habiller. Je suis plus âgée et j'ai perdu pas mal de poids. Il est impossible que cette jeune femme me reconnaisse.

Je suis troublée, au café où je vais me chercher un sandwich à manger dans le parc, au point que je dois répéter ma commande deux fois pendant que la femme au comptoir me sourit.

— Désolée, je me suis couchée tard, j'explique.

— Pas d'inquiétude, cela ne prendra que quelques minutes, répond-elle.

Mon téléphone tinte : j'ai reçu un texto d'un numéro inconnu. Il s'agit d'un lien vers un article de journal. J'ai soudain besoin de boire quelque chose.

Il s'agit peut-être d'une arnaque, mais j'ai l'impression que non. Je clique dessus, je lis le titre, et je referme immédiatement l'article. Je ne suis pas prête. Je ne peux pas faire ça maintenant, en plein milieu de ma journée de travail.

J'emporte mon sandwich dans le parc proche du bureau. L'endroit est plein de gens qui prennent leur pause déjeuner, certains piquent un petit somme au soleil. Un cours de tai-chi se déroule près du banc où j'ai choisi de m'asseoir. Je tiens mon sandwich, tout en essayant de calmer les battements furieux de mon cœur grâce au spectacle de ces mouvements lents et élégants. Je me répète une phrase que j'ai utilisée lorsque j'étais en détresse à la clinique. *Cela peut attendre que je sois prête à y faire face. Cela peut attendre que je sois prête à y faire face. Cela peut attendre que je sois prête à y faire face.*

Je sais que si j'avais appliqué ce mantra lorsque tout a commencé à dérailler, j'aurais encore mon entreprise et, peut-être, Cordelia encore son père. Au lieu de quoi, j'ai laissé les événements prendre le pas sur moi, je les ai laissé me contrôler, et j'ai tout perdu. Il est hors de question que cela se reproduise.

De qui vient ce texto ? Il me semble évident qu'il s'agit de Melody. Le moment choisi ne peut pas être une coïncidence. Comment a-t-elle découvert la vérité sur moi ? Elle n'a pas l'air capable d'autre chose que de faire défiler l'écran de son téléphone. Mais peut-être est-ce justement la seule compétence nécessaire, de nos jours. Avec le monde entier à portée de main, il est presque impossible de se cacher.

Je prends cinq grandes inspirations, que je retiens cinq secondes chacune, puis je les relâche comme si je soufflais dans une paille, et je suis enfin capable de manger, bien que mon sandwich à la salade d'avocat ait un mauvais goût, comme s'il était trop salé. Je l'achève parce que je sais que je dois manger quelque chose, n'ayant pas pris de petit déjeuner. Je ne suis pas allée aider Ava à la cuisine, ce matin, car je sentais qu'elle ne voudrait pas de moi. Nous nous sommes trop parlé et le problème de la mère de Sami plane entre nous.

Lorsque je regagne le bureau, Melody est, une fois n'est pas coutume, en train de consulter son téléphone. Elle lève la tête et m'offre un large sourire.

— Je pensais bien vous connaître, lâche-t-elle en me lançant un clin d'œil.

Ce n'est donc pas une coïncidence. Plutôt une menace. Oui, une menace, c'est très clair. Je serre les poings pour m'empêcher de m'élancer sur elle et de lui arracher ses jolis cheveux.

— Je ne vois pas de quoi vous parlez, je crache.

Le téléphone sonne et elle répond, se redressant et ramenant ses cheveux derrière son épaule. Elle pense avoir remporté une espèce de victoire sur moi, mais elle n'a aucune idée de ce dans quoi elle s'engage. Je m'éloigne. Ma colère bouillonne pendant que je cherche à résoudre le problème.

Tout ce que je voulais, c'était qu'elle s'améliore à son poste. Maintenant, je vais devoir la détruire.

Je parviens à passer le reste de la journée en faisant preuve d'un niveau de concentration et de volonté que je n'avais jamais atteint auparavant.

Lorsque Ava et moi sommes prêtes à partir, je suis épuisée. J'ai un mal de tête lancinant et une mâchoire douloureuse à force de crispation. J'ai complètement évité Melody.

Ava a été inhabituellement silencieuse. Je sais que cette histoire de portrait la taraude et qu'elle aimerait s'en ouvrir à quelqu'un. Elle n'a pas beaucoup parlé de sa mère, mais j'espère qu'elle l'appellera pour discuter du problème avec elle. Tout comme j'espère, chaque jour, que Cordelia m'appellera. Les mères ne cessent de vouloir protéger et aider leurs enfants. Cordelia le comprendra quand elle aura un enfant à son tour.

L'idée que je ne pourrai peut-être pas être là pour elle le moment venu me fend le cœur.

Si j'avais révélé à Ava la vérité sur moi, je pourrais peut-être discuter avec elle de ma charmante fille, mais tout ce qu'elle sait à mon sujet est un tissu de mensonges et maintenant qu'elle m'en a trop dit, elle le regrette. Nous sommes toutes les deux conscientes des limites à ne pas dépasser entre employeur et employé.

— Prête à partir ?

Elle a l'air fatiguée elle aussi, épuisée par le manque de sommeil et ses peurs.

— J'ai rendez-vous avec une amie pour le dîner, je réponds sur une impulsion.

L'idée de n'avoir personne pour m'accueillir devant un dîner me procure comme un électrochoc.

— Oh, c'est chouette, dit-elle. À demain matin dans ce cas.

J'acquiesce et je souris comme si c'était chouette, en effet.

Il est plus de 17 heures, mais la chaleur de la ville monte par vagues de la chaussée. L'été n'a pas l'intention de refluer. J'erre sans but à travers les rues, où tout le monde semble de bonne humeur même s'il s'agit d'un jour de travail. Le surplus de lumière donne sans doute l'impression que les journées de labeur sont plus courtes. Je marche pendant une heure, attendant d'avoir le courage d'ouvrir à nouveau le lien, de lire l'article pour savoir exactement ce que Melody sait de moi. Je l'ai déjà lu, mais il y a longtemps. Pas à sa parution : je n'étais pas assez forte au début et je n'avais pas accès à mon téléphone. Je l'ai lu plus tard et ensuite un nombre incalculable de fois.

J'étais complètement ivre et je ne voulais pas ce qui s'est produit. C'est la version à laquelle mon avocate et moi nous sommes tenues. Il s'agissait d'un accident, en l'absence de moyen de prouver de manière concluante qu'il en soit allé autrement. Une seule chose était claire : j'étais une alcoolique qui avait semblé très mal en point et mentalement instable à tous ceux qui l'entouraient dans les jours ayant précédé le drame.

Mon avocate était très douée : pas sympathique, pas chaleureuse, pas aimable, mais très bonne dans son travail, pour lequel je l'ai très grassement payée. Je l'ai écoutée plaider en ma faveur au tribunal, expliquer que j'étais dévorée par le remords, après l'erreur que j'avais commise, le tout avec une telle conviction que j'en suis venue moi-même à la croire. Elle n'arrêtait pas de parler de « cet accident », le gravant ainsi comme tel dans l'esprit du jury, si bien qu'il a fini par se prononcer en ma faveur.

Finalement, mes jambes me signalent que je dois prendre une pause et je m'arrête. Il est presque 19 heures, la chaleur a baissé et une légère brise rafraîchit l'atmosphère. Je regarde autour de moi pour voir où je me trouve. Devant un bar flanqué d'un restaurant japonais.

Un rire monte en moi. L'univers a un étrange sens de l'humour. « *Voici ton choix*, Grace. *C'est ici que tu décides de la tournure que tu souhaites donner à cette histoire* », semble-t-il me dire. Il n'est pas rare de voir un bar à côté d'un restaurant, et je passe devant de nombreux bars en me rendant à la gare ou à l'épicerie. Il y en a partout, mais ici et maintenant, j'ai l'impression qu'on me donne le choix : soit j'affronte la vérité de ce que Melody sait et je vis avec la terreur et l'inconfort qui en découlent, soit je fais tout disparaître, ne serait-ce que pour une nuit.

Les gens passent devant moi, me jetant de temps en temps un coup d'œil parce que je reste plantée là à soupeser mes deux options.

À la clinique, nous avons discuté de ce qu'il fallait faire dans ces situations, comment agir, comment penser, quand demander de l'aide. Je devrais sans doute cesser d'appeler cet établissement une clinique et commencer à lui donner le nom adéquat : un établissement psychiatrique spécialisé dans les personnes jugées non coupables pour cause d'aliénation mentale.

Si je choisis le bar, Robert gagne. Il est mort, mais il gagne quand même. Si je choisis le bar, Tamara gagne. Si je choisis le bar, Melody gagne. Si je choisis le bar, tous ceux qui se sont réjouis de ma chute gagnent. J'ai travaillé très dur pour être ici, pour revenir dans le monde avec la nouvelle identité que j'ai choisie.

Je dois gagner maintenant.

Je prends une profonde inspiration et pousse la porte du restaurant japonais, où l'on m'indique immédiatement une table pour une personne.

Je passe rapidement commande, en demandant un thé au jasmin, puis je m'assois et sors mon téléphone. Une autre inspiration purificatrice... Je me calme et clique sur le lien.

Et voilà, en grosses lettres noires, la vérité de qui je suis.

L'ASCENSION ET LA CHUTE SPECTACULAIRES DE GRACE MORTON

25
AVA

Ava passe sa main dans l'eau chaude du bain, écoutant sans l'écouter Hazel parler de sa journée pendant que Chloe et elle jouent dans les bulles parfumées aux fruits.

Grace lui a manqué sur le chemin du retour, cet après-midi, elle a regretté de ne pouvoir lui parler, parce que Grace semble avoir la capacité de mettre les choses en perspective. Mais elle a également été consciente, tout au long de la journée, qu'elle n'aurait jamais dû lui dire quoi que ce soit.

Elle a donc appelé sa mère à la place, en rentrant chez elle, pour l'écouter jacasser à propos de son club de bridge et de ses difficultés à faire réparer son Internet.

— Maman, l'a-t-elle interrompue.

— Oui, ma chérie ?

— Est-ce que papa et toi avez divorcé parce qu'il t'a trompée ?

Ava n'a jamais posé à sa mère une question aussi directe, elle a toujours compris que les raisons du divorce de ses parents étaient privées. Enfant, elle avait accepté l'explication selon laquelle il n'y avait tout simplement plus d'amour dans leur « nous ».

— Oh, eh bien... a bredouillé sa mère, qui avait visiblement du mal à répondre à cette question directe. Tout cela remonte à loin, je pense que nous n'avons plus besoin d'en parler.

Ava en a déduit que son père avait peut-être trompé sa mère. Elle s'est demandé comment sa mère l'avait découvert et l'effet que cela avait produit sur elle, mais elle n'a pas été capable de poser la question. Si sa mère ne voulait pas en parler, c'était son droit.

— Selon toi, comment sait-on si un homme nous trompe ? lui a-t-elle demandé à la place.

— Ava, il y a un problème entre Finn et toi ? a répliqué sa mère.

— Non, non, a-t-elle soupiré, perdant soudain l'envie de poursuivre la conversation.

Sa mère allait s'inquiéter et ce n'était vraiment pas la peine. Pas encore.

— C'est juste quelque chose dont je parlais avec ma nouvelle assistante.

— Oh, dis donc, ça ne ressemble pas vraiment à une discussion à avoir sur un lieu de travail, mais c'est toi qui vois. Quand est-ce que je reverrai mes superbes petites-filles ? Elles aiment bien l'école ?

Il est plus facile de parler de ses enfants que de penser à ce qui la préoccupe vraiment.

Mais alors que les filles s'ébattent dans le bain, les pensées d'Ava reviennent à Grace et à ce qu'elle lui a dit hier soir.

Son assistante semblait distraite à la fin de la journée et n'arrêtait pas de se frotter la tête, signe probable d'une migraine, ce qui n'est pas son comportement habituel. Elle est revenue du déjeuner l'air tracassé, mais Ava n'a pas eu envie de s'en mêler. Elles ont déjà eu une conversation bien trop personnelle à propos de Finn.

La photo de son mari et d'Anita tourne en rond dans son esprit. Ne sont-ils qu'amis ? Et comment pourrait-elle en parler à Finn sans qu'il se mette en colère contre elle ? Quand il est en colère, il se tait.

— Hazel, dit Ava.

— Oui, maman ?

— Tu joues souvent avec Sami après l'école ?

— Presque tous les jours. J'aime bien Sami. Il est bon aux cages à poules. Papa, il dit : « Ces foutus après-midi s'éternisent », et la maman de Sami rigole et elle dit : « Oh, Finn, Ava a tellement de chance de t'avoir. »

Hazel penche la tête sur le côté, imitant l'intonation avec une précision sans doute très bien observée.

— Toi, tu t'appelles Ava.

— C'est vrai, confirme-t-elle.

— Tu t'appelles maman, objecte Chloe.

— Je m'appelle Ava et je suis maman.

— Aujourd'hui, après l'école, on a joué au parc près de la maison et Sami et moi, on a creusé dans le bac à sable jusqu'à ce qu'on arrive au fond.

— Moi aussi, j'ai creusé, dit Chloe.

— Et papa, il parlait avec la maman de Sami, mais son téléphone a sonné, et il a tellement parlé qu'il n'a pas pu voir notre immense trou dans le bac à sable, parce qu'un grand garçon est venu et il a jeté du sable dedans. La maman de Sami lui a dit que ce n'était pas gentil de faire ça et Sami...

Ava, n'écoute plus, trop concentrée sur le problème de son mari et d'une autre femme. Ils mènent en quelque sorte des vies séparées en ce moment. Lorsqu'elle se couche, il est généralement en train de travailler, et le matin, il dort. Se sont-ils éloignés l'un de l'autre au point qu'il la trompe ? Finn est obsédé par son travail, par le fait d'avoir du temps pour travailler. À quel moment lui ferait-il ses infidélités ? Certainement pas à la maison avec les enfants, mais il retrouve souvent des amis de la communauté artistique pour boire un verre le samedi soir. Ava n'y va pas, parce qu'elle se sent complètement exclue de la conversation et parce que les baby-sitters coûtent très cher. Est-ce à ce moment-là qu'il retrouve Anita ?

— Et puis, j'ai dit à papa qu'il devait raccrocher le téléphone et arrêter de parler sans arrêt à Collin, raconte Hazel.

En entendant ce nom, Ava se remet à écouter ce que sa fille est en train de raconter.

— À qui papa parlait-il ? demande Ava.

— Je te l'ai dit, maman. À Collin, câlin, malin, vilain, chatonne-t-elle.

Des picotements d'inquiétude courent sur les bras d'Ava.

— Tu connais Collin, s'esclaffe Hazel. Tu le connais.

Je trébuche sur le trottoir et me heurte à un homme qui tient deux sacs à provisions.

— Faites attention, marmonne-t-il, avant d'ajouter, en s'éloignant : Imbécile d'ivrogne.

— Fais attention, toi-même, fais attention, toi-même, fais attention, toi-même, je répète à voix basse.

J'ai très mal aux pieds pour avoir porté des talons toute la journée et marché aussi longtemps. Je trébuche deux fois en me frayant un chemin sur des dalles inégales.

Je ne suis pas ivre. Mais je me sens ivre.

Je suis enivrée par le désespoir.

Après avoir relu l'article sur moi, j'ai compris que tout ce que j'avais planifié allait tomber à l'eau et que je n'avais aucune idée de la manière d'empêcher que cela se produise.

Il est tard, pourtant il y a encore foule dans les rues, des gens qui font du shopping, vont dans des pubs, retrouvent des amis. Mais moi, je suis seule.

Je m'arrête près d'une aire de jeux pour enfants et je me dirige vers un banc, où je m'affale pour ôter mes chaussures, sans plus me soucier de mon apparence.

Ava a besoin de moi. J'ai su qu'elle avait besoin de moi le jour où je l'ai rencontrée. C'est une femme qui lutte pour conserver son équilibre, tout comme moi, une femme hantée par la culpabilité d'être une mauvaise mère, une femme trompée par son mari, tout comme je l'ai été. *Peut-être qu'il ne la trompe pas, peut-être l'autre n'est-elle qu'une amie ?*

— Non, dis-je à voix haute. Je connais la vérité maintenant, tout comme je la connaissais à l'époque.

J'avais besoin d'aide alors, mais tout le monde autour de moi semblait déterminé à me faire souffrir.

Je vois qu'Ava est entourée du même genre de personnes, depuis son rival au travail jusqu'à son mari puéril.

Ava a besoin de moi et je suis là pour elle. Je vais m'assurer qu'elle n'ait pas à souffrir comme moi.

Je vais m'assurer que les autres souffrent à sa place.

27

AVA

Elle n'arrive pas à croire ce qu'elle vient d'entendre.

— Et qu'est-ce que papa a dit à Collin ? demande-t-elle d'un ton léger.

Il pourrait s'agir d'un autre Collin. C'est un prénom assez courant. Les deux hommes se sont rencontrés à plusieurs reprises lors de fêtes de Noël et de soirées cocktails, toutefois il n'y a aucune raison pour qu'ils se parlent.

Hazel soupire, comme si sa mère l'exaspérait.

— Il a dit : « Oui, Collin, je comprends mais je n'ai rien remarqué du tout. »

— Vraiment, dit Ava, et après, qu'est-ce que papa a dit ?

Hazel hausse les épaules, lassée par cette conversation.

— Je ne sais pas. On peut avoir une boule de glace ou deux après le bain ?

Ava regarde sa fille et ne peut s'empêcher de sourire devant la lueur malicieuse qui brille au fond de ses yeux. Ava n'avait pas promis de glace, mais Hazel sait comment obtenir ce qu'elle veut.

— Ouais, une glace ! s'exclame Chloe, en tapant ses mains sur l'eau.

— Une boule, concède Ava en riant.

Elle remise ce qu'elle a entendu dans un coin de sa tête. Elle posera la question à Finn plus tard. Pour l'instant, elle veut juste profiter du temps qu'elle passe avec ses filles. Mais elle a du mal à se concentrer pendant qu'elle les sèche et les met en pyjama. Pourquoi Collin téléphonerait-il à Finn ? Et que fabrique son mari le samedi soir ? Pourquoi a-t-elle l'impression que tous les hommes qu'elle connaît lui cachent quelque chose ?

Une fois Hazel et Chloe au lit après une boule et demie de glace aux pépites, négociée par Hazel, Ava va retrouver Finn dans son studio.

— Cela devient une habitude, commente-t-il lorsqu'elle lui demande s'ils peuvent parler.

Ava le dérange rarement lorsqu'il peint, mais elle ne va pas perdre une autre nuit de sommeil à s'interroger sur un appel qui pourrait ou non provenir du Collin avec lequel elle travaille.

— Hazel m'a dit que tu avais parlé à Collin aujourd'hui, lance-t-elle de but en blanc. Elle s'est peut-être trompée de nom, mais qu'est-ce qu'il en est ? Est-ce qu'il s'agit du Collin avec lequel je travaille ?

— Oui, il m'a appelé, répond Finn, en prenant un chiffon pour nettoyer le pinceau qu'il a utilisé.

— Pour te parler de quoi ?

— Honnêtement, je ne sais pas. Au début, j'ai cru qu'il avait confondu mon numéro avec le tien et ce n'est pas comme si on s'était beaucoup parlé, il voulait juste savoir si tu allais bien.

— Pourquoi voudrait-il savoir ça et pourquoi te le demander à toi ?

Finn hausse les épaules.

— Aucune idée. Peut-être qu'il s'inquiétait pour toi. Il m'a dit qu'il t'avait vue dormir sur le canapé de ton bureau l'autre jour.

— Et alors ? réplique Ava, qui sent la colère l'envahir. Je

faisais une pause de quinze minutes. Quinze minutes, et ça m'aide vraiment à rester alerte pour l'après-midi.

La porte était fermée. Comment a-t-il pu me voir dormir ? Elle hausse les épaules, mal à l'aise à l'idée que Collin l'observe pendant qu'elle dort.

— Je ne pense pas qu'il te critiquait, Ava. Je pense qu'il était juste inquiet. Il a dit que tu n'étais pas tout à fait dans le coup au travail.

— Comment il ose ? s'emporte Ava.

— Ava, dit Finn en prenant un tube de peinture pour ajouter une couleur à sa palette, il était juste inquiet. Et tu es effectivement très stressée ces derniers temps.

— Parce que je n'avais plus d'assistante, et quelles que soient ses inquiétudes, il n'y avait absolument aucune raison pour qu'il t'appelle. Comment il a obtenu ton numéro ?

— Il... commence Finn qui hésite. Je le lui ai donné à l'une des soirées. On parlait de portraits et il m'a demandé si je serais d'accord pour peindre ses garçons. Comme je ne voulais pas refuser, j'ai dit « oui » et je lui ai donné mon numéro en espérant qu'il ne me contacterait jamais. Il avait dû me parler de portrait par pure politesse, car il ne m'avait jamais rappelé avant aujourd'hui.

— Et il a dit quelque chose d'autre ? demande Ava en croisant les bras.

Demain, elle fera en sorte que Collin comprenne qu'il a vraiment dépassé les bornes. Elle en a assez qu'il la discrédite. À quoi joue-t-il exactement ?

— Oui, répond Finn, en prenant un tube de peinture blanche pour la mélanger avec du rouge. Il m'a demandé ce que tu savais sur Grace.

— Quoi ? fulmine Ava. En quoi ça le regarde ?

— Écoute, je n'en ai aucune idée. Je lui ai dit que Grace était adorable. Alors il m'a demandé quand je l'avais rencontrée et je lui ai expliqué qu'elle séjournait ici pendant un moment.

— Pourquoi tu as fait ça ? s'écrie Ava. On voulait que personne ne le sache au bureau.

— Pourquoi ? s'étonne Finn, les yeux rivés sur son tableau pendant qu'il déplace son pinceau sur la toile.

Ava aimerait attraper la brosse et la jeter en travers de la pièce. Finn ne semble pas se rendre compte qu'il est pour le moins étrange de recevoir un appel de l'homme avec qui elle est en compétition pour la direction de l'entreprise.

— Je lui parlerai demain, déclare-t-elle au lieu de se préoccuper de fournir une explication à Finn.

Celui-ci répond par un haussement d'épaules, comme pour dire que tout cela ne le concerne en rien, puis il ajoute :

— Tu devrais laisser tomber. Il est probablement gêné d'avoir appelé.

— Certainement pas.

— Comme tu voudras, lâche-t-il.

Ava se détourne pour repartir, avant de s'arrêter parce qu'il la rappelle.

— Oui ?

— Ça va, toi, non ? Je sais que tu es stressée et que tu t'inquiètes tout le temps, mais ça va ?

Ava soupire.

— Ça va, Finn. Je veux vraiment obtenir cette promotion et j'ai le sentiment que Collin va faire tout ce qui est en son pouvoir pour m'en empêcher.

— Oui, bon, tu sais ce que j'en pense.

— En effet, réplique-t-elle sèchement. Et toi, ça va ? demande-t-elle juste avant de se retourner pour partir.

— Je... commence-t-il avant de secouer la tête. Ça va.

— Il y a quelque chose dont tu voudrais parler, Finn ?

— Non, rien.

Ava attend un moment pour voir s'il va ajouter quelque chose, mais ses yeux retournent à sa peinture. Elle le laisse à son travail et descend nettoyer la cuisine, ce qu'elle fait très bruyamment parce qu'elle mène toute une discussion avec Collin dans sa tête, qui se termine par elle lui disant d'aller se faire voir. Le problème, c'est qu'elle doit se garder d'affronter Collin sur quoi que ce soit, car elle est de plus en plus convaincue qu'il va décrocher le poste et qu'il n'hésitera pas à la renvoyer ou à lui rendre la vie si difficile qu'elle démissionnera tout simplement. Ce ne sera pas facile, mais elle ne doute pas que Collin trouvera un moyen de se débarrasser d'elle.

Se servant un grand verre de vin, elle décide de s'octroyer un bon bain.

La seule baignoire se trouvant dans la salle de bains des filles, elle croise les doigts pour qu'elles soient toutes les deux endormies et qu'elles ne se réveillent pas afin qu'elle puisse en profiter un moment. Une fois la baignoire pleine et parfumée à l'huile essentielle de lavande, elle se glisse dans l'eau, pose soigneusement son téléphone sur le côté et inspire profondément tandis que l'eau chaude détend ses muscles. Après quoi, tout en sirotant son vin, elle essaie de faire le vide dans sa tête.

Aborder Collin bille en tête serait une mauvaise idée. Elle a besoin d'un bon plan et elle espère pouvoir en discuter avec Grace demain matin. Pourquoi Collin s'intéresse-t-il à son assistante ? Ils n'ont presque jamais eu affaire l'un à l'autre.

Le vin terminé, elle est en train de se laisser aller à une légère somnolence lorsque son téléphone tinte sur la réception d'un texto.

Bonsoir Ava, je suis désolée de vous déranger mais j'ai reçu un message très étrange du numéro ci-dessous. Savez-vous de qui il s'agit et pourquoi on m'a envoyé un message pareil ? Grace

Ava regarde ensuite le message transféré. Son corps se crispe malgré l'eau chaude.

*Surveillez vos arrières. Ava Green et vous ne ferez plus
partie de cette entreprise très longtemps.*

Ava étudie le numéro envoyé par Grace pour tenter de
l'identifier, mais sans succès. Elle ouvre alors ses contacts et
commence à les faire défiler, tout en s'efforçant de garder le
numéro en tête.

Lorsqu'elle trouve le numéro correspondant, elle n'en
revient pas.

Melody.

Elle envoie la réponse à Grace par SMS.

*C'est tout à fait inacceptable. Je lui parlerai demain. Je
n'ai aucune idée de ce qu'elle peut bien s'imaginer.*

La réponse de Grace ne se fait pas attendre.

*Non, elle est manifestement en colère parce que vous lui
avez dit de ne pas utiliser son téléphone. Comme je le lui
ai aussi répété, elle a peut-être l'impression que j'ai
dépassé les bornes. Je pense que nous devrions en rester
là et voir si elle revient à la charge.*

Ava réfléchit quelques minutes. C'est probablement une
meilleure idée que d'affronter Melody. D'autant que Collin lui
a déjà demandé de relâcher la pression sur la standardiste. Un
malaise grandissant lui souffle que les choses sont en train de
changer dans son entreprise et que tout ce pour quoi elle a
travaillé pourrait facilement lui échapper.

*D'accord, on laisse les choses en l'état, mais gardons un
œil sur elle.*

Je suis tout à fait d'accord. À demain matin.

Quand Ava sort du bain, les muscles de son cou se tendent déjà et déclenchent une douleur lancinante dans sa tête. En embauchant Grace, elle a eu l'impression de reprendre enfin le contrôle de sa vie professionnelle, mais il se passe manifestement quelque chose et elle a été tellement accaparée par le travail et tout le reste qu'elle n'en a pas décelé les signes.

Collin est-il en train de me tendre un piège pour que je sois renvoyée ? A-t-il recruté Melody à cette fin ? Est-ce qu'ils ont une aventure ? Finn est-il impliqué d'une manière ou d'une autre parce qu'il ne veut pas que j'aie cette promotion ? Finn a-t-il une liaison avec la mère de Sami ?

Ava se sèche rapidement et enfile son pyjama. Elle est paranoïaque. Melody s'en prend à Grace parce qu'elle est en colère et qu'elle ne peut rien dire à Ava directement. Mais Collin est un problème. Il veut le poste de direction, et même s'il semble très confiant dans sa capacité à l'obtenir, ce n'est peut-être qu'une comédie. Il parle beaucoup à Patricia et il n'est pas exclu qu'elle lui ait dit quelque chose qui lui a fait penser qu'Ava avait encore une chance d'obtenir le poste de PDG pour l'Australie.

Dans son lit, Ava ferme les yeux et tente d'obliger son corps à dormir, mais elle est sur les nerfs, angoissée par sa vie professionnelle et familiale. Elle aimerait avoir une relation plus approfondie avec Patricia, que la PDG et elle ne se contentent pas de discuter travail. Collin et Patricia semblent apprécier de dîner ensemble, mais Ava la voit rarement en dehors des heures de bureau.

Elle a besoin de parler à quelqu'un. Même si cela va le mettre en rogne d'être à nouveau dérangé, elle sort du lit et remonte à l'étage.

Elle tend la main vers la poignée de la porte de l'atelier de Finn lorsqu'elle l'entend dire : « S'il te plaît. » Il a l'air désespéré.

Ava s'approche de la porte et plaque son oreille contre le

bois, fermant les yeux pour s'efforcer de distinguer ce que dit Finn. *À qui parle-t-il aussi tard ?*

— Tu ne peux pas faire ça. Tu as promis de ne pas le faire, proteste-t-il. S'il te plaît, laisse tomber. J'ai des enfants.

On dirait qu'il supplie quelqu'un de ne pas faire quelque chose. *À qui parle-t-il ? À la mère de Sami ? Est-ce qu'elle le menace de me révéler leur relation ?*

— Non, s'il te plaît, s'il te plaît, ne me rappelle plus, termine-t-il fermement.

Un silence s'ensuit, signe que la conversation doit être terminée.

Ava s'éloigne de la porte, le ventre vrillé par l'horreur et l'incrédulité. Il a une liaison. Il *avait* une liaison ? Est-ce vraiment possible ? Est-ce que c'est fini ? Il avait l'air en colère mais aussi désespéré. Elle ne veut pas y croire et pourtant cela semble logique. Elle pourrait se tromper. Elle veut se tromper, mais avec qui discutait-il alors à cette heure de la nuit ?

Son mari a parlé à Collin, son rival au travail, et maintenant elle pense qu'il pourrait aussi la tromper. Sinon, pourquoi aurait-il mentionné les filles pour tenter d'amadouer quelqu'un ?

Les filles. Qu'est-ce que cela va changer dans leur vie si c'est vrai ? Se retournant rapidement, elle descend en titubant l'escalier vers leur chambre, manquant se casser la figure. Heureusement, elle se redresse à temps.

Elle grimpe dans son lit et éteint la lumière pour rester allongée dans le noir, les larmes aux yeux. Elle sait qu'une fois de plus, elle ne dormira pas.

28

GRACE

Dans le train qui me ramène chez moi, je me ressaisis et commence à élaborer un plan. Il est tard et je vais devoir prendre un Uber de la gare jusqu'à chez Ava, mais tout ce trajet ne me dérange pas. Lorsque j'arrive à la station la plus proche de sa maison, la marche à suivre est devenue claire à mes yeux.

Une fois que j'ai envoyé le message à Ava et qu'elle a répondu, je me sens mieux, mais pas beaucoup. J'essaie de relativiser, de me rappeler que la petite Melody regrettera d'avoir cherché à me nuire. Va-t-elle montrer l'article à Ava et Collin ? Probablement. Ce qui signifie que je dois me débarrasser d'elle avant.

Le SMS était la première étape. J'espère qu'Ava ne demandera pas à voir l'original, parce qu'il n'existe pas, mais je suis sûre que cela ne se produira pas, parce qu'elle me fait confiance. Lorsque j'ai réécrit l'e-mail d'Ava à Melody, c'était juste pour lui faire peur et l'inciter à se comporter de manière plus appropriée au bureau, mais à présent je suis contente d'avoir eu la prévoyance de l'envoyer. Il sera plus facile de la faire licencier. Il ne me manque plus qu'une chose et je pourrai pousser Ava à prendre la décision. Collin va poser problème. Il est manifestement attiré par la donzelle et se battra pour elle. Je peux toujours nier que l'article parle de moi. Je peux la ridiculiser. *Vous vous appuyez sur le fait que j'ai le même prénom que cette femme ?* Je m'imagine le dire devant Collin et Ava.

L'article étant illustré d'une photo, sitôt rentrée, j'examine mon visage dans le miroir à côté de la photo, pour y trouver un élément qui permettrait de désigner immédiatement ces deux femmes comme étant une seule et même personne.

Ce sont les yeux, bien sûr, les mêmes yeux verts en forme d'amande. Tout le reste est différent.

La femme sur la photo a des cheveux blonds qui lui descendent jusqu'aux épaules. Elle pèse au moins huit kilos de plus que moi. Elle porte une robe portefeuille de créateur d'un rouge vibrant assorti à ses lèvres. Son visage est très maquillé, ses faux cils complétés par un fard à paupières gris. Elle est assise derrière un bureau en bois, un ordinateur devant elle et un sourire suffisant aux lèvres. Cette femme avait tout pour elle. La photo a été « empruntée » à un article plus ancien sur moi.

Je me souviens de cette interview. Il s'agissait d'un article sur les changements dans l'industrie de la beauté, avec un accent sur les entreprises novatrices. J'étais très nerveuse, mais incroyablement excitée.

« Tu seras parfaite », m'avait dit Robert, allongé, un verre de vin à la main, sur le lit de notre splendide chambre à coucher.

Je savais que le journaliste serait accompagné d'un photographe et je cherchais à déterminer comment m'habiller.

« Tu es magnifique dans toutes ces tenues, mais tu devrais peut-être opter pour la rouge », m'avait conseillé mon mari.

Il y a des moments dans la vie dont on sait qu'il faut essayer de les mémoriser, parce qu'ils sont rares et parfaits. Tandis que mon mari me regardait passer mes robes, je m'émerveillais de tout ce que j'avais accompli et de l'idée que mes réussites seraient imprimées sur papier glacé pour toujours. Je savais que j'enverrais à mes parents une copie de l'article et, tout à ma joie, je me demandais s'ils m'appelleraient pour me féliciter. Bon, ils ne l'ont jamais fait et c'était idiot de ma part de penser qu'il puisse en aller autrement.

Je revois le journaliste qui était venu m'interviewer pour ce magazine économique féminin. Il était jeune, commençait tout juste sa carrière et m'était apparu comme un quasi adolescent, à bégayer ses questions et exprimer son admiration pour mon entreprise. Il avait mon âge lorsque j'ai ouvert mon premier salon d'épilation à la cire, grâce aux quelques milliers de dollars que j'avais péniblement économisés en travaillant sept jours sur sept pendant des années. Je voulais seulement avoir quelque chose à moi, je n'avais jamais imaginé qu'un salon en entraînerait deux et que l'entreprise continuerait à se développer.

Il était mignon et la photographe, une femme adorable, s'était assuré que j'aimais la photo qu'elle avait prise. J'avais passé toute la journée sur un petit nuage, répondant joyeusement à ses questions et le présentant à mes collaborateurs, qui semblaient tous aussi fiers de l'entreprise que moi.

Après quoi, j'avais emmené Tamara et Liza déjeuner dans un restaurant italien gastronomique, où nous avions fêté ma réussite et moi-même. C'était un après-midi merveilleux et j'avais même fait livrer des pizzas au bureau pour toute mon équipe de vingt personnes.

« Au nouveau magnat australien des affaires, avait lancé Liza en trinquant avec moi. Et ce n'est qu'un début. »

Telle était bien l'impression que j'en avais : tout me semblait possible.

Deux petites années plus tard, ma vie n'était plus que chaos.

Ils n'ont pas pris de nouvelle photo pour l'article sur ma chute, même s'ils auraient pu en obtenir une de moi au tribunal, les épaules courbées, les cheveux filasse et parsemés de gris. Non, ils ont utilisé l'ancienne photo pour que j'aie l'air de m'en moquer, comme si je n'étais pas perturbée le moins du monde par le crime que j'étais censée avoir commis.

Je frémis en pensant à Ava lisant l'article. Il se peut qu'elle l'ait lu il y a des années et simplement oublié avant de passer à l'article suivant.

Elle me renverra quand elle l'apprendra. Mes plans seront contrecarrés, anéantis, je souffrirai à cause d'une jeune femme d'une vingtaine d'années.

Une fois dans l'appartement, je déambule, trop en colère pour me préparer une tasse de thé ou même m'asseoir.

Ma vie entière a été détruite par une femme comme Melody. Je ne permettrai pas que cela se reproduise.

Les idées continuent à se bousculer dans ma tête pendant que je me douche et me prépare à me coucher. Je n'avais pas du tout prévu cela et je suis en colère contre moi-même. J'aurais dû prévoir comment je réagirais si quelqu'un me reconnaissait et menaçait de me dénoncer.

Je me mets au lit et j'essaie de dormir, mais finalement, juste après 1 heure du matin, je capitule et je ressors du lit pour aller récupérer ma bouteille de vodka, que j'ouvre en vue d'inhaler l'odeur médicinale.

Le bouchon revissé, je tiens la bouteille sur mes genoux et la fais tourner encore et encore. Je suis des doigts le relief des lettres argentées sur l'étiquette.

Les mots de l'article tournent en boucle dans ma tête.

Grace Morton est l'exemple parfait d'une battante australienne qui a réussi. Ses parents l'ont chassée de chez eux quand elle avait seize ans. « J'ai pris beaucoup de mauvaises décisions et je me suis mise dans une situation intenable. Cela m'a fait mal à l'époque, mais je comprends que mes parents aient estimé ne pas avoir le choix. Ils avaient besoin que je me rende compte de mes erreurs », aurait déclaré Grace lors d'une interview pour un article qui lui est consacré dans le magazine Business Women Australia.

Je me rappelle avoir tenu ces propos au jeune journaliste enthousiaste, et aussi que j'avais fait la paix avec mes parents. Un mensonge, bien sûr.

J'ai essayé de rétablir un lien avec eux. J'y suis retournée plusieurs fois, bien que je me sois juré chaque fois de ne plus le faire, tout ça parce que j'avais désespérément besoin de leur approbation et de leur amour.

J'ouvre à nouveau l'article sur mon téléphone et je scrute les mots, que j'ai déjà relus d'innombrables fois, en leur donnant le pouvoir de me blesser, de me détruire.

> *Grace Morton a commencé sa carrière en tant qu'assistante d'une esthéticienne, s'inscrivant dans un institut professionnel et à l'université pour apprendre les ficelles du métier. À vingt-cinq ans, elle a ouvert son propre salon consacré exclusivement à l'épilation à la cire. Wax to the Max a été le premier du genre en Australie, et Grace a ouvert la voie aux salons consacrés exclusivement à cet aspect de la beauté.*
>
> *Âgée de quarante ans, elle dirigeait une société de quarante salons à travers tout le pays. Elle menait la grande vie avec son mari Robert, architecte paysagiste, et leur fille Cordelia.*
>
> *Un manoir avec vue sur le port, une flotte de voitures et des vêtements de marque faisaient partie de son univers, jusqu'à ce que ses problèmes d'alcool se traduisent par un comportement erratique au travail.*
>
> *« Elle a changé, a déclaré une employée qui tient à garder l'anonymat. Avant, elle était une source d'inspiration pour tout le monde, mais elle a commencé à arriver ivre et à dormir dans son bureau. Elle ne semblait plus vouloir s'occuper des problèmes de l'entreprise. »*
>
> *« Elle s'est retirée de la gestion quotidienne, laissant tout à Liza, la directrice générale, a déclaré une autre*

employée. C'était trop de travail pour une seule personne et l'entreprise en a souffert. »

« Elle accusait son assistante de coucher avec son mari, a déclaré une troisième employée à ce journaliste. Un jour, elle s'est présentée ivre au bureau et elle s'est plantée à la réception en hurlant sur son ancienne assistante, qu'elle a traitée de "pute qui a ruiné ma vie". Liza a dû sortir et l'emmener. »

Des amis et des collègues ont tous déclaré qu'ils avaient encouragé Mme Morton à se faire aider pour limiter sa consommation d'alcool, mais elle a prétendu ne pas avoir de problème.

La mort de son mari, Robert, dans un incendie domestique, lui a porté un dernier coup dévastateur.

Tamara Reed, ancienne assistante de Grace Morton, a témoigné à l'occasion de son procès que Mme Morton avait proféré des menaces à l'encontre de son mari.

« Elle m'a dit qu'elle ne le laisserait jamais partir. Elle m'a répété qu'elle ne lui donnerait jamais un centime de son argent et qu'elle préférait brûler sa maison plutôt que de la vendre et de lui en donner la moitié », a déclaré Mme Reed au tribunal.

Je n'ai jamais rien dit de tel. Pas un mot. Mais je ne pouvais pas le nier, parce que je n'en étais pas tout à fait sûre. J'avais été très imbibée au cours des derniers mois avant l'incendie. J'avais confronté Tamara à la réception un matin où je m'étais traînée jusqu'au bureau et où elle se tenait là, un sourire suffisant aux lèvres. Je me souviens de l'avoir traitée de « pute » et d'avoir éclaté en sanglots pendant que Liza me traînait dans mon bureau et que tout le monde se précipitait pour réconforter Tamara.

Je comprends maintenant, avec le recul, que ma réaction face à la tromperie de Robert était excessive. Une autre femme, peut-être pas aussi terrifiée à l'idée de perdre tout ce qu'elle avait dans sa vie, aurait demandé un divorce à l'amiable et accepté la perte de la moitié de son entreprise. Mais je n'étais pas cette femme. Je sais qu'à certains moments, dans les mois qui ont précédé l'incendie, j'ai compris que j'avais besoin d'aide.

Mais j'avais commencé avec rien et il me semblait que Robert allait prendre tout ce pour quoi j'avais travaillé et que je me retrouverais sans rien. J'aurais à nouveau seize ans, j'arpenterais les rues avec en tout et pour tout une valise, cherchant un abri pendant que je pleurais la perte de mon premier amour. J'étais terrifiée à l'idée de devoir revivre cette expérience.

Plus je laissais l'alcool prendre le dessus, plus la situation se détériorait. Je le sais. Je sais ce que j'ai fait et j'ai payé pour mes erreurs en perdant tout.

J'ai l'impression d'être au même endroit en ce moment. Je viens de tout recommencer et je vais tout perdre. Je décroche mon téléphone et trouve une photo de ma fille, un large sourire illuminant son beau visage. Cette photo a été prise le jour de ses seize ans, où elle avait invité des amis à dîner. Elle a l'air si heureuse.

Je savais que mon mariage risquait de ne pas survivre à l'infidélité de Robert, surtout parce qu'il ne voulait pas l'admettre. Je savais que je risquais de le perdre, mais je n'avais jamais pensé perdre aussi Cordelia.

Tout ce qui m'a été enlevé se bouscule dans ma tête à mesure que l'heure avance, et je me fais un serment : je ne perdrai plus rien. Et je ferai aussi en sorte qu'Ava ne perde rien, elle non plus – sauf peut-être un mari inutile.

Melody n'a aucune idée de la personne à qui elle a affaire, aucune idée du tout. Enfin, je peux remettre la bouteille de vodka au congélateur et m'endormir.

29

AVA

— Je pense que je devrais demander des comptes à Melody, dit Ava à Grace alors qu'elles se rendent au travail le jeudi matin.

— Non, réplique Grace. Elle niera et vous passerez pour une paranoïaque. Je suis sûre qu'elle a effacé le message.

— Mais pas vous, dit Ava.

— Si, j'en ai peur. Je l'ai lu et relu, puis je n'ai plus supporté de le voir, alors je l'ai effacé. C'était impulsif et idiot, mais c'est un message méchant et je n'en voulais pas sur mon téléphone.

Ava fronce les sourcils, ne sachant que répliquer. Sans le message comme preuve, impossible de confronter Melody. La jeune femme va évidemment nier.

Ce matin, elle avait presque honte d'être si heureuse de voir apparaître Grace à la porte de la cuisine, prête à lui donner un coup de main. Une fois de plus, pas de Finn en vue. Il semble faire de moins en moins d'efforts, ou peut-être sait-il qu'Ava peut compter sur Grace le matin pendant les deux prochains jours, ce qui le dispense d'être présent.

Ava a l'esprit occupé par l'identité de la personne que Finn suppliait hier soir au téléphone. Est-il en train de la tromper ou s'agit-il de quelque chose d'entièrement différent ? Et comment va-t-elle trouver le moyen de lui demander ce qui se passe exactement ? Et pourquoi a-t-il supplié quelqu'un à propos de quelque chose ?

Et comment va-t-elle aborder avec Collin la question de son coup de fil à Finn ? L'envie de faire demi-tour et d'aller à la plage, de prendre une journée loin de tout, est presque irrésistible, mais bien sûr, elle ne le fera pas. Elle ne ferait jamais une chose pareille.

— Je pense que Melody ne vous aime pas, ça saute aux yeux, dit Grace. Elle semble avoir une relation étrange avec Collin, c'est pourquoi elle s'est sentie autorisée à m'envoyer ce message. Je sais qu'elle me déteste parce que j'essaie toujours de la convaincre d'être un peu plus professionnelle.

— Ce n'est pas que je ne l'ai pas remarqué, dit Ava. C'est juste que...

Elle envisage de dire quelque chose à propos de Collin, de demander à Grace son point de vue, mais rejette immédiatement l'idée. Il faut qu'elle réfléchisse vraiment pour que ça ne lui retombe pas dessus.

— Vous avez déjà tellement de choses à faire, termine Grace à sa place.

Ava lui est reconnaissante de combler le blanc.

— Oui, convient-elle en entrant dans le parking de l'immeuble.

Elle se gare et Grace monte en premier, comme d'habitude.

Quand Ava entre dans les locaux, Melody est à la réception et Ava lui adresse un signe de tête sans la saluer. Melody fronce les sourcils, mais Ava s'en moque. Le message adressé à son assistante hier soir était inutile et inquiétant.

Grace est dans le bureau d'Ava, dont elle est en train de consulter l'ordinateur.

— Oh, fait Ava, un peu décontenancée, vous avez besoin de quelque chose ?

— Non, répond Grace en se levant, les joues légèrement colorées. J'étais juste en train de vérifier les réactions au dernier séminaire organisé par Julian. Je ne sais pas pourquoi, elles ne sont pas arrivées sur mon ordinateur.

— Ah, OK, dit Ava, en déposant son sac sur le canapé.

Elle contourne son bureau pour se placer à côté de Grace : l'ordinateur est bien ouvert sur le fichier qu'elle a dit chercher.

— Il s'en sort très bien si l'on considère qu'il vient à peine de commencer à travailler pour vous, non ? dit Grace.

— En effet, acquiesce Ava.

— Désolée, je vais vous chercher un café.

Ava opine tandis que Grace quitte la pièce. Elle s'assied devant son ordinateur et ferme le dossier, puis elle vérifie ses courriels, afin de bien repérer ceux qu'elle doit traiter aujourd'hui.

Mais au lieu de commencer à travailler, elle se retrouve sur la page Instagram d'Anita. Aujourd'hui, elle a publié non pas un mais deux posts. Le premier dit : « *Trouver l'amour après un divorce est difficile mais pas impossible.* » Et le second : « *Parfois, il faut combattre le feu par le feu.* » Ava sent son cœur sombrer, puis elle se sermonne : à quoi bon essayer de comprendre ce que dit cette femme, ce qu'elle a en tête ? C'est à Collin qu'elle devrait penser.

— Ava, entend-elle.

Elle lève les yeux : Grace se tient dans l'embrasure de la porte avec Finn.

— Finn ! s'exclame-t-elle en refermant rapidement la page Instagram d'Anita et en se levant. Qu'est-ce que tu fais là ?

— Je me suis dit que j'allais passer, juste pour te dire bonjour. J'avais rendez-vous avec Hector. Je voulais lui montrer des photos de ma dernière toile.

— Oh, fait Ava, tu veux aller prendre un café ?

C'est une question décontractée, pourtant elle se sent tout sauf décontractée. Finn n'est jamais venu à son bureau sans prévenir et elle ne peut empêcher son cœur de palpiter d'anxiété.

— Oui, bonne idée, répond-il en souriant.

Ava attrape son sac.

— Nous ne serons pas longs, annonce-t-elle à Grace, qui acquiesce.

Ava quitte le bureau avec Finn. En sortant, ils passent devant la réception, où Melody est consciencieusement assise.

— Bonjour, Finn, lance-t-elle d'une voix légèrement grinçante.

— Bonjour, répond Finn poliment.

Son regard se pose sur le chemisier gris que porte Melody et qui laisse apparaître plus de décolleté que nécessaire.

— Allons au café juste en bas, propose Ava. Hector a aimé ton tableau ?

— Oui.

Pourtant, au lieu d'avoir l'air heureux, il paraît contrarié.

— Qu'est-ce qui ne va pas ? demande-t-elle.

— Rien, répond-il distraitement.

Ils sortent de l'ascenseur et de l'immeuble. Il fait chaud, mais une petite brise apporte une touche de fraîcheur.

— L'automne arrive, constate Ava.

— Oui.

Dans le café, une fois l'un et l'autre assis devant une tasse, Finn se lance :

— Ava, il faut qu'on parle d'un truc.

— De quoi ? demande-t-elle.

Son ventre se noue d'appréhension.

— Je crois que j'ai merdé, lâche-t-il en baissant les yeux vers la table.

— D'accord... dit-elle, sur ses gardes.

Elle tente de se préparer à ce qu'elle va entendre. Le portrait d'Anita s'impose à son esprit, ainsi que le message énigmatique, posté sur Instagram à propos du fait de retrouver l'amour. *Est-ce vraiment en train d'arriver ?*

Finn lève la tête et détourne le regard pour fixer la porte. Ava, qui suit son mouvement, voit Melody debout au comptoir, en train de commander un café. Elle espère que la jeune femme ne les verra pas, mais à peine a-t-elle eu cette pensée que Melody tourne la tête et sourit.

— Je suis ravie de vous voir ici, dit-elle en s'approchant de leur table.

— Oui, dit Ava.

Mais ça n'a rien d'inouï : l'ensemble du personnel apprécie ce café.

— Comment ça va, Finn ? demande-t-elle.

Il opine.

— Très bien, répond-il, puis son téléphone sonne.

Il le sort de sa poche et regarde l'écran.

— C'est Hector. Il m'a dit qu'il me rappellerait pour me donner des dates en vue d'une exposition.

Il se lève et décroche.

— Attends, mec, dit-il, puis il regarde Ava. Écoute, je dois y aller. On se voit à la maison.

— Mais Finn... proteste-t-elle.

Il s'éloigne déjà.

— Je rentre avec vous au bureau, propose Melody.

Ava soupire.

Que voulait me dire Finn ? Est-ce que c'est grave ? Qu'a-t-il fait ? Va-t-il avouer une liaison... et pourquoi venir à mon bureau pour le faire ? Comment allons-nous rester ensemble dans ce cas ? S'il avoue, est-ce parce que cette aventure est terminée ? Ou va-t-il m'annoncer qu'il est amoureux d'Anita et veut divorcer ?

— Melody, appelle le barista.

La réceptionniste s'en va récupérer son café.

Finn a franchi la porte et disparu avant même qu'Ava n'ait

attrapé son sac. Elle se rend au comptoir, où Melody ajoute du sucre à son café.

— Je suis presque prête, annonce-t-elle.

Mais Ava n'a aucune envie de prendre l'ascenseur avec elle.

— Il faut que je passe un coup de fil, déclare-t-elle.

Elle s'élance hors du café, espérant rattraper Finn, malheureusement il n'est nulle part en vue. Elle tente de le joindre sur son téléphone une fois, deux fois, trois fois, pas de réponse. La conversation devra attendre ce soir.

L'effroi s'empare d'Ava. *Qui serai-je après ce soir ? Qu'en sera-t-il de mon mariage ?*

Alors qu'elle retourne au bureau, essayant d'appeler Finn encore et encore, elle maudit Melody d'être entrée dans ce café au mauvais moment.

Qu'est-ce que Finn allait me dire ? Et ai-je vraiment envie de l'entendre ?

30

Ma petite fille chérie,

À seize ans, je me suis retrouvée complètement seule. Je me demande aujourd'hui si j'aurais accompli tout ce que j'ai fait sans ce terrible départ dans la vie. Je ne pense pas. Cela a fait de moi une battante déterminée, prête à faire tout ce qu'il fallait pour obtenir l'argent, la sécurité et l'amour dont elle avait besoin.

Je sais que la première nuit où j'ai été complètement sans abri, l'absence de ma grand-mère m'a infligé une douleur qui a envahi tout mon corps.

Je l'ai imaginée, sourire aux lèvres, dans sa cuisine, en train de mélanger un appareil à gâteau, et dans mon esprit, je l'ai interrogée sur la conduite à tenir.

« Demande de l'aide, tu devrais en obtenir, m'a-t-elle dit. Les gens sont souvent gentils et tu trouveras toujours quelqu'un pour t'aider ».

C'est à travers ce prisme qu'elle voyait la vie et oui, les gens étaient souvent gentils avec elle. Mais je n'ai jamais eu cette capacité. Je m'attendais à être mal traitée, rejetée.

N'ayant aucune idée d'où aller trouver de l'aide, je me suis éloignée de la maison de Luka jusqu'à ce que j'arrive dans un parc. J'avais froid, j'étais fatiguée, j'avais faim et mon désespoir était immense. Je me suis assise sur un banc avec ma valise et j'ai attendu que le soleil descende sous l'horizon. Il y avait une aire de jeux pour les enfants où j'ai avisé une petite cabane. Une fois la nuit tombée, je me suis dit que j'allais y entrer. Au moins, je serais protégée en cas de pluie. Je ne pouvais rien envisager d'autre que de passer la nuit.

Et c'est ce que j'ai fait. J'ai attendu qu'il fasse nuit, puis je me suis glissée dans la cabane, où j'ai ouvert ma valise et enfilé le plus de vêtements possible, avant de me rouler en boule. Il était encore tôt, mais j'étais épuisée et je me suis endormie, même si je grelottais.

J'ai été réveillée par une main sur mon épaule… et je suis passée d'un sommeil profond à une position assise, le dos pressé contre le mur de la cabane, des flots de terreur pulsant dans mes veines : je faisais face à quelqu'un qui braquait une torche sur moi.

« Tu ne peux pas dormir ici », m'a lancé une voix d'homme.

Tous les scénarios terrifiants que j'avais lus ou qu'on m'avait racontés me sont revenus en un instant. J'étais certaine de mourir.

« D'accord, je m'en vais, me suis-je empressée de bredouiller, en priant pour qu'il tourne les talons et s'en aille.

— Pourquoi tu traînes ici ? » a-t-il demandé en déplaçant le faisceau sur le côté pour que je puisse le voir.

C'était un policier en uniforme, un jeune homme aux oreilles décollées et au crâne presque rasé.

« Quelqu'un de l'autre côté de la route t'a vue assise ici dans l'obscurité et nous a appelés. Pourquoi tu traînes ici ? a-t-il répété.

— *Je n'ai nulle part où aller, ai-je répondu en fondant en larmes.*

— *Tes parents ?*

— *Ils m'ont mise à la porte. Ils ne veulent pas que je revienne. Je ne peux pas y retourner. Ils me détestent, ai-je sangloté.*

— *Tu as quel âge ?*

— *Seize ans.*

— *Ils ne peuvent pas te mettre à la porte. Ou sinon, ils doivent s'assurer que tu aies un endroit où loger et de l'argent pour vivre.*

— *Ils me détestent, ai-je insisté.*

— *Viens, a-t-il soupiré. Je vais te trouver un endroit pour ce soir. »*

Je ne savais pas si je pouvais lui faire confiance, mais je n'avais pas le choix. Je suis sortie de la cabane en traînant ma valise.

Il m'a ramenée au poste de police, où il m'a donné à boire un chocolat, très liquide et insipide, mais chaud au moins.

« Je m'appelle Jim, m'a-t-il dit. Tu es sûre que tu ne peux pas retourner chez tes parents ? »

J'ai acquiescé.

« S'il vous plaît, ne m'obligez pas. Ils ne veulent plus me revoir. »

Une heure après notre arrivée au poste de police, il m'a annoncé qu'il m'avait trouvé une place pour la nuit dans un foyer.

Dans mon esprit, « foyer » signifiait « prison ». Je pensais qu'il allait m'emmener dans un endroit avec des barreaux aux fenêtres et des chambres surpeuplées remplies d'adolescents violents et en colère. J'étais complètement terrifiée lorsqu'il m'y a conduite, mais encore une fois, je n'avais pas le choix.

Les gens « souvent gentils » dont m'avait parlé ma grand-mère, ils étaient là, occupés à diriger ce foyer. C'était une grande maison délabrée, avec des planchers grinçants et des armoires de cuisine bancales, mais elle était gérée par Delia et sa compagne, Beverly, et c'étaient le genre de personnes que l'on espère toujours rencontrer. Elles transpiraient la gentillesse, m'offrant sur-le-champ un bol de soupe chaude et un sandwich avant de me conduire dans une chambre où dormait une autre fille. Le lit simple avait un matelas mince qui s'affaissait au milieu, mais il était recouvert de vieux draps tout doux et de couvertures chaudes. J'étais si heureuse d'être à l'abri du froid que je n'ai pas pu empêcher mes larmes de couler. « Ça va aller », m'a dit Delia, en me tapotant le dos pendant que je pleurais. Elle avait de longs cheveux gris et portait un pyjama sur le thème de Noël, bien que nous soyons au milieu de l'année.

À un moment donné, quelqu'un a dû contacter mes parents. Je me souviens d'un certain nombre de conversations avec une assistante sociale et je sais que mes parents ont accepté de payer pour que je reste dans le foyer. Ils ne voulaient vraiment pas que je revienne. Je les détestais pour m'avoir rejetée aussi complète-ment, mais je n'étais pas la seule dans cette situation. Toutes les filles du foyer détestaient leurs parents pour une raison ou une autre. Nous étions liées par notre haine commune.

Lorsque j'ai commencé à gagner de l'argent, j'ai soutenu Beverly et Delia en faisant des dons importants à leur maison jusqu'à ce qu'elles prennent toutes les deux leur retraite et partent vivre dans le Queensland.

J'ai passé deux ans avec elles, et même si c'était difficile, vu les allées et venues constantes des adolescentes, dont certaines étaient violentes, je n'ai jamais oublié leur bienveillance et leur chaleur.

J'avais abandonné l'école à la fin de ma première année de lycée, ce qui était acceptable à l'époque. Je n'avais aucune idée de ce que je voulais faire de ma vie, mais le besoin de travailler et de gagner de l'argent m'a amenée à trouver un emploi d'assis-tante dans un salon un peu crasseux tenu par une certaine

Maria, qui affectionnait le maquillage un peu grossier et les faux cils et appelait tout le monde « mon chou ».

Après quelques mois de travail dans son salon, elle m'a suggéré de suivre des cours dans un institut de formation professionnelle.

« Tu es intelligente, mon chou, m'a-t-elle dit. Peut-être qu'un jour tu pourras avoir ton propre salon. »

Une telle chose me semblait impossible, et pourtant c'est une perspective qui m'a fait sortir du lit tous les jours. Elle m'a également permis d'aller à l'université pour étudier le commerce. Tout ce que je voulais, c'était posséder un salon, un seul. Je ne m'attendais pas à réussir à ce point.

Je ne m'attendais pas à la vie que j'ai réussi à construire. Et tu dois comprendre, ma petite fille chérie, que je ne m'attendais pas à blesser les gens comme je l'ai fait. Non, je ne m'attendais pas à cela.

31

GRACE

Ava revient après avoir pris un café avec son mari, l'air troublé et anxieux. Cela fait seulement dix minutes qu'elle est partie, je peux donc en conclure que l'entrevue n'a pas dû très bien se passer.

J'ai envie de lui demander ce qu'il en est, mais je n'en ai pas l'occasion, car le téléphone sonne en permanence et Ava a des réunions Zoom tout l'après-midi sur son ordinateur.

À la fin de la journée, je l'informe que je vais marcher et que je prendrai le train pour rentrer. J'ai besoin d'être seule. Melody et moi nous sommes complètement ignorées. Ce qui me convient parfaitement.

— À demain matin, lance Ava en hochant vivement la tête.

J'ai l'impression qu'elle aussi a besoin d'un peu de temps seule.

Je ne souhaite pas croiser Melody en sortant, mais comme je la vois entrer dans le bureau de Collin pendant que je range mes affaires, je me dirige illico vers l'ascenseur.

Les heures d'ouverture du bureau étant dépassées, il importe peu que la réception soit laissée sans surveillance, mais au moment où je passe devant, une faible vibration m'avertit que le téléphone de Melody est posé sur le bureau. Voilà qui est surprenant, pour quelqu'un qui ne s'en sépare presque jamais. Elle n'avait manifestement pas l'intention de s'absenter plus d'une minute, cependant je suppose qu'il y a une malédiction générationnelle dans son aptitude à se laisser si facilement distraire. Collin est beau et charmant. Les yeux rivés sur le téléphone, je me demande brièvement ce qui se passe vraiment dans son bureau. Décidée à courir le risque, je fais glisser mon doigt sur l'écran et je suis médusée quand il s'ouvre et que je me retrouve devant la photo d'un ventre masculin musclé, avec un petit tatouage d'aigle sur un côté. Je détourne rapidement le regard et me précipite vers l'ascenseur au moment où j'entends la porte du bureau de Collin s'ouvrir.

Une fois de plus, j'arpente la ville jusqu'à l'épuisement, puis je m'achète un sandwich dans un 7-Eleven, avalant rapidement le pain légèrement rassis tout en l'accompagnant d'une bouteille d'eau.

Malgré moi, je ne peux m'empêcher de revenir à l'article, de relire les derniers paragraphes, plus d'une fois, et de me remémorer chaque détail.

Commettant une dernière erreur, qui s'est avérée fatale, Mme Morton est rentrée ivre chez elle un soir et a, selon ses dires, « allumé quelques bougies pour apaiser [son] âme ».

Elle s'est ensuite endormie et ne s'est réveillée que lorsque la maison a été envahie par la fumée.

Des voisins ont appelé les pompiers après avoir vu les flammes s'emparer de la demeure, puis Mme Morton, ivre et pieds nus, regarder son foyer brûler depuis le jardin. Sa fille, Cordelia, était heureusement chez des amis.

Je savais qu'elle n'était pas chez des amis. J'avais payé une nuit d'hôtel pour elle et ses trois meilleures copines afin qu'elles célèbrent la fin de leur dernière année d'études. La partie sur les bougies était également un mensonge.

La nuit, la terrible nuit où j'ai mis le feu non seulement à ma maison mais à toute ma vie, me revient en mémoire alors que je me dirige vers la gare : l'odeur de la fumée, le jaune-orange vif des flammes qui s'échappaient du toit...

Mon cœur palpite dans ma poitrine, le souvenir du bois qui éclate et du verre qui se brise m'assaille dans le train qui me ramène à la maison.

J'ai l'impression que je n'y arriverai jamais, que je ne serai jamais loin des regards d'autrui, mais finalement, me voilà enfermée dans le petit appartement-garage de la maison d'Ava, où j'attrape la bouteille de vodka dans le congélateur. Le verre glacé se colle immédiatement à ma main. Je serre fort, pour sentir les lettres en relief s'imprimer sur ma paume.

Lors du procès, Cordelia a expliqué que la nuit à l'hôtel avait été planifiée depuis des semaines comme un cadeau pour la fin de ses examens. Elle m'a décrite comme une bonne mère malgré mon addiction, pourtant je savais qu'elle était furieuse contre moi puisqu'elle n'acceptait même pas de regarder dans ma direction. Ceci m'a permis d'espérer que son cœur recelait peut-être encore une petite parcelle d'amour à mon endroit. C'est la raison pour laquelle je continue d'essayer, pour laquelle je ne l'abandonnerai jamais.

Elle vit à Melbourne avec un homme qui ressemble à son père. Je le sais. Les filles sont attirées soit par l'opposé de leur père, soit par leur réplique exacte. Robert était l'opposé de mon père en tous points. Il aimait manger et boire, rire et aimer. Il était bruyant, charismatique et joyeux. C'était un tricheur, un menteur et un homme infidèle et je sais, au terme de la plus légère investigation, que Cordelia est avec le même genre de type.

Certes, peut-être que je me méfie *a priori* de tous les hommes, mais peut-être cela vient-il aussi de ce que je sais quels défauts guetter.

Quand je regarde Ava et sa famille, je vois que ce qui m'est arrivé pourrait très bien devenir son avenir. Je sais que c'est en train de se produire, même si elle ne fait que le soupçonner.

Avant de pouvoir m'en dissuader, j'ouvre mon téléphone et j'envoie un texto.

Il faut qu'on parle. Je sais ce qui se passe.

J'ajoute l'heure et l'endroit où je me trouve, juste au cas où il y aurait confusion, puis j'attrape ma bouteille de vodka, laissant le verre refroidir mes mains pendant que je m'assois pour attendre.

Lorsque l'on frappe doucement à la porte, j'ai la certitude d'avoir fait ce qu'il fallait. Prenant une profonde inspiration, je puise dans mes forces, dans toutes les forces que j'ai dû dénicher en tant qu'enfant mal aimée, en tant que femme d'affaires sans formation, en tant que femme qui a dû se remettre d'un terrible accident. Je les rassemble pour être capable de faire ce qui doit l'être.

Le matin, après avoir très peu dormi, je renonce à mon petit déjeuner et me précipite à la cuisine pour aider Ava.

Elle est pâle et brusque, disant à Hazel de « se dépêcher » et à Chloe d'« arrêter ».

— Je peux vous aider ? je demande d'une voix hésitante.

— Finn n'est pas rentré, hier soir, me chuchote-t-elle.

— Oh ! je fais, faute de savoir comment réagir, avant d'ajouter : Laissez-moi finir avec les filles.

Elle hoche la tête et quitte la cuisine. Va-t-elle appeler la police ? Je suppose qu'elle n'ira pas travailler aujourd'hui.

Pourtant, elle revient bientôt, habillée pour le travail, ordinateur portable à la main.

— Prête ? me demande-t-elle.

Je hoche la tête. Elle fait naître en moi une étrange fierté, à ne pas se comporter comme moi. Lorsque ma vie a semblé s'effondrer, je me suis effondrée avec ; Ava, elle, continue. Le poste de PDG est en jeu.

Nous installons les fillettes dans la voiture et les déposons à l'école. Pendant que nous nous éloignons de l'école maternelle de Chloe, Ava appelle sa mère.

— J'aurais besoin que tu viennes chercher les filles après l'école, lâche-t-elle d'une voix dénuée d'émotions.

— Oh, pourquoi, où est Finn ? Avec plaisir, bien sûr, pas de problème, répond sa mère.

— Finn doit travailler, explique-t-elle. Ramène-les à la maison, tu sais ce qu'il faut faire. Je ne serai pas en retard, mais tu peux leur commander une pizza pour leur faire plaisir.

— Je ne demande pas mieux que de cuisiner, ma chérie. Est-ce que je dois...

Mais Ava n'attend pas la question et met fin à l'appel. Elle est nerveuse et tendue.

— Qu'est-ce qui s'est passé, à votre avis ? je demande.

— Quelque chose de grave, répond Ava en secouant la tête. Je crois qu'il s'est passé quelque chose de grave.

32

AVA

Grace reste silencieuse, attendant qu'Ava lui adresse la parole, tandis qu'Ava se demande si elle doit lui parler de quoi que ce soit.

Elle a apprécié de rentrer seule hier soir, car elle avait pensé pouvoir discuter avec Finn de son comportement étrange au café. Parfois, il est plus facile de parler au téléphone.

Mais pendant le trajet, elle l'a appelé sur son portable et celui-ci n'a fait que sonner dans le vide jusqu'à ce qu'il tombe sur sa boîte vocale.

« Appelle-moi, Finn », a-t-elle dit la première fois.

« Il faut qu'on parle », a-t-elle dit la deuxième fois.

« C'est idiot, appelle-moi. Tu ne peux pas te pointer à mon bureau et sortir une chose pareille, puis ne pas prendre mes appels. »

Lorsqu'elle est rentrée, Finn n'était pas à la maison. En revanche, sa mère, Doreen, était là.

« Doreen ? s'est exclamée Ava, choquée de voir sa belle-mère.

— Ava, comment vas-tu ? Les filles et moi avons passé un

agréable après-midi. Je leur ai donné mes nuggets de poulet spéciaux pour le dîner. J'ai tout apporté quand Finn m'a demandé de prendre la relève pour quelques heures.

— Pourquoi ?

— Comment ça, pourquoi ? Il a parlé d'une rencontre avec Hector. Il a bien dû te mettre au courant ? Il est presque prêt pour une exposition, et une exposition très importante pour lui. Je sais qu'il a besoin de ton soutien, Ava. »

Celle-ci n'avait nullement l'intention d'apprendre à Doreen que son fils lui mentait, qu'il n'était certainement pas avec Hector, parce qu'elle avait déjà appelé Hector pour s'en assurer.

Au lieu de quoi, elle s'est contentée de la remercier.

« Ah oui, bien sûr. Je n'y pensais plus. Merci beaucoup d'être venue. Finn et moi apprécions énormément ce que vous faites pour nous.

— C'est quand tu veux. Venez embrasser grand-mère pour lui dire au revoir », a-t-elle lancé aux filles.

Là-dessus, elle a récupéré ses affaires dans la cuisine, y compris un bol à mélanger, et Ava y a perçu le reproche silencieux : si elle n'a pas chez elle de bols à mélanger, c'est sans doute parce qu'elle est une mère qui travaille.

Chloe et Hazel ont rappliqué du salon pour embrasser leur grand-mère comme il se doit, puis Ava s'est occupée du bain et du coucher, comptant les minutes jusqu'à ce qu'elle puisse être seule pour composer à nouveau le numéro de Finn. Elle a réussi à se persuader qu'il attendait peut-être de savoir les filles endormies afin qu'ils aient une véritable conversation, mais pourquoi ne pas être rentré à la maison dans ce cas ?

Finalement, les filles se sont endormies et Ava s'est servi un grand verre de vin avant de rappeler Finn. Cette fois, il a répondu et elle a senti le soulagement envahir son corps. Au moins, il allait bien, mais elle était en colère contre tout ce qu'il lui avait fait subir avec ses étranges aveux suivis de son silence.

« Qu'est-ce qui se passe ? a-t-elle demandé.

— Ava, écoute, a-t-il dit, j'ai besoin... d'un peu de temps. Je ne peux rien t'expliquer pour l'instant, j'ai juste besoin d'un peu de temps.

Sur quoi, il a raccroché.

Ava a rappelé, sans succès. Elle a recommencé dix fois avant de renoncer. Et puis elle est montée dans son atelier, pour voir si quelque chose dans cette pièce pouvait lui donner un indice sur ce qui arrivait à son mari.

Mais il n'y avait rien, juste l'odeur chimique de la peinture et le portrait d'Anita qui séchait sur le chevalet.

— Je peux peut-être vous aider, dit Grace, tirant Ava de ses pensées.

— Finn est venu au bureau hier, comme vous le savez. Nous sommes allés prendre un café et il m'a dit qu'il avait « merdé », mais avant qu'il puisse s'expliquer davantage, Melody est entrée et s'est approchée de nous. Là-dessus, il est parti. Hier soir, il m'a dit qu'il avait besoin de temps et je... je ne sais pas du tout quoi penser. Je suis dans le brouillard complet.

Elle secoue la tête.

— C'est étrange, murmure Grace.

— Oui, et j'ai l'impression que tout s'écroule. Patricia va annoncer qui elle nomme au poste de PDG à la fin de la semaine prochaine et je devrais me concentrer uniquement là-dessus. Pourtant, j'ai l'impression que ma vie entière est en plein chaos et je ne sais pas quoi faire.

Ava est gênée de sentir ses yeux se remplir de larmes.

Grace tend la main et lui tapote le bras, juste une petite tape réconfortante.

— Tant que vous êtes dans le flou concernant ce qu'il a fait, vous ne pouvez pas vraiment réagir. Les filles sont en sécurité à l'école et votre mère s'occupera d'elles cet après-midi. Finn vous aime. Il aime les filles. Il vous contactera quand il pourra vous expliquer.

— Vous le pensez vraiment ? s'étonne Ava en se garant dans le parking. Parce que bon, qu'est-ce qu'il pourrait avoir fait ? Une liaison avec la mère de Sami ? Est-ce qu'il m'a trompée et qu'il est obligé maintenant de choisir entre nous deux ? C'est même trop pour que je l'envisage.

Les larmes qu'elle essayait de retenir commencent à couler.

— Ava, écoutez-moi, intervient Grace. Si Finn vous trompe, vous survivrez. Ce ne sera pas facile, mais vous survivrez, parce que vous êtes une mère et que vous devez le faire. S'il s'agit d'autre chose, vous pourrez peut-être l'aider. Le seul conseil que je peux vous donner, c'est de ne pas laisser vos inquiétudes tout faire dérailler. Croyez-moi quand je vous dis que vous devez rester en contrôle.

Les mots sont prononcés avec fermeté et ont pour effet de stopper le flot de larmes d'Ava, qui pense soudain à ses filles. Quoi qu'il se soit passé, elle devra rester forte pour elles.

— Vous avez raison, concède-t-elle. Je dois me concentrer sur mon travail. Il faut que je survive à cette journée et peut-être qu'il sera à la maison ce soir. Toute cette histoire peut encore s'arranger.

Elle hoche la tête tout en parlant.

— Je sais que c'est possible, affirme Grace.

Ava lui est reconnaissante de la fermeté de son ton.

Finn n'est pas encore prêt à lui parler, voilà tout.

Elle attend cinq minutes dans la voiture, le temps que Grace monte, à inspirer profondément et à calmer son cœur qui bat la chamade. *Je peux gérer ça, je peux gérer ça,* se répète-t-elle pendant qu'elle sort de la voiture et monte au cinquième étage, prête à se noyer dans le travail jusqu'à ce que son mari se décide à l'appeler.

Comme Grace l'a dit, elle sera capable de faire face à tout ce qui adviendra. Elle est mère et c'est envers ses filles que va son premier devoir. Au moins a-t-elle Grace pour l'aider à traverser cette épreuve. Son assistante est la seule étincelle lumineuse de cette étrange et terrible journée.

Je ne suis pas aussi sûre des capacités d'Ava à faire face à ce qui va arriver que je le lui ai laissé entendre. Je n'aurais certainement pas pu y arriver lorsque j'étais mariée – j'en ai été incapable, en fait –, mais je ne peux pas la laisser affronter la même débâcle que moi. Je dois l'aider à surmonter cette épreuve.

Melody est dans la cuisine, en train de prendre un café, ou plutôt de flirter avec Collin, également en train de « prendre un café ». Elle me fixe hardiment lorsque j'entre et je baisse le regard. Qu'elle s'imagine donc avoir gagné. Je suis bien placée pour savoir ce qu'il en est.

— Bonjour, Collin, je lance.

— Bonjour, Grace, répond-il, souriant. La nuit a été bonne ?

— Tout à fait, je vous remercie, fais-je en réponse à cette question en apparence banale. Et pour vous ?

Melody fait entendre une espèce de ricanement contenu que je choisis d'ignorer, en allant chercher les tasses pour préparer le café aussi vite que possible. J'ai l'impression que chaque moment passé dans la même pièce que cette fille nous rapproche de celui où elle partagera cet article avec tout le monde.

— Vous savez, reprend Collin, votre visage me dit vraiment quelque chose : vous êtes sûre qu'on ne s'est pas déjà rencontrés ?

Melody ricane à nouveau.

— J'en suis sûre, je lâche sèchement avant de quitter la cuisine.

La réception est sans surveillance et je me demande combien de temps Melody va la laisser ainsi.

— Il faut que tu voies ce TikTok, j'entends Collin lui dire.

Je pose les tasses de café sur le comptoir de la réception et je passe derrière le bureau.

Quand Melody et Collin s'esclaffent dans la cuisine, je me sens envahie par une bouffée d'humiliation. Je suis certaine qu'ils se gondolent à propos de l'article. Ava ne va pas tarder à en être informée et elle me confrontera à propos de mon CV inventé et de mon changement de nom.

Mon cœur s'emballe, mais j'inspire profondément... j'expire... Il est surprenant de voir à quelle vitesse cet exercice calme le corps.

Je jette un œil à l'ordinateur de Melody, où de nombreux onglets sont ouverts, dont un site de shopping.

— Très peu professionnel, je murmure.

Au bout de quelques minutes, je décide que la réception n'est pas mon problème et je récupère mes tasses de café pour retourner dans le bureau d'Ava.

— Vous en avez mis du temps, constate-t-elle.

— Melody est dans la cuisine avec Collin. Je voulais les éviter, mais je n'ai pas réussi. On dirait qu'ils ont tous les deux mieux à faire que de travailler.

— Je pense vraiment que je devrais lui parler de ce message, dit Ava.

— Ne vous inquiétez pas. À mon avis, elle a juste eu un petit moment d'égarement. Je vais laisser tomber et vous devriez en faire autant. Pouvons-nous jeter un coup d'œil à l'ordre du jour de la réunion du conseil de direction avec Patricia, celle de la semaine prochaine ?

— Oui, gémit Ava. J'ai comme l'impression que je ne serai pas heureuse à la fin de cette réunion.

— Dans ce cas, autant dire tout ce que vous avez sur le cœur, je lui conseille.

Elle acquiesce.

Pendant la demi-heure qui suit, nous travaillons sur les points qu'Ava veut soulever et les progrès réalisés afin qu'elle puisse exposer à Patricia tout ce qu'elle fait.

C'est une bonne chose que nous ayons abordé le sujet, car justement Patricia envoie un courriel à Ava, lui demandant de la retrouver demain après-midi, soit plus tôt que nous ne l'avions prévu. « *J'ai un avion à attraper dimanche... désolée de faire appel à toi pendant un week-end* », a écrit Patricia dans son e-mail.

— Tout va bien se passer, dis-je à Ava, qui acquiesce mais semble inquiète.

— Je sais, c'est juste que...

Nous sommes interrompues par les vociférations de Collin.

— Melody, c'est quoi ce bordel ?

Ava se lève.

— Je ne l'ai jamais entendu crier avant, dit-elle.

— Que s'est-il passé, à votre avis ?

Elle hausse les épaules.

— Devrions-nous aller voir ? me demande-t-elle.

Nous entendons alors Melody balbutier :

— Je ne voulais pas, je ne voulais pas, je suis désolée.

— Je pense que oui, réponds-je à Ava.

Nous nous dirigeons ensemble vers l'avant des locaux, où se trouve la réception.

Collin se tient au-dessus de Melody et la pointe du doigt.

— Tu comprends au moins ce que tu as coûté à cette entre-prise ? Comment je suis censé réparer le truc maintenant ?

Melody baisse les yeux sur ses genoux en se tordant les mains.

— Collin, arrête de crier. Tu te crois où ? les interrompt Ava.

Son collègue s'arrête et la regarde.

— Elle a envoyé à l'école un e-mail qui m'était destiné.

— D'accord, dit Ava, ce n'est pas si grave. Quel était l'objet de l'e-mail ?

— Je ne peux pas, lâche Collin en se détournant de Melody. Je ne peux pas m'occuper de cette merde aujourd'hui. Arrange l'affaire, Ava. Je dois aller passer quelques coups de fil.

À ce stade, Melody est en larmes.

— Qu'est-ce qui s'est passé exactement ? lui demande Ava.

La jeune femme lève les yeux, le visage strié de mascara.

— J'ai envoyé un courriel à Collin pour rigoler... C'était juste marrant et je ne sais pas comment c'est arrivé, mais je l'ai accidentellement envoyé à l'école.

— Soyez plus précise, insiste Ava.

Melody hoquette en montrant l'écran de son ordinateur. Ava fait le tour pour jeter un coup d'œil et, bien qu'elle ne me l'ait pas demandé, je la suis.

C'est un échange de courriels avec une école très prestigieuse de Melbourne. Je sais qu'il y a eu un problème avec cet établissement pour y acheminer le matériel nécessaire aux élèves participant au programme Barkley, et Collin était censé s'en occuper. Il a évidemment impliqué Melody dans l'affaire. Cela ne fait pas partie de la fiche de poste de la réceptionniste, mais James ayant posé deux jours de congé pour rendre visite à sa mère malade, je suppose que Collin a demandé de l'aide à Melody. Il aurait mieux fait de s'adresser à moi. Je suis beaucoup plus compétente qu'elle. Je sais aussi que l'école s'est déjà plainte deux fois, parce que les parents ont dû payer un supplément pour le cours malgré leurs frais de scolarité exorbitants.

Il semble que l'école ait envoyé un autre courriel de plainte ce matin et Melody l'a transmis à Collin avec son propre point de vue sarcastique sur la situation, sauf qu'elle ne l'a pas seulement envoyé à Collin, elle l'a aussi envoyé à l'école.

Le premier courriel, émanant de l'école, est une récrimination polie mais agacée.

À qui de droit,

Pour la troisième fois, nous nous voyons obligés de vous contacter au sujet du matériel pour le programme. À ce stade, nous craignons de ne pas avoir le temps de mettre en œuvre le programme avec notre groupe d'élèves de première avant que d'autres activités scolaires ne prennent le relais. Compte tenu du prix de vos prestations, nous pensons que votre priorité absolue devrait être de régler ce problème.

Liam Smith, proviseur

Melody a commenté :

M. Balai-dans-le-cul de l'école trop-chicos-pour-son-propre-bien s'est encore plaint. Je jure que ce type ne comprend pas l'anglais. On lui a dit qu'on essayait de régler le problème. Il doit vraiment être stupide, ce connard…

— Je ne voulais pas qu'il le reçoive, évidemment. Je ne voulais pas, se lamente Melody.

J'ai du mal à ne pas sourire. Nous avons tous nos mauvais jours. Nous prenons tous des décisions, importantes ou moins, que nous risquons de regretter. Melody a cessé d'être arrogante, elle ne contrôle plus rien. Maintenant, la voilà en pleine déroute.

— Vous devriez peut-être aller vous rafraîchir le visage, je murmure.

Melody hoquette un sanglot, puis hoche la tête et se lève. Elle est heureuse de cette échappatoire.

Tant mieux qu'elle soit allée aux toilettes, car à ce moment-là, Collin sort de son bureau.

— Ils veulent récupérer leur argent, ça représente des milliers de dollars, des milliers, gronde-t-il en faisant un geste vers Ava comme si c'était sa faute.

— C'était une erreur, Collin, lui dit celle-ci. De toute façon, elle ne devrait pas t'écrire ce genre d'e-mails. Elle fait ça souvent ?

— Elle... Écoute, j'aime bien avoir des relations amicales avec mon personnel. Je ne pensais pas qu'elle était complète-ment idiote, s'emporte Collin au moment où Melody revient des toilettes.

— Je ne l'ai envoyé qu'à toi, dit Melody. Quelqu'un d'autre a dû le faire à ma place... Qui a dû... Je ne sais pas comment cela a pu arriver.

— C'est ton ordinateur, Melody. Et je crains qu'on ne puisse fermer les yeux sur une erreur pareille. Nous allons devoir nous séparer de toi, assène Collin en serrant les dents.

— Qu'est-ce que tu veux dire ?

— Je veux dire que ton temps avec nous est terminé, Melody. Tu n'appartiens plus à cette entreprise, s'emporte Collin.

— Quoi ? bégaie Melody. Tu ne peux pas me renvoyer pour ça. Je te dis que je ne l'ai envoyé qu'à toi. L'ordinateur a un problème, c'est pas possible...

— C'est ridicule. Les ordinateurs n'envoient pas d'e-mails tout seuls. Ne complique pas la situation. Ava, je suis sûre que tu es d'accord avec moi pour dire que nous ne pouvons pas laisser passer ça. Si nous l'informons qu'elle a été renvoyée, Liam ne demandera pas mieux qu'à garder le programme.

Je n'ai jamais vu Collin aussi paniqué et il est clair que ce qui effraie le plus cet homme, c'est la perspective de perdre des revenus. Il toise Melody, la lèvre légèrement retroussée, comme si elle le dégoûtait.

— Je pense que tout le monde a peut-être besoin de prendre un peu de recul, interviens-je.

— Bon sang, qu'est-ce que je vais bien pouvoir dire à Patricia ? Liam et elle sont amis. Elle sera furieuse, dit Collin.

— Je pense qu'il vaut mieux que tu partes pour la journée, Melody. Je dois parler à Collin et Patricia, déclare Ava avec fermeté.

J'aurais envie de l'encourager. Elle prend le contrôle de la situation au lieu de laisser ses soucis et ses peurs la submerger.

Melody contourne le bureau, prend son sac et y jette quelques affaires.

— Vous allez le regretter. Je ne mérite pas d'être traitée comme ça et vous le regretterez tous, murmure-t-elle, de nouvelles larmes aux yeux.

Puis elle se dirige vers l'escalier et disparaît, nous laissant tous dans un silence stupéfait.

— Peut-être devrions-nous tous retourner au travail, dis-je. Je peux m'installer ici pour qu'il y ait quelqu'un à la réception.

— Oui, approuve Collin en hochant la tête. Merci, Grace.

Il retourne à son bureau.

— Je peux me connecter à ma messagerie depuis l'ordinateur de la réception, dis-je à Ava. Je pense qu'il vaudrait mieux que je m'occupe de tout ici.

— OK, bien, bien, dit Ava.

Je distingue une pointe de soulagement dans sa voix. Juste un soupçon, mais il est là. Elle n'a pas besoin que quelque chose d'autre déraille en ce moment.

— Je vais passer un coup de fil à Patricia, histoire de voir ce qu'elle en pense.

Elle se dirige vers son bureau.

Je m'assieds devant l'ordinateur et me connecte, m'autorisant un petit sourire.

Quelle idiote, cette Melody, de se moquer de moi, de me menacer ! Elle n'avait aucune idée de ce qui l'attendait. Maintenant qu'elle est partie, Collin doit faire des pieds et des mains pour ne pas perdre un gros client. Patricia ne sera pas du tout contente.

Melody n'aurait jamais dû envoyer un courriel de ce genre à Collin. Surtout quand elle laisse aussi longtemps son ordinateur sans surveillance.

Toutes sortes de choses peuvent se produire.

34

AVA

En rentrant chez elle, Ava est épuisée par le drame de la journée, par son inquiétude au sujet de Finn, de l'endroit où il se trouve et de l'état de son mariage.

Ils devront faire attention en gérant ce qui s'est passé au travail. Que voulait dire Melody lorsqu'elle a déclaré qu'ils allaient tous le regretter ? S'agissait-il simplement d'une phrase jetée dans le feu de l'action par une employée en colère ? Elle s'est mise dans le pétrin et elle savait qu'Ava, au moins, n'était pas satisfaite de ses performances au travail.

Ava et Collin ont eu une conférence téléphonique avec Patricia, qui leur a dit qu'elle essaierait d'arranger les choses avec Liam, mais qu'il était nécessaire de licencier Melody.

— Il faut y mettre les formes, évidemment, a nuancé Patricia. J'aurais juste aimé qu'elle reçoive au moins un avertissement avant.

Ava s'est mordillé la lèvre. Devait-elle lui parler du message ?

— Je lui ai envoyé un e-mail pour lui demander de ne pas utiliser son téléphone sur son temps de travail.

— Super, retrouve-le, si tu peux, et transmets-le-moi, a dit Patricia.

Mais quand Ava a cherché l'e-mail, elle n'a pas réussi à mettre la main dessus. Il avait été supprimé de son dossier d'envoi.

— Ne vous inquiétez pas, je m'en occupe, a lancé Grace.

Ava n'a été que trop heureuse de s'en remettre à elle.

Patricia était furieuse contre Collin pour son excès de familiarité avec un membre du personnel, une jeune femme par-dessus le marché. Ava mentirait si elle niait avoir apprécié l'inconfort de son collègue.

— Je me dis que je devrais rédiger une bonne lettre de référence à Melody, suggère Ava à Grace, qui est rentrée avec elle ce soir.

— Oui, approuve son assistante, c'est peut-être une bonne idée. Il n'est pas exclu qu'elle trouve quelque chose d'autre et veuille tourner la page sur... tout ce qui s'est passé. Inutile de lui fournir davantage de munitions pour transformer cet incident en quelque chose qui n'a pas lieu d'être.

Lorsqu'elle tourne dans sa rue, Ava est un peu inquiète de ne pas y voir la voiture de sa mère. Peut-être s'est-elle garée au coin ? Avant de se laisser gagner par l'inquiétude, elle se rappelle que si les filles n'avaient pas été récupérées à l'école, elle aurait immédiatement reçu un appel.

En entrant dans le garage, elle est sidérée de voir Finn planté devant la porte qui mène à la maison.

Elle coupe le moteur et sort de la voiture.

— Finn ! lance-t-elle.

— Je suis désolé, il faut qu'on parle tout de suite...

— Maman, maman ! s'exclame Chloe en se précipitant dans le garage pour venir s'agripper à ses jambes.

— Bonjour, ma chérie, dit Ava en ébouriffant les fins cheveux blonds de sa fille.

— Maman ! fait chorus Hazel en arrivant derrière elle. Gammy est venue nous chercher à l'école, après on a mangé une pizza faite maison et Gammy allait nous donner une glace, mais papa est rentré et il a dit « non », et Gammy est repartie chez elle.

Ava cligne des yeux tout en assimilant le flot d'informations.

— Eh bien… commence-t-elle.

— Et on veut toutes les deux une glace, insiste Hazel en tenant la main de Chloe.

— Une glace, répète sa benjamine.

— Pourquoi je n'emmènerais pas ces deux petites filles au parc, pour vous laisser le temps de vous reposer avant le dîner ? propose Grace.

Ava se retourne : elle avait oublié sa présence.

— Oh non, je ne peux pas vous demander ça, proteste-t-elle.

— Cela me semble une bonne idée, réplique Finn, dont les yeux ne cessent d'aller et venir entre Ava et Grace.

— Ça me fait plaisir, assure son assistante.

— Merci, Grace, dit Finn, sur un chuchotement qui redouble encore l'inquiétude d'Ava.

— Mais y aura de la glace, tient à marteler Hazel.

— Je sais qu'il y a un stand de glaces au parc et qu'il reste ouvert tard en été, alors je parie que si maman dit « oui » …

Grace ne termine pas sa phrase.

— Oui, dit Ava.

— Je vais les préparer, annonce Finn, dont le regard se pose un instant sur Grace.

Après quoi, il se détourne et leurs deux filles le suivent.

— Merci, dit Ava.

Grace lui touche doucement le bras.

— Cela vous donnera le temps dont vous avez besoin, et j'aime passer du temps avec elles. Vous allez réussir à arranger la situation, Ava. J'en suis persuadée.

— Je vous suis immensément reconnaissante, avoue-t-elle.

C'est vrai, pourtant son émotion dominante est la peur. *Qu'est-ce que Finn s'apprête à me dire ?*

Une fois qu'ils sont seuls, Ava enlève ses chaussures tandis que Finn leur verse à chacun un verre de vin.

— OK, dit Ava lorsqu'ils sont assis. Dis-moi.

— OK, soupire Finn, qui étire ses bras au-dessus de sa tête comme s'il avait le dos noué.

Ava regarde sa chemise remonter, exposant le petit tatouage d'aigle sur son flanc. Il est en super forme, toujours en super forme, alors qu'elle est en surpoids, en colère, fatiguée et sans cesse en train de se plaindre. Peut-elle lui en vouloir s'il la trompe ?

— C'est à propos de Melody, dit-il.

— Nous l'avons licenciée aujourd'hui, annonce Ava.

— Vous avez fait quoi ? Pourquoi ? demande Finn.

— Elle a merdé une fois de trop. Pourquoi ça te préoccupe autant ?

Finn avale son vin d'un trait, puis, le visage rouge, il se sert une autre solide rasade. Le rythme cardiaque d'Ava s'accélère pendant qu'elle attend qu'il se décide à parler.

— Je n'aurais jamais voulu avoir à te le dire, murmure-t-il.

— Me dire quoi ? insiste-t-elle, figée par la peur.

Sa main s'enroule autour de son verre de vin.

— Ava, tu te souviens de la dernière fête de Noël ?

Il parcourt la pièce du regard, comme s'il la découvrait pour la première fois.

— C'était il y a seulement deux mois, Finn, donc oui.

— Melody était ivre et je me suis porté volontaire pour la ramener chez elle.

Il la regarde droit dans les yeux.

— Je sais. Cela m'a mise en colère, parce que nous devions rentrer à la maison pour la baby-sitter.

Finn hoche la tête.

— Exact. Mais comme nous étions venus chacun avec notre voiture, je l'ai ramenée chez elle et tu es rentrée à la maison.

Ava a du mal à se remémorer cette soirée. Elle n'a jamais vraiment apprécié la célébration des fêtes de Noël dans l'entreprise. Bavarder de tout et de rien avec quelqu'un qu'elle a côtoyé toute la journée n'a pas grand-chose d'amusant, et elle a toujours peur que Finn ou elle commettent un impair. L'expérience a surtout été éprouvante pour elle.

La dernière fête de Noël n'avait pas dérogé à la règle et la seule personne qui avait semblé s'y amuser était Melody, qui avait descendu une bouteille entière de champagne avant de s'attaquer aux cocktails. Chaque fête de Noël rappelait à Ava la première à laquelle elle avait participé après son embauche chez Barkley, lorsqu'elle avait commis la terrible erreur d'une partie de jambes en l'air avec Collin. Elle avait donc été heureuse de voir la femme de celui-ci s'accrocher à lui toute la soirée. Car il y avait plus d'une jeune employée à laquelle il ne cessait d'adresser son sourire spécial, pourtant.

Lorsque Melody était venue prendre congé, Ava et Finn se tenaient ensemble.

« Comment rentres-tu chez toi ? lui a demandé Ava.

— Je vais attraper le tr... train, a ricané Melody comme si c'était hilarant.

— Tu ne devrais pas rentrer seule, a objecté Finn. Tu as beaucoup bu et les gens sont bizarres à cette époque de l'année.

— Peut-être que je vais me faire un nouvel ami, a balbutié Melody.

— Non, j'ai ma voiture et je n'ai bu que quelques verres. Je te ramène chez toi », a insisté Finn.

Ava l'a pris à part pour lui dire de la laisser rentrer seule. Ils pourraient lui appeler un taxi.

« Et s'il lui arrive quelque chose ? » a-t-il insisté.

Elle s'est sentie coupable et responsable de son employée.

Finn pose son verre de vin sur la table basse.

— Oui, tu l'as raccompagnée, mais en quoi c'est important ?

Elle voit son mari gigoter sur le canapé comme si les coussins étaient soudain devenus inconfortables.

Il la regarde, puis détourne à nouveau les yeux.

— Eh bien, elle... elle et moi...

Finn n'arrive pas à prononcer les mots, mais Ava observe son visage qui a blêmi tandis qu'il se mordille la lèvre. Elle n'a pas besoin d'entendre la suite.

— Oh, mon Dieu, Finn. Bon sang, tu dois être... Comment tu as pu, comment tu as pu ? balbutie-t-elle en secouant la tête.

Elle se touche la poitrine, à l'endroit où elle sent une douleur.

— Tu as couché avec Melody... avec Melody ?

Elle n'arrive pas à croire qu'une telle chose soit possible. Ils se connaissent à peine.

— Je ne comprends pas, ajoute-t-elle.

Finn se penche, laisse tomber sa tête dans ses mains comme s'il ne pouvait supporter de la regarder.

— C'était juste une coucherie d'un soir et je ne sais même pas... Elle m'a dragué et dans le feu de l'instant...

— Tu as couché avec elle ? Dans le feu de l'instant, tu as couché avec ma réceptionniste ? C'est de la folie.

— Je sais, admet Finn en levant les yeux vers elle. Je sais, d'accord, je sais et je l'ai regretté tous les jours depuis. J'ai voulu te le dire mais elle... elle n'est pas prête à laisser tomber. Elle continue à me contacter. Voilà pourquoi j'ai changé le schéma de verrouillage de mon téléphone. Elle veut qu'on se revoie. Elle veut continuer à me voir et n'arrête pas de me menacer de te le dire.

— Et tu l'as revue ? Tu as recouché avec elle ?

Ava serre son verre de vin si fort qu'elle craint de le briser.

Aussi le pose-t-elle délicatement sur la table basse, avant de glisser les mains sous ses cuisses pour que Finn ne remarque pas leur tremblement.

— Non, non, proteste-t-il en secouant la tête. Je ne te ferais pas ça.

— *Referais*, crache Ava. Tu ne me referais pas ça.

— Écoute, dit Finn en haussant le ton. Je ne veux plus jamais la revoir. C'était une erreur et je sais que tu vas devoir trouver un moyen de me pardonner. Il le faut, Ava. Il le faut vraiment. Je ne peux pas vivre sans toi et sans les filles. J'ai merdé, dans les grandes largeurs, mais je ne veux pas qu'une terrible erreur de ma part mette fin à notre mariage. Je t'aime et j'aime notre famille. Je ne peux pas vivre sans les filles. Ni sans toi.

— Sans mon argent, tu veux dire, siffle Ava.

Elle est contente de le voir tressaillir.

— Tu sais que ce n'est pas vrai.

— Ça t'était déjà arrivé avant ? Avec combien d'autres femmes as-tu couché par erreur ?

— Aucune. C'était la première fois et je ne recommencerai jamais. Tu ne peux pas savoir comme ça m'a fait souffrir. Je n'ai pas pu...

— Épargne-moi le récit de tes souffrances, Finn, la coupe Ava en levant la main. Et la mère de Sami ? Qu'en est-il de la belle Anita que tu devais absolument peindre ?

— Anita ? demande Finn, sincèrement perplexe. Anita est juste une amie. Elle sort avec un médecin et se bat avec son ex pour la garde de leur enfant. Ce n'est qu'une amie. Je ne ferais jamais ça avec quelqu'un de l'école de Hazel. Tu me prends pour qui ?

— Pour quelqu'un qui a couché avec ma réceptionniste, réplique sèchement Ava.

Finn pousse un long et bruyant soupir.

— Ava, je suis vraiment désolé. Mais je pense que nous

devons nous concentrer sur le présent. Melody m'a envoyé des messages, où elle demande à me voir, et j'ai continué à refuser. Alors maintenant, elle m'envoie ça.

Finn déverrouille son téléphone et le tend à Ava.

— Je n'aurais pas dû venir au bureau. Je n'avais pas pensé à ce qui se passerait si elle me revoyait vraiment. Ça a dû la mettre plus en rage que jamais et juste... regarde.

Comment oses-tu me traiter comme si je n'étais rien ? Tu ne vas pas continuer à m'ignorer, Finn. Attends de découvrir ce qui va vous tomber dessus, ta salope de femme et toi. Vous allez tout perdre.

La peur traverse le corps d'Ava par vagues quand elle rend le téléphone à Finn. Melody sera encore plus en colère maintenant. Ce n'est même pas Ava qui l'a renvoyée, mais elle voit maintenant que c'est elle qui va souffrir des conséquences du licenciement de leur standardiste. Et tout ça à cause de cette incartade stupide de Finn.

— Je n'avais pas l'intention de t'en parler. J'allais juste la rencontrer et essayer de la raisonner, mais ensuite j'ai...

— Tu as quoi ?

— J'ai... J'ai réfléchi et j'ai compris que ce n'était pas la bonne chose à faire. Je dois protéger ma famille.

Ava se lève et commence à déambuler dans le salon. Un millier de scénarios se bousculent dans son esprit.

Finalement, elle s'arrête.

— Il faut que tu lui envoies un texto gentil pour lui demander de nous laisser tranquilles. Si quelque chose de bizarre se produit, par exemple si nous sommes contraints de demander une ordonnance restrictive, ça se trouvera au moins sur ton téléphone.

— C'est quoi, un « texto gentil », Ava ? demande Finn, tout

pâle, en s'adossant au canapé. Je lui en ai envoyé beaucoup et elle n'a pas compris, elle n'a pas arrêté pour autant.

— Passe-moi ton téléphone, ordonne Ava.

Finn le lui tend sans hésiter.

Ava s'assoit dans un fauteuil tendu de tissu gris, qu'elle se rappelle au passage avoir acheté avec Finn un dimanche, alors qu'elle était enceinte de Hazel. Ils l'avaient trouvé dans un magasin d'occasion et en avaient aimé tous les deux l'étoffe tissée grise et les accoudoirs en bois blanchis à la chaux.

Elle prend une profonde inspiration et ouvre l'échange entre Finn et Melody. La bile lui monte dans la gorge.

Elle part du début de la conversation, le texto que Melody lui a envoyé, le lendemain de la fête de Noël de l'année dernière.

C'était sympa, Finn, on devrait recommencer.

En regardant les dates des messages, Ava voit que Finn a mis quelques jours à répondre. Et quand elle lit ce qu'il a envoyé, elle comprend pourquoi.

Bonjour Melody. Ce qui s'est passé était une erreur. J'aime ma femme et je ne sais pas comment j'ai pu laisser les choses aller aussi loin. Tu es une jeune femme charmante, mais je suis marié et je ne recommencerai plus jamais. Même si je me sens vraiment mal, il est hors de question que je te revoie.

Dans la réponse qui suit, Ava sent la colère de Melody.

Tu ne peux pas me balayer comme ça, Finn. Je te plais, je le sais. Je veux te revoir. Ta femme n'a pas à le savoir. Ça pourrait être notre secret.

Ava lit le reste des messages et voit son mari devenir de plus en plus désespéré tandis que Melody se fait de plus en plus insistante.

> *Je suis désolé, mais je ne te reverrai plus jamais. C'était une erreur.*

> *Tu as aimé ça, ne le nie pas, et ce n'était pas une erreur. Il y a une vraie alchimie entre nous. Revoyons-nous et parlons-en.*

> *Je suis désolé, mais la réponse est non. Cesse de me contacter.*

> *Juste une rencontre, une fois.*

> *Il faut qu'on se revoie, Finn.*

> *Pourquoi tu ignores mes textos ?*

> *Arrête de me contacter, s'il te plaît. J'ai une femme et des enfants. Mes filles sont très jeunes. S'il te plaît, laisse tomber. Je suis désolé de ce qui s'est passé.*

> *Je ne suis pas désolée et je veux te revoir. Peut-être que ce serait mieux si je disais tout à Ava. Comme ça, on pourra se voir quand on voudra.*

> *S'il te plaît, je t'en supplie, ne fais pas ça. Je ne veux pas te voir ni être avec toi. S'il te plaît, laisse-moi tranquille. Il faut que tu arrêtes.*

> *Ou quoi ?*

Arrête, s'il te plaît.

Retrouve-moi quelque part et on pourra en parler. Je veux juste parler et ensuite je te laisserai, c'est promis.

Non, je suis désolé mais non. Cesse de me contacter s'il te plaît.

J'ai des photos de nous deux.

Quoi ????

Retrouve-moi quelque part et je te montrerai.

OK, où ?

Ava arrête de scroller et lève les yeux de son téléphone. Finn est penché, les mains sur les genoux, il se mordille la lèvre inférieure.

— Tu as dit que tu ne l'avais jamais revue, lâche-t-elle.

— Je ne l'ai pas revue. Je lui ai fixé un rendez-vous, comme tu peux le voir, mais je n'y suis pas allé. Je savais qu'elle bluffait. J'ai juste essayé de la faire reculer. Je pensais que si je ne venais pas, elle serait... je ne sais pas, embarrassée et laisserait tomber ou quelque chose comme ça.

Est-ce la vérité ou un nouveau mensonge ? Comment puis-je me fier à ce qu'il me dit ? Comment puis-je encore lui faire confiance ?

Ava secoue la tête et regarde à nouveau le téléphone de Finn, qu'elle serre dans sa main. Sa tête la lance, les muscles de son cou sont tendus comme des cordes. Elle déteste se trouver ici, à lire ces mots.

Il y a un café près de mon immeuble, rue Axel. Rendez-vous mardi à 1 3 heures.

OK.

Coucou, Finn, je suis arrivée.

Où tu es ? Ça fait dix minutes que j'attends et je n'ai que quarante-cinq minutes pour déjeuner.

Où tu es ?

Où tu es ?

Tu ferais mieux de répondre à mes textos.

*Je dois retourner au travail. Tu es un trou du cul, Finn.
Tu vas le regretter.*

Finn se lève et vient se placer derrière elle, pour lire par-dessus son épaule.

— C'est le dernier message qu'elle avait envoyé jusqu'à hier.

— Donc, si son dernier SMS, elle ne te l'a envoyé qu'après ta visite au bureau, de quoi étais-tu venu me parler ?

— Je voulais... je voulais tout te dire sur ma conversation avec Collin. En vérité, j'espérais que Melody lâcherait l'affaire. Je pensais qu'elle finirait par me laisser tranquille et qu'elle passerait à quelqu'un d'autre. Mais là, j'étais venu te parler de Collin, parce que je me sentais mal de ne pas t'avoir rapporté toute notre conversation.

Le mot « **TRAHISON** » apparaît dans l'esprit d'Ava. Elle le voit tracé en énormes lettres noires, comme si l'univers entier le lui criait. Tant de mensonges, tant de secrets de la part de l'homme qui est censé être son partenaire de vie. Ce n'est pas ce qu'un mariage devrait être. Elle ferme brièvement les yeux, regrettant amèrement d'avoir vécu cette journée et, pendant un instant, regrettant même l'existence de Finn dans sa vie. Elle secoue la tête. Qu'est-elle censée répondre ?

— Je sais que tu veux le poste de direction, mais il m'a dit qu'il ne t'en pensait pas capable. Donc il m'a demandé de te convaincre de ne pas l'accepter si Patricia te le propose, s'empresse de poursuivre Finn, comme s'il lisait dans ses pensées et qu'il avait besoin de lui déballer tout ce qu'il lui avait caché avant qu'elle ait le temps de réagir. Il m'a dit de penser à notre famille. Ce n'était pas non plus la première fois qu'il m'appelait. Il m'a téléphoné il y a quelques semaines pour me dire que, je devais le savoir, le poste de direction impliquait des voyages. Je voulais t'en parler, mais il m'a fait réfléchir et je... j'ai surtout pensé à moi et à ce qui se passerait si tu décrochais le poste.

Ava acquiesce. C'est une vérité qu'elle connaît depuis longtemps, une vérité qu'elle essaie d'ignorer. Finn ne pense jamais qu'à lui.

— Je sais, tu considères que je ne pense qu'à moi, mais c'est faux, dit-il en s'accroupissant devant elle.

Il lève les yeux et elle y voit de la peur. Il redoute ce que la révélation de tous ces secrets signifiera pour sa vie.

— Mais même si tu dois voyager, même si j'ai moins de temps pour travailler, je m'en fiche. Je sais que cela te rendra heureuse et tu mérites d'être heureuse... Donc j'étais venu te parler, parce que j'ai jugé nécessaire de te mettre au courant de ce qu'il a dit. Or, à la maison, j'ai l'impression qu'on ne peut jamais parler... entre les filles et mon travail.

Il semble sincère. L'est-il vraiment ? A-t-il seulement peur de voir sa vie s'écrouler ou a-t-il changé d'avis, a-t-il vraiment compris qu'il se comportait de manière égoïste ?

— Tu es venu me raconter tout ça et tu as vu Melody dans le café, conclut-elle.

Les pièces du puzzle se mettent en place.

— Oui. Donc j'ai paniqué. Je pensais qu'elle allait dire quelque chose, alors je suis juste... parti. J'ai fiché le camp et j'ai commencé à marcher. Un peu plus tard, j'ai reçu un texto de sa part. Quel foutoir !

— Et hier soir, tu étais où ?

Avec elle ? Avec elle ? Toute ton histoire n'est rien qu'un tissu de mensonges ?

— J'ai juste... marché, réfléchi, dit-il en se frottant les bras alors qu'il se lève et se déplace dans le salon. Je te jure que c'est la stricte vérité.

Ava se penche et récupère son verre de vin, qu'elle vide d'un trait avant de s'en verser un autre. Elle est entourée de gens qui semblent s'ingénier à la blesser, sans qu'elle comprenne pourquoi. Collin est une sale vermine et il est hors de question qu'elle le laisse s'en tirer après son intervention auprès de son mari, mais c'est un problème dont elle s'occupera demain. Pour l'instant, le plus gros obstacle, c'est Melody. Qui passe beaucoup de temps à parler à Collin.

Ava sent sa carrière, sa famille, sa vie entière vaciller.

— Tu mérites mieux de ma part, reprend Finn en se rasseyant pour finir son verre.

Ava acquiesce. Oui, elle mérite mieux. Elle a toujours mérité mieux, et au lieu de l'exiger, elle s'est sentie coupable d'être une mère qui travaille, coupable d'avoir besoin d'un véritable partenaire. Elle déteste Finn de la placer dans cette situation, mais elle ne parvient pas à le haïr assez pour lui dire de partir, de ficher le camp. Il a commis une terrible erreur avec Melody, mais il y a dix ans, elle-même a commis une terrible erreur avec Collin. Elle n'était pas mariée mais Collin si, et elle le savait.

Elle s'empare à nouveau du téléphone de Finn et relit le message que Melody lui a envoyé hier.

Comment oses-tu me traiter comme si je n'étais rien ? Tu

*ne vas pas continuer à m'ignorer, Finn. Attends de
découvrir ce qui va vous tomber dessus, ta salope de
femme et toi. Vous allez tout perdre.*

Elle éprouve de la compassion pour Finn. Il a merdé, c'est certain, mais elle peut imaginer l'angoisse qu'il a dû éprouver à mesure que la situation se détériorait. Quand elle l'a entendu au téléphone, il devait supplier Melody de le laisser tranquille. Il avait l'air désespéré et triste : c'est peut-être exactement ce qu'il ressentait alors et ce qu'il ressent maintenant.

Sans rien dire d'autre, elle commence à taper une réponse.

Je suis désolé, Melody. Je n'ai pas pu venir au rendez-vous. Je ne crois pas vraiment que tu aies des photos. Il faut me laisser tranquille ou je vais devoir te dénoncer pour harcèlement. Je l'ai dit à Ava, c'est fini maintenant.

La réponse de Melody est immédiate. Une photo du torse de Finn, avec son petit tatouage d'aigle.

Viens me voir si tu ne veux pas que ta famille se suicide. Imagine ce que tout le monde pensera au travail. Ce que tout le monde pensera à l'école de tes filles. Tu l'as dit à Ava, mais je vais en parler autour de moi, y compris à Patricia.

— Merde, dit Ava.

Finn s'écarte et se passe les doigts dans les cheveux, qu'il tire, frustré.

— Mon Dieu ! s'exclame-t-il. Qu'est-ce qu'on fait maintenant ? Qu'est-ce que je fais ?

— Donne-moi une minute pour réfléchir.

Elle se lève et emporte le téléphone dans la cuisine, où elle remplit un verre d'eau. Elle est surprise de constater que le soleil se couche. Il est presque 20 heures. Finn et elle n'ont pas dîné, n'ont rien fait d'autre que patauger péniblement dans la boue de la pagaille qu'il a semée.

Il se fait tard et les filles devraient être au lit.

D'ailleurs... où sont les filles ? Où est Grace ? Elles devraient être de retour du parc maintenant !

— Finn, lance-t-elle, les filles ne sont pas rentrées.

Il vient de pénétrer dans la cuisine.

— Je sais, c'est ce que je me disais.

Ava se sent submergée par la panique. Melody ne peut pas savoir où sont les filles. Impossible, et elle ne ferait jamais de mal... Ava secoue la tête. Elles sont en sécurité avec Grace.

Vraiment ?

— Il faut qu'on parte à leur recherche, dit-elle. Et tout de suite.

Finn récupère les clés et ils sortent en fermant la porte derrière eux.

Une fois dans la rue, Finn lui prend la main. Tous deux se mettent à courir, haletant de peur et d'inquiétude.

Nous sommes dans le même bateau.

Mais où sont nos enfants ?

35
GRACE

Alors que nous tournons au coin de la rue, j'ai le choc de voir Ava et Finn accourir à notre rencontre, le visage rongé par la peur.

Instinctivement, les fillettes s'agrippent à moi.

— Oh ! s'exclame Ava, en s'arrêtant lorsqu'elle arrive à notre hauteur. Nous pensions...

Elle s'arrête de parler et s'accroupit, pour serrer ses deux filles dans ses bras.

— Non, maman, tu colles, proteste Hazel qui se dérobe.

— Je suis vraiment désolée, dis-je. J'ai pensé que vous aviez besoin de temps, elles étaient aux anges et il fait encore jour. J'avais laissé mon téléphone allumé au cas où vous voudriez qu'on revienne plus tôt.

Je lui montre mon portable comme si elle avait besoin d'une preuve.

— Tout va bien, dit Ava en secouant la tête.

Finn s'essuie les yeux, l'air effaré. Si je devine la scène qui s'est déroulée entre eux, je ne suis pas certaine de ce qui va se passer maintenant.

— Je suis fatiguée, papa, dit Chloe en tendant les bras vers son père.

— OK, bébé, répond-il en se penchant pour la prendre dans ses bras. Viens, Hazel. On va vous donner un bain et vous mettre au lit.

Il se saisit de la main de Hazel et rebrousse chemin vers la maison.

— Merci, je me suis vraiment bien amusée, me dit poliment l'aînée avec un petit signe de la main.

— J'arrive tout de suite, lance Ava.

Elle prend une profonde inspiration et se plaque les mains sur les yeux pendant quelques secondes.

— Ava, ça va ? je demande.

Nous sommes dans la rue, où une brise fraîche dissipe la chaleur de la journée alors que le soleil se couche.

— Non, répond-elle en secouant la tête. Non, et je ne...

Elle s'arrête de parler et me dévisage.

— J'ai besoin de parler à quelqu'un, parce que je pense que nous pourrions avoir de sérieux problèmes. Mais, Grace, si je vous explique tout, vous devez... vous devez garder ça pour vous. Vous...

Je suis de tout cœur avec Ava. Il est très difficile de faire confiance à une personne que l'on ne connaît pas bien, surtout lorsqu'elle travaille pour vous. J'ai fait confiance à Tamara, je la considérais presque comme un membre de ma famille, ce qui a rendu sa trahison d'autant plus terrible et immense. Et elle l'a aggravée par ses mensonges. J'ai fait confiance à Liza mais, en fin de compte, elle s'est rangée du côté de tous ceux qui étaient contre moi, et même aujourd'hui, en tant que nouvelle propriétaire de mon entreprise, elle n'a donné qu'à contrecœur la référence censée m'aider à me remettre sur pied. Ça me fait mal de penser qu'il ne me reste plus personne en qui j'aie confiance de par le monde. Ma fille ne me parle plus et je suis une étrangère pour mes parents. Je balaie mentalement ces pensées. Je peux être là pour une femme qui lutte comme cela m'est arrivé naguère. Je peux être là pour Ava.

— Je serai d'une discrétion parfaite, n'ayez aucun doute là-dessus, Ava. Je vous le promets, je lui assure.

Ma manager prend lentement la direction de sa maison et je lui emboîte le pas.

— Finn et Melody ont couché ensemble après la fête de Noël de l'année dernière, commence-t-elle.

— Oh !

C'est tout ce que je trouve à dire, car je sens un creux se former dans mon ventre. Pourquoi cela nous arrive-t-il à nous ? Aux femmes qui s'efforcent d'être tout pour tout le monde ? Pourquoi sommes-nous punies de la sorte ? La spirale qui m'a moi-même poussée vers l'alcoolisme me percute de plein fouet, m'obligeant à m'arrêter un instant. Peu importent les innombrables façons dont je me l'explique à moi-même, c'est ce qui s'est passé. Suis-je toujours une alcoolique ? Le serai-je toujours ou ai-je désormais le contrôle sur ma drogue de prédilection ? Je n'en sais rien. Mais il ne s'agit plus de moi désormais.

— Oui, c'est terrible, lâche Ava. Mais ce n'est pas toute l'histoire, loin de là.

Je hoche la tête.

— Parlez, je vous écoute, je l'encourage. Et après, nous réfléchirons à la suite.

Nous atteignons la maison d'un pas toujours lent, puis nous la dépassons car Ava continue de parler et moi d'écouter le récit des événements. Finn a fait une erreur et il en souffre maintenant, à cause de Melody. Rien à voir avec Robert, qui a fait de mon assistante son rayon de soleil, puis a menti à ce sujet et menacé de me priver de ma vie. Quand elle a fini de parler, Ava prend une grande inspiration.

— Et maintenant, je ne sais pas ce qu'il faut faire, ce qu'il faut lui dire si elle décide de montrer la ou les photos à tout le monde, au travail comme à l'école. Ou même si elle se contente d'en parler à droite et à gauche. C'est peut-être du bluff, mais après ce qui s'est passé aujourd'hui, elle doit être encore plus furax. Elle a perdu son travail et Finn refuse de lui parler. Je ne sais vraiment pas de quoi elle est capable.

Nous nous arrêtons près d'un banc sur le trottoir.

— Asseyons-nous, je lui propose.

Elle s'exécute. Je ferme les yeux. À ma grande honte, le premier sentiment que j'éprouve est la jalousie. Pourquoi n'ai-je pas suffi à Robert ? Même s'il avait couché avec Tamara une fois, pourquoi n'étais-je pas assez bien, moi, pour qu'il comprenne son erreur et la laisse tomber ? Je visualise un balai que je passe mentalement dans ma tête, pour chasser cette pensée. Je ne peux pas revenir en arrière et je ne veux pas qu'Ava souffre des choix de son mari comme j'ai dû pâtir de ceux du mien.

Ava reste assise en silence, à jouer avec son alliance, qu'elle n'arrête pas d'ôter et de remettre en place.

— D'accord, dis-je au bout de quelques minutes. Voilà ce que nous allons faire.

Quand Grace et elle rentrent, Finn descend à leur rencontre.

— Elles dorment toutes les deux, elles étaient épuisées. Merci beaucoup de vous être occupée d'elles, Grace. Ava, il faut qu'on parle.

— J'ai informé Grace de ce qui se passait, annonce-t-elle.

Finn se contente d'acquiescer, comme s'il avait deviné qu'elle le ferait.

— Votre femme avait besoin d'un autre avis, explique Grace d'une voix douce.

Ava est contente de voir Finn baisser les yeux. Devant son visage qui rougit, elle sait exactement ce qu'il ressent. Humiliation et honte. *Tant mieux. C'est bien ce qu'il est censé ressentir.*

N'empêche, elle éprouve un autre élan de compassion pour lui. Elle se souvient d'un épisode, remontant à ses seize ans et à son premier petit ami sérieux : elle était au téléphone avec l'une de ses amies, à qui elle détaillait tout qui lui semblait clocher chez ce garçon. Sa mère avait entendu la conversation.

« Tu n'es plus intéressée par cette relation, avait conclu Pam.

— Bien sûr que si, avait protesté Ava.

— Non, ma chérie. Tu parles de ses défauts à tout le monde. Cela signifie que votre relation n'a plus rien de privé, n'est plus entre lui et toi, et que tu ne t'y investis plus autant. »

Ava avait voulu argumenter, mais elle s'était rendu compte que sa mère avait raison. Elle avait rompu avec le jeune homme peu de temps après.

Et maintenant, elle a parlé de son mariage et de tout ce qui s'est passé avec Grace, qu'elle connaît à peine. Pourtant elle s'investit toujours dans son mariage. Elle aime toujours Finn. Seulement, elle a besoin d'aide, ils en ont besoin tous les deux. Grace est plus âgée, plus expérimentée, et Ava lui fait confiance. De toute façon, il est trop tard, elle lui a tout raconté maintenant. Il n'y a pas de retour en arrière possible. Au moins Grace sait-elle le genre de personne qu'est Melody et ce qui est en jeu pour Ava, ce que cela signifie pour elle d'être nommée PDG.

— Vous voulez boire quelque chose, Grace ? demande Ava.

Grace hésite un instant avant de répondre :

— Un verre de vin ?

— Bonne idée, approuve Ava.

Le vin du salon est terminé, même si Ava ne se souvient pas de l'avoir fini. Elle va dans le garde-manger où devrait se trouver une bouteille que Patricia lui a offerte l'année dernière, comme cadeau de Noël. Elle l'attrape sur son étagère et examine l'étiquette. Ce vin coûteux lui cause un peu de peine quand elle repense à Noël dernier. A-t-elle trouvé à Finn un air bizarre à l'époque ? Elle n'en a aucun souvenir. Noël est une période frénétique pour elle qui se débat avec l'achat des cadeaux et l'organisation du déjeuner où elle reçoit la famille élargie. Ils s'étaient mis d'accord avec Finn pour conserver la bouteille en vue d'une occasion spéciale, comme lorsqu'il serait prêt pour une exposition ou lorsque Ava obtiendrait sa promotion.

— Et puis merde ! lance-t-elle.

Elle prend trois verres à vin propres dans le placard de la cuisine.

Au salon, Finn occupe le fauteuil tandis que Grace a pris place sur le canapé. Ils ne parlent pas. Ava verse le vin, distribue les verres avant de boire une grande gorgée du sien. Si elle n'a pas mangé depuis le déjeuner, elle a déjà bu deux grands verres. Le vin tombe directement sur son estomac vide, le piquant de son acidité mais lui donnant aussi une légère sensation de vertige.

Grace prend une longue gorgée de son côté et soupire.

— C'est un bon vin, commente-t-elle.

— Cadeau de Patricia, réplique Ava.

Grace opine.

— Finn, dit-elle, je sais que c'est très difficile, mais est-ce que je pourrais voir les messages ?

Il la considère pendant un moment.

— Hmm... D'accord.

Grace hoche la tête et tend la main.

— Elle sait tout, Finn, et peut-être qu'elle aura une solution. Montre-lui, insiste Ava en soupirant.

Finn tend le téléphone à Grace, qui lit rapidement les SMS tandis qu'il détourne le regard.

Elle lit, s'arrêtant de temps en temps pour boire une nouvelle gorgée de vin. Ava remplit une nouvelle fois son verre. Puis Finn et elle attendent en silence.

— D'accord, lâche Grace quand elle a fini. Elle est en colère, mais je ne pense pas qu'elle fasse quoi que ce soit. À mon avis, ce sont des menaces en l'air. Voici ce que je propose.

Elle tape un message sur le téléphone et le tend à Ava, qui le lit et hoche la tête.

— Vous pensez que ça va marcher ?

Ava passe le téléphone à Finn pour qu'il prenne connaissance du message.

— Cela vaut la peine d'essayer, approuve-t-il.

— Alors envoie-le.

Finn prend une grande inspiration et appuie sur
« Envoyer ».

*Bonsoir Melody. Je ne m'excuserai jamais assez pour ce
qui s'est passé après la fête de Noël, mais je ne pourrai
plus te revoir. J'aime ma femme et mes filles, et si tu
éprouves le besoin de montrer cette photo et d'autres, je
ne peux rien y faire. Cependant, je sais que tu as été
licenciée aujourd'hui, et si tu acceptes de laisser tomber,
je m'assurerai qu'Ava t'écrive de très bonnes références
et qu'elle t'aide à trouver un autre emploi. Tu es une
femme magnifique, Melody. Tu mérites d'avoir un mari
et une famille à toi. D'aller de l'avant. Nous le méritons
tous les deux. S'il te plaît, laisse tomber. Cela ne mènera
à rien de bien pour toi. Reçois encore une fois toutes mes
sincères excuses.*

Ava sent son cœur se serrer pendant qu'ils boivent tous les
trois leur vin en silence, dans l'attente de la réponse de Melody.
Lorsqu'elle arrive, son « ping » les prend tellement au dépourvu
qu'Ava manque faire tomber son verre.

Finn lit le message.

— Oh, mon Dieu, dit-il en tendant le téléphone à Ava.

*Tu vas voir ce qui se passe, Finn. Je vais ruiner vos vies à
tous. La tienne. Celle d'Ava. Et celle de son assistante si
arrogante. Attends un peu, ça ne va plus tarder.*

— Qu'est-ce qu'on fait maintenant ? Qu'est-ce qu'on fait ?
demande Ava, dont la voix monte dans des aigus paniqués.

— Je pense que vous devez arrêter de répondre, dit Grace
doucement. Il y a manifestement quelque chose de sérieuse-
ment détraqué chez cette fille. Allez au poste de police, demain

matin, et demandez une ordonnance restrictive. Et à mon avis, il ne serait pas idiot d'en parler à Patricia pendant votre rendez-vous avec elle, Ava. Cette histoire ne va pas disparaître, mais si vous l'exposez honnêtement, vous pourrez en atténuer les conséquences néfastes.

Ava veut protester, dire à Grace qu'ils devraient continuer à parler à Melody jusqu'à ce qu'une solution émerge, mais il est plus de 21 heures et, après avoir bu sur un estomac vide, elle a l'impression de ne plus pouvoir réfléchir correctement. Elle a besoin de dormir. Comme eux tous.

— D'accord, dit-elle en se levant. Nous nous en occuperons demain matin. Merci, Grace, d'avoir essayé de nous aider et...

— Je sais, ne vous inquiétez pas, dit son assistante, qui se lève à son tour. Je n'en parlerai à personne. Jamais.

Ava la raccompagne à la porte.

— Je pars demain après-midi. Les travaux sont terminés dans mon immeuble, annonce-t-elle à la porte. Merci infiniment de m'avoir permis de rester. Je regrette ce qui vous arrive en ce moment. J'ai vraiment apprécié d'apprendre à vous connaître, les filles et vous, et j'espère... j'espère que ce n'est qu'un accident de parcours, quelque chose qui disparaîtra.

— Je ne pense pas, répond Ava, mais je vous remercie pour toute l'aide que vous nous avez apportée avec les filles, et pour tout le reste.

Grace acquiesce et s'en va. Ava la regarde monter l'escalier qui mène à l'appartement du garage.

Revenue dans la cuisine, elle met les verres dans le lave-vaisselle et lance l'appareil.

— Ava, écoute, dit Finn en entrant dans la cuisine.

— Finn, le coupe-t-elle en levant une main, j'ai besoin de dormir. Je n'en peux plus. Couchons-nous et demain matin, tu iras à la police. Moi, il faudra que je me rende au bureau parce que j'ai une réunion avec Patricia et, samedi après-midi, c'est le seul moment où elle peut me voir.

— Je suis vraiment désolé, dit Finn d'une voix rauque.

— Je sais.

Il veut lui prendre la main, mais Ava recule et s'éloigne, le laissant dans la cuisine.

Elle est complètement engourdie. La trahison, les mensonges, la peur. Elle est juste vaseuse et elle a besoin de dormir.

Demain, elle sera à nouveau forte, elle sera Ava la mère, Ava la manager et Ava le soutien de tous. Mais ce soir, elle est au bout du rouleau.

37

GRACE

Je sens qu'Ava me regarde pendant que je monte l'escalier menant à l'appartement du garage. Mon cœur se brise pour elle, mais aussi à nouveau pour moi. Je me souviens de ce que j'ai ressenti lorsque j'ai appris l'infidélité de Robert, je me souviens des questions qui tourbillonnaient au sujet de mon mariage, de ma vie, de moi-même.

Cordelia était plus âgée à l'époque. Je n'imagine même pas ce que l'on ressent lorsqu'on est confrontée à cette situation avec deux très jeunes enfants. Je sais ce que j'ai fait, mais je ne souhaite pas cela à Ava, je ne veux pas qu'elle vive ce que j'ai vécu. Elle risquerait de tout perdre comme j'ai tout perdu. Un cœur brisé peut pousser quelqu'un à la folie. C'est ce qui m'est arrivé. Et maintenant, Melody a l'intention d'exposer mon histoire au monde.

Je n'aurais pas dû boire de vin. J'ai maintenant la tête qui bourdonne : c'est la première fois que je touche à un verre d'alcool depuis des années, mais en même temps, il a donné à mes pensées de l'acuité, de l'assurance.

Quand ma vie a volé en éclats, je n'avais personne vers qui me tourner ni personne pour veiller sur moi, mais je suis l'assis-

tante d'Ava et mon travail consiste à lui rendre la vie plus facile :
je ferai tout ce qu'il faut pour y parvenir.

Tel a été mon objectif, hier soir, lorsque j'ai compris que
Melody avait une photo de Finn sur son téléphone. J'aurais dû
deviner qu'elle avait laissé traîner l'appareil en espérant qu'Ava
tomberait dessus. Au lieu de quoi, c'est moi qui ai reconnu le
tatouage après l'avoir vu dimanche soir, quand je les ai rejoints
pour dîner.

Dès que j'ai vu cette photo sur le téléphone de Melody, j'ai
su que je devais faire quelque chose pour Ava. J'ai envoyé un
texto à Finn, supposant que s'il avait la conscience tranquille, il
ne se déplacerait pas. Il se demanderait si je ne m'étais pas
trompée de destinataire.

J'ai serré mon téléphone après avoir envoyé le message,
attendant, espérant qu'il me réponde en substance : « *Bonjour
Grace, je crois que vous avez envoyé ce message à un mauvais
numéro.* »

Mais il ne m'a rien répondu. Il est venu me trouver.

« Grace ? » a-t-il dit lorsque j'ai ouvert la porte après le petit
coup qu'il y avait frappé.

Il était très tard, mais je voyais bien qu'il n'était pas rentré
chez lui. Ses cheveux étaient ébouriffés, sa chemise tachée de
sueur et son visage arborait une barbe de trois jours. Il avait
l'air... hanté.

« Je sais pour Melody et vous », lui ai-je tout de suite
annoncé en m'écartant pour le laisser entrer, avant de refermer
la porte derrière lui.

Et même en prononçant ces mots, j'espérais qu'il nierait,
que j'avais fait fausse route, je ne sais comment.

« Qu'est-ce que vous savez ? a-t-il demandé en plissant ses
yeux bruns d'un air sceptique.

— Elle a une photo de vous sur son téléphone. J'ai reconnu
votre tatouage. »

Ses épaules se sont affaissées, tout son être s'est comme alourdi à l'idée que je savais tout.

« Oh... Mon Dieu, oh mon Dieu, a-t-il bredouillé en faisant les cent pas dans le petit salon. Je ne sais pas quoi faire, je ne... Vous l'avez dit à Ava ? Vous allez le lui dire ? S'il vous plaît, s'il vous plaît, je vous en supplie. J'essaie de... d'arranger les choses, mais je... je ne sais pas... quoi faire. J'ai appelé Ava et je lui ai dit que j'avais besoin de temps, mais je... ne sais pas quoi faire. »

Il s'est assis sur le petit canapé et a baissé la tête. Puis ses épaules ont commencé à se soulever. Je n'arrivais pas à y croire, mais oui, il était en train de pleurer. Je ne sais pas à quoi je m'attendais. À la réaction que j'avais reçue de la part de Robert, peut-être, mais lui, non, il était dévasté, honteux, plein de remords.

Et j'ai compris que Finn était un homme très différent de mon ex. Ce n'est pas un homme parfait. Il est égoïste, immature et gâté, mais il n'est ni manipulateur, ni avide de vengeance. Il ne veut pas prendre tout ce que possède Ava et la détruire.

Pendant qu'il me racontait son histoire en sanglotant, j'ai compris qu'il avait presque instantanément regretté l'erreur qu'il avait commise. Il aime Ava et ses enfants et il n'y a aucune raison de lui faire payer son erreur plus qu'il ne la paie déjà.

« Demain, après le travail, vous avouerez tout à Ava, ai-je dit.

— Non, je dois le lui dire maintenant. Je vais aller la réveiller.

— Pas question », ai-je rétorqué.

Il m'a regardée, blême sous l'éclairage jaune du salon.

« Elle a besoin de se reposer. C'est une période importante pour elle et vous allez tout ficher en l'air. Laissez-la travailler toute la journée de demain et parlez-lui ensuite. Je serai là, je la soutiendrai. Je vous aiderai.

— Je ne peux pas rentrer sans lui donner aucune explication. Je ne peux pas être avec elle sans lui parler, a-t-il objecté.

— Dans ce cas, ne rentrez pas, Finn. Peu importe où vous allez du moment que vous ne rentrez pas. »

Je me suis sentie mal de le renvoyer seul, mais c'est à cause de lui si Ava est dans ce pétrin.

Ce matin, je lui ai envoyé un texto.

Soyez là quand nous rentrerons du travail. Ne lui dites pas que je sais quoi que ce soit, rien du tout.

OK. Je crois que ma vie est fichue.

Je vous ai dit que je vous aiderais, Finn, et je tiendrai parole.

Puis je suis descendue pour aider Ava.

Il s'est plié scrupuleusement à mes instructions. Seulement, Melody ne veut pas lâcher prise. Elle poursuit un objectif par-delà son désir d'être avec Finn et il faut que je découvre lequel. Et que je l'arrête.

Tamara vit sa vie quelque part et moi, je n'ai plus rien.

Pas question que cela arrive à Ava. Elle a son mari à ses côtés, mais Melody peut encore détruire sa carrière et sa famille.

Non, je ne la laisserai pas faire. Aucune chance.

38

AVA

Ava dort, troublée par des rêves où elle perd ses enfants sur une place de marché bondée.

« Mes enfants ont disparu. J'ai besoin d'aide ! » ne cesse-t-elle de crier.

Un policier se moque d'elle et lui dit qu'elle doit vendre sa maison. Finn reste allongé sur le sol, refusant de se lever.

Elle ouvre les yeux et elle fixe les chiffres rouges de son réveil. 1 heure du matin. Elle aimerait appeler sa mère, mais il est trop tard pour ça, trop tard pour la réveiller.

Il est peut-être aussi trop tard pour tout le reste.

— Ava, tu es réveillée ?

Les mots sont chuchotés depuis la porte de sa chambre. Seule la lumière d'un écran de téléphone est visible dans l'obscurité.

— Pas maintenant, Finn, gémit-elle.

— Je comprends, mais je ne peux pas... on ne peut pas... J'ai l'impression que lorsque le soleil se lèvera, notre mariage sera terminé. J'ai l'impression de nous avoir brisés et je ne peux pas attendre que le soleil se lève sans t'en parler.

Ava soupire. *Pourquoi ne peut-il pas me laisser tranquille jusqu'à demain, me donner le temps de digérer tout ça ?*

— S'il te plaît, Ava, insiste-t-il.

Elle ouvre la bouche pour l'envoyer paître, mais elle se rend compte qu'il a peut-être raison. Cela fait des mois que l'idée du divorce tourne en boucle dans son esprit. C'est la goutte d'eau... ce sera la goutte d'eau qui fait déborder le vase. *Que peut-il dire pour changer les choses ? Qu'est-ce qu'il pourrait bien dire ?*

— OK... lâche-t-elle.

Car ils ont deux petites filles qui dorment paisiblement dans leur chambre, sans savoir que leur vie est peut-être sur le point de changer irrévocablement.

— N'allume pas la lumière, dit-elle.

Elle sait que ce qu'il a à dire, quoi que ce soit, sera plus facile à entendre si elle ne le regarde pas, si elle ne peut pas le voir.

Finn entre dans la chambre, le matelas s'enfonce lorsqu'il s'assoit sur le bord.

— J'ai été un mari et un père de merde, lâche-t-il.

Elle acquiesce, parce qu'elle en a fini de soutenir Finn.

— Je sais que je n'en fais pas assez ici, que je ne t'aide pas autant que je le devrais avec les filles et que je t'ai laissée subvenir intégralement à nos besoins. Tout cela aurait suffi pour que tu me quittes – je l'ai bien compris – mais ensuite... il y a eu Melody.

Ava se mordille la lèvre, laissant son silence répondre à sa place.

— J'ai... J'étais en bas en train de réfléchir et j'ai commencé à écrire quelques trucs et au début, j'ai parlé de ma souffrance et des raisons pour lesquelles j'ai fait ça et...

Ava se déplace dans le lit, soudain en feu. *Est-ce qu'il est vraiment assis là à me raconter ça ?*

— Mais ensuite, s'empresse-t-il d'ajouter, j'ai retourné la situation et j'ai essayé de la voir de ton point de vue et j'ai... je n'ai pas été l'homme que je devais être. Je ne t'ai pas aidée, ni soutenue, je n'ai pas fait tout ce qu'un bon mari et un bon père est censé faire. Je le sais. J'ai l'impression...

Quand il s'arrête de parler, elle lui jette un coup d'œil, voit son visage dans la faible lumière de l'écran du téléphone : elle distingue le reflet des larmes.

— J'ai l'impression que quelqu'un m'a frappé à la tête et m'a réveillé, Ava. Et je voulais venir te demander... non... te supplier... de m'accorder la chance de te montrer que je comprends l'ampleur de mes torts, pas seulement à cause de mon infidélité mais aussi pour tout le reste. J'implore juste une autre chance.

Ava est maintenant bien réveillée, son cœur bat la chamade pendant qu'elle l'écoute. Elle pense au divorce, à la recherche d'un avocat et à un nouveau départ, à ce qu'elle éprouverait si elle devait annoncer aux filles qu'ils ne vivent plus ensemble dans cette maison, aux fêtes de Noël dans des maisons séparées pour eux, aux week-ends où elle ne les verra pas et aux soirs où leur père ne sera pas là pour leur lire des histoires. Et puis, pour la première fois depuis longtemps, elle pense à elle, à ce qu'elle attend de la vie et de son avenir. Une mère célibataire qui s'efforce de concilier travail et enfants dévastés ? Une femme mariée qui a pardonné à son mari ? C'est trop difficile de décider maintenant, mais elle sait aussi qu'elle ne peut pas prendre cette décision à la légère.

— Les choses devront changer, Finn. Je veux dire : vraiment changer.

— Oui, promet-il.

— Et tu devras t'engager à suivre une thérapie avec moi.

— Tout à fait.

— Et je ne te donne aucune garantie. Je ne dis pas « oui », d'une manière ou d'une autre, mais je pense... je pense que je suis prête à essayer.

Parce que c'est vrai, parce qu'être prête à essayer signifie que, quelle que soit sa décision à l'avenir, elle aura exploré toutes les possibilités. Elle doit s'éviter de vivre avec des regrets, indépendamment de la nature de sa décision finale.

— Oh, mon Dieu, dit-il, la voix chevrotante, merci, merci.

Quand il se lève, elle sait qu'il va venir vers elle. Il serait plus facile de se laisser toucher et étreindre, parce qu'elle fond sous ses mains, mais elle sait aussi qu'elle doit rester forte.

— Il faut que tu redescendes maintenant, lâche-t-elle. J'ai besoin de temps et je dois essayer de dormir un peu avant que les filles ne se lèvent. Nous pourrons en reparler demain.

— D'accord, dit-il en se dirigeant vers la porte de la chambre. Je t'aime. Tu n'as pas besoin de répondre quoi que ce soit, mais sache que je vous aime, les filles et toi, plus que tout au monde. Je ferai tout ce qu'il faut pour arranger les choses, je te le promets.

Ava reste silencieuse, puis elle entend le doux cliquetis de la porte de la chambre qui se referme. Elle est épuisée – physiquement, mentalement, émotionnellement – et tout ce qu'elle veut pour l'instant, c'est sombrer un moment dans le néant.

Elle ferme les yeux, se concentre sur sa respiration et balaie toutes les pensées qui se bousculent.

Ce sera plus facile demain matin. Il le faut.

39

GRACE

J'attrape la bouteille de vodka dans le congélateur ainsi que deux-trois autres choses, et je me dirige vers ma voiture. Je n'ai bu que quelques verres de vin, mais ils ont eu un effet indéniable sur moi.

Si j'arrive à parler à Melody, je pourrai peut-être sauver la situation sans qu'elle fasse exploser la vie de tout le monde.

Je conduis prudemment jusqu'à son appartement. Je connais son adresse grâce aux dossiers du personnel que j'ai consultés un matin.

Peut-être que si nous pouvons partager un verre, elle et moi, la jeune intrigante baissera sa garde et sera ouverte à la discussion. Je ne me suis pas montrée gentille avec elle, il faut peut-être que j'essaie cette approche. Si ça se trouve, elle me permettra de désamorcer la situation avant que tout ne vole en éclats et qu'elle ne blesse les personnes concernées.

C'est en tout cas ce que j'espère.

Je me concentre pendant que je conduis : pas question de me faire arrêter ou d'avoir un accident. Je considère dans mon arrivée sans encombre à son immeuble le signe que je suis sur la bonne voie, que cela se terminera bien pour tout le monde.

Il est un peu plus de 23 heures lorsque je sonne à son interphone : le numéro 6, sur lequel j'appuie énergiquement.

— Oui, qui est là ? demande Melody, de sa petite voix boudeuse qui m'irrite immédiatement.

— Un paquet pour vous, je marmonne dans le haut-parleur en me rendant délibérément difficile à comprendre.

S'ensuit un bourdonnement et la porte s'ouvre. Je savais que ce serait facile. Melody m'avait bien semblé du genre à n'avoir aucune idée du nombre de colis qu'elle a commandés ou reçus jusqu'à ce que son solde bancaire le lui indique. Et on livre les colis vingt-quatre heures sur vingt-quatre de nos jours. Pas à cette heure-ci en général, mais j'ai parié sur le fait qu'elle ne m'interrogerait pas.

Son appartement étant au premier étage, je prends l'escalier. Pas besoin d'être vue dans l'ascenseur, où il y a généralement des caméras.

Elle ouvre dès mon premier coup à sa porte, impatiente de recevoir le cadeau qu'elle s'est commandé et qu'elle a oublié.

— Vous ! fait-elle en s'apprêtant à me claquer au nez la porte sitôt ouverte.

— Melody, s'il vous plaît. Je veux juste vous parler. Je ne pense pas que vous méritiez d'être renvoyée et je pense que je peux vous aider à retrouver votre travail, dis-je en parlant rapidement, avant qu'elle ait le temps de fermer.

Elle est habillée pour aller au lit, d'un pyjama rose ridicule avec Mickey Mouse sur le devant. Pourquoi une femme adulte s'habille-t-elle de la sorte ? N'empêche, même ainsi attifée, Melody est belle. Tout est rond, bombé et lisse. La fraîcheur de la jeunesse. C'est aussi ce qu'avait Tamara.

— Je sais ce que c'est que de tout perdre, je murmure, les yeux baissés, histoire de la jouer humble. Je ne veux pas que cela vous arrive.

— Ce n'était pas censé arriver, réplique-t-elle en me considérant d'un air suspicieux.

Il y a des tas de choses que j'ignore dans cette histoire, mais il faut qu'elle me fasse confiance avant de lâcher quoi que ce soit.

— J'ai apporté de la vodka pour qu'on puisse partager un verre et discuter, j'insiste.

— Mais vous n'êtes pas alcoolique ? fait-elle.

Je rougis. Bon sang, oui, elle a lu l'article, j'avais oublié.

— Je n'ai jamais été vraiment dépendante. J'en ai juste beaucoup consommé à un mauvais moment et je peux boire un verre maintenant. Tout ira bien.

Un petit sourire arrogant se dessine sur ses lèvres lorsqu'elle recule pour me laisser entrer. J'ai l'impression qu'elle se prépare à savourer le spectacle de mon ivrognerie.

Son appartement offre un assortiment des mêmes meubles bon marché que j'ai achetés pour chez moi. Son canapé bleu, fabriqué en série, est recouvert de coussins violets assortis à l'affreux tapis qui recouvre le sol. L'appartement compte une seule chambre avec une cuisine minuscule dont l'évier croule sous la vaisselle et le plan de travail est jonché de reliefs de nourriture. C'est encore une enfant avec une chambre en désordre. Elle n'a aucune idée de ce qu'elle fait, de qui elle affronte.

— C'est Ava qui vous envoie ? demande-t-elle en croisant les bras.

— Ava ? Non, pourquoi ?

— En fait, se ravise-t-elle, je ne pense pas que ce soit une bonne idée. Je veux que vous vous en alliez.

— Écoutez, je veux juste parler, j'insiste. Nous pouvons prendre un verre et échanger entre adultes. Peut-être que nous pourrions trouver un moyen de vous rendre votre travail.

— Je n'ai pas besoin de votre aide, mais d'accord, peu importe, concède-t-elle en levant les yeux au ciel.

Je dois me retenir de gifler sa face stupide. Elle ne se doute pas que je sais tout, que j'ai vu ses messages à Finn et lu ses menaces.

Elle se retourne et s'éloigne. Je la suis dans sa petite cuisine, où elle prend deux verres et du jus de canneberge.

— Asseyez-vous, je m'en charge.

Elle hausse les épaules. Je n'aime pas cet endroit, avec son plan de travail poisseux, mais j'essaie simplement de ne toucher à rien.

Une fois que je nous ai versé un verre à chacune, je lui apporte le sien. Elle est affalée dans un fauteuil de velours violet.

— Je suis désolée pour aujourd'hui. Bon, vous n'auriez pas dû envoyer cet e-mail, mais ils ne vous ont même pas donné l'occasion de vous expliquer.

Son visage se décompose et elle boit une grande gorgée de son verre.

— Je ne sais pas comment c'est arrivé. Je n'aurais jamais fait quelque chose d'aussi stupide et puis Collin... il était censé me soutenir mais aujourd'hui, il a juste... il paraissait s'en moquer complètement.

Elle avale une nouvelle gorgée.

— Quoi qu'il en soit, je ne pense pas avoir envoyé cet e-mail. Je pense que quelqu'un m'a piégée.

Elle me regarde droit dans les yeux, le menton accusateur.

— Quelqu'un vous aurait piégée ? je répète avec un petit sourire. Barkley n'est qu'une entreprise dans le domaine de l'éducation, Melody, pourquoi quelqu'un prendrait cette peine ? Si vous voulez mon avis, vous êtes trop douée pour être une simple réceptionniste. Je vois bien que ce travail vous ennuyait. C'est peut-être le moment de trouver quelque chose de plus stimulant.

Melody hoche vigoureusement la tête.

— J'ai un diplôme de commerce et Collin m'a dit...

Elle s'arrête de parler, le temps de vider son verre.

— Collin vous a dit... je la relance.

Puis j'attends, laissant le silence se prolonger entre nous jusqu'à ce qu'elle le comble.

— Collin parlait de me promouvoir lorsqu'il serait nommé PDG.

Cela ne me surprend pas. Melody est à peine capable de gérer une réception mais, comme beaucoup de gens de sa génération, elle se voit en étoile brillant de mille feux. La faute à Instagram et TikTok. Si elle avait ne serait-ce qu'un soupçon d'intelligence, elle ne me laisserait pas flatter son ego.

— Vous méritez un poste plus important, je renchéris. Et vous n'auriez pas dû être licenciée pour si une petite erreur.

— C'est vrai, et je vais l'obtenir, ce poste, marmonne-t-elle sombrement. Personne ne m'arrêtera.

— Eh bien, ce serait peut-être une bonne idée de passer à quelque chose de mieux, d'aller dans un endroit où l'on vous apprécie.

— Je ne vais aller nulle part, Grace. C'est ce que vous ne comprenez pas. Vous vous croyez intelligente parce que vous avez dirigé une entreprise, palpé beaucoup d'argent et porté de beaux vêtements ? Vous n'êtes pas aussi maligne que vous l'imaginez. Il m'a fallu cinq minutes de recherche sur Google pour vous dénicher, vous et votre sordide petite histoire. C'est pathétique. Vous n'êtes rien, Grace, rien ni personne. Lundi matin, c'est vous qui serez sans emploi. Ava et vous : toutes les deux au chômage. Comme ça, ajoute-t-elle en faisant claquer ses doigts.

Le bruit retentit puissamment dans son petit appartement.

— J'y veillerai, conclut-elle.

— Comment allez-vous vous y prendre, Melody ? je demande en m'efforçant de ne pas élever la voix.

Je cherche juste à paraître curieuse, mais j'ai la bouche sèche et mon rythme cardiaque s'accélère.

Elle secoue la tête.

— Bon allez, Grace, partez. Quittez mon appartement et l'entreprise. Personne ne veut d'une vieille alcoolique maussade dans son entourage. Et si vous partez, je n'aurai pas à m'occuper de vous par-dessus le marché.

J'ai envie de bondir et de secouer la petite sorcière, mais je m'en abstiens. Je suis ici pour une seule raison. Melody doit cacher bien plus qu'une partie de jambes en l'air avec Finn. Y a-t-il une autre raison à son inimitié envers Ava ? Et pourquoi celle-ci devrait-elle perdre son travail ?

— Je suis ici pour essayer de vous aider, Melody. Vous ne le croyez peut-être pas, mais c'est vrai. J'ai encore beaucoup de contacts dans le monde des affaires. Je peux vous aider à trouver un nouvel emploi, dans un endroit intéressant et passionnant. Cela ne vous plairait pas ?

— Je n'ai pas besoin de votre aide. Tout va changer à Barkley, croyez-moi. Ava s'en mordra affreusement les doigts.

— Laissez-moi vous resservir, dis-je en me levant.

Je lui prends son verre en espérant qu'elle a bu assez pour en accepter un autre. Si elle me demande encore une fois de partir, je devrai m'exécuter, mais heureusement, elle opine.

— Vous n'avez pas l'air de boire beaucoup, dit-elle.

J'attrape mon verre et l'avale entièrement.

— Je suis prête à en boire un autre, moi aussi, je réplique en souriant.

Je lui tends son nouveau verre, encore plus corsé. Le mien contient un doigt de vodka, juste un doigt, mais j'en sens la somptueuse brûlure à chaque gorgée.

Ses yeux se voilent un peu. Je le vois, elle est sur le point de laisser éclater la vérité. Elle veut me dire pourquoi elle déteste autant Ava, j'en suis sûre. Ce n'est pas seulement à cause de l'e-mail que je lui ai envoyé au nom de ma manager. Et je ne pense pas non plus qu'elle soit réellement amoureuse de Finn après une seule nuit passée avec lui. Quels que soient ses secrets, cela doit la tuer de les garder sous clé. Sa génération s'épanouit en partageant tout.

Encore un petit coup de pouce, un peu plus d'alcool, et je

saurai le fin mot de l'histoire. Avec un peu de chance, je réussirai à la convaincre de laisser Ava et Finn tranquilles et de continuer sa vie. Je ne veux pas non plus qu'elle dévoile la vérité sur moi. Il est hors de question que je la laisse faire. Mais ma priorité est de protéger Ava.

Je dois effacer toutes les photos qu'elle a de Finn, supprimer tous les messages entre eux. C'est pour ça que je suis vraiment là. Sans ces éléments, ce sera sa parole contre celle du mari d'Ava, or si mon expérience m'a appris quelque chose, c'est que les femmes sont rarement crues.

— Vous détenez un secret, n'est-ce pas, Melody ?

— Qu'est-ce que vous racontez ?

Elle détourne la tête et son sourire arrogant réapparaît.

— Je ne sais pas pourquoi vous êtes là, ajoute-t-elle en me regardant à nouveau.

J'ai soudain l'impression que Melody n'est pas seulement une gentille jeune fille qui s'est mise en colère contre moi et m'a menacée, pas seulement une jeune femme qui crée des problèmes parce qu'un homme avec qui elle n'aurait pas dû coucher ne veut plus la voir. Elle est bien plus que cela.

Je décide de la confronter.

— Je sais que vous avez eu une aventure avec Finn, le mari d'Ava.

Melody hausse les épaules et finit sa vodka d'un trait. Je me lève en tendant la main vers son verre, qu'elle me donne volontiers. Je m'empresse de le remplir à nouveau.

— Et alors ? dit-elle. Qu'est-ce que vous allez faire de cette information ?

— Je sais que Finn ne veut pas vous revoir.

— Comment vous le savez ?

— Ils ont des enfants, une famille, je continue, sans répondre à sa question.

— Ça n'avait pas beaucoup d'importance lorsqu'il a couché avec moi. À ce moment-là, ses enfants ne semblaient pas compter des masses. Et maintenant, il veut que je reste loin de lui et de sa précieuse... précieuse petite famille, crache-t-elle en serrant les dents, avant de boire une nouvelle gorgée. D'ailleurs, qu'est-ce que ça peut vous faire ? Qu'est-ce que vous fabriquez ici ? Vous prétendez que ce n'est pas Ava qui vous a envoyée. Alors pourquoi vous êtes ici ? Juste pour me dire que vous savez que son mari a baisé à droite et à gauche ?

— Melody, dis-je patiemment en lui prenant son verre vide des mains, je voudrais juste que vous réfléchissiez à ce qui vaut le mieux pour la suite de votre carrière. Je peux demander à Ava de vous rédiger une excellente lettre de référence.

Je remplis à nouveau son verre, dont elle se saisit en me regardant fixement.

— Je peux vous aider à chercher un emploi où vous aurez des défis à relever et où vous pourrez gravir les échelons. Ava est quelqu'un de gentil et Finn juste un homme. Il vaut mieux que vous ne fassiez pas d'histoires.

— Ava est une salope, ricane-t-elle en buvant une nouvelle gorgée de son verre. Et Finn est un idiot. Je me fiche qu'il... ne veuille plus... me voir.

Elle ferme brièvement les yeux.

— Je m'en fiche, répète-t-elle en appuyant sa tête contre le dossier du fauteuil. Tout ce qu'il avait à faire, c'était de me revoir une fois, juste une fois, et Ava aurait vu... elle nous aurait vus et tout aurait été... réglé. Elle serait devenue folle, exactement comme vous.

Elle pouffe de rire, hystérique. J'ai tellement envie de la frapper que je dois m'enfoncer les ongles dans la paume. Puis je bois une nouvelle gorgée de mon verre.

— Exactement comme vous.

Et la voilà qui se remet à glousser, avant d'être secouée par le hoquet.

Elle est beaucoup trop ivre. Je n'aurais pas dû lui verser de telles quantités.

— Si vous pensez que Finn est un idiot, pourquoi vous le harcelez comme ça ? je demande, en élevant un peu la voix pour qu'elle reste ici avec moi.

La dernière chose dont j'ai besoin, c'est qu'elle s'endorme.

Elle lève la tête et vide son verre.

— Vous êtes si... stupides, votre... patronne et vous, vous ne savez pas ce que je sais. Encore !

Elle me tend le verre. Je me lève pour la resservir, en ajoutant du jus de fruit à la vodka, cette fois.

— Qu'est-ce que vous savez ? je murmure.

— Collin m'aime. Il m'aime et il sait que le poste d'Ava devrait me revenir. Il fallait juste attendre qu'elle parte. Collin m'aime, je vais récupérer le poste d'Ava et on va se marier.

Nous y voilà. Melody pense qu'elle va prendre la place d'Ava. C'est ridicule, mais elle semble croire la chose imminente. Elle s'est fait embobiner par Collin et gobe probablement chacune de ses promesses.

Je m'assois sur le canapé et vide mon verre.

Melody regarde autour d'elle, l'air vaseux.

— Je suis fatiguée, bredouille-t-elle.

— Et vous devriez dormir, je confirme. Mais d'abord, expliquez-moi, Melody. Vous êtes amoureuse de Collin ?

— J'aime Collin et il m'aime, répond-elle en hochant la tête.

J'ai un aperçu de la Melody de seize ans, avec un béguin d'adolescente. Sauf que ce n'est plus une adolescente.

— Mais Collin est marié.

— Il la déteste et il m'aime, balbutie-t-elle en se penchant en avant.

Ses yeux vitreux sont illuminés par le désir qu'elle a de partager ce secret avec quelqu'un.

— Il va la quitter quand il sera PDG et on sera ensemble.

— Mais Ava n'a pas l'intention d'aller où que ce soit. Et si c'est Ava qui est nommée PDG ? je demande, tandis qu'un frisson m'envahit.

— Aucune chance, s'esclaffe Melody. J'ai une vidéo, je vais lui envoyer la vidéo, je vais envoyer la vidéo à Patricia. Et paf ! s'exclame-t-elle en se frottant les mains comme pour en ôter de la poussière. Plus d'Ava.

Je commence à comprendre ce qui s'est passé.

— C'est Collin qui vous a dit de séduire Finn ? je demande, trop choquée pour savoir ce que j'éprouve.

— Ava doit rester chez elle à s'occuper de ses enfants. Patricia n'aime pas les scandales, débite Melody.

Puis elle incline à nouveau la tête en arrière et ferme les yeux.

— Où est la vidéo ? je demande.

Elle remue la tête d'un côté à l'autre.

— Je ne suis pas stupide, chantonne-t-elle.

— Je ne crois pas à l'existence de cette vidéo.

Dans un élan d'énergie dont seule une personne aussi jeune que Melody peut faire preuve en étant saoule, elle laisse retomber son verre sur la table basse et attrape son ordinateur sur le petit guéridon assorti.

— Regardez donc, crache-t-elle en ouvrant le portable avant de cliquer sur un fichier.

Une image apparaît, non pas granuleuse et sombre comme je m'y attendais, mais vivement éclairée. Il s'agit de Finn et Melody. Je vois exactement ce qu'ils font et c'est dégoûtant.

— Il a refusé de me revoir... et c'est bien dommage pour lui. Il aurait adoré la vidéo. Mais je suis sûre qu'Ava sera fan et que ses gamines l'adoreront, elles aussi.

— Mais vous ne voudriez pas que quelqu'un voie ça, j'insiste. Vous êtes dedans, tout de même.

— Je me trouve plutôt pas mal.

Elle se lève de son fauteuil et se dirige vers la cuisine, où elle attrape la bouteille de vodka et remplit son verre non sans en renverser une partie.

— Asseyez-vous et prenez plutôt du jus, je m'empresse de lui suggérer.

Je me lève d'un bond, pour attraper son verre et l'emporter à la cuisine où j'ajoute du jus. L'image d'elle et de Finn ensemble est gravée dans mon esprit. Brièvement, je regrette de ne pouvoir boire jusqu'à l'oubli, pour ne plus être obligée de revoir leurs ébats.

Je lui tends le verre. Elle est de nouveau affalée dans le fauteuil, l'ordinateur portable ouvert, la vidéo toujours en lecture. Incapable d'endurer plus longtemps ce visionnage, je referme l'ordinateur.

— Vous devez absolument l'effacer, dis-je, sentant le désespoir commencer à monter.

Ava sera dévastée. Si elle voit cette vidéo, il n'y a plus la moindre chance qu'elle pardonne à Finn. C'est trop brutal ; son plaisir est trop manifeste. La famille d'Ava va voler en éclats. Ava s'effondrera si cette vidéo est partagée. Je peux presque sentir son humiliation.

En voyant Melody se redresser, je réalise soudain qu'elle n'est pas aussi ivre que je le pensais.

— Essayez seulement de m'y obliger, réplique-t-elle avec un sourire narquois.

Elle porte son verre à ses lèvres et le descend une nouvelle fois d'un trait.

— S'il vous plaît, Melody, j'insiste en espérant pouvoir la raisonner.

— Non. Et maintenant, partez.

Elle se lève et récupère l'ordinateur. Je comprends alors qu'elle s'est jouée de moi. L'alcool l'a à peine affectée.

— Melody, vous savez que Collin s'est servi de vous, n'est-ce pas ? Même si vous montrez cette vidéo à Patricia et Ava, vous ne retrouverez pas votre travail. Collin ne vous aime pas. Il voulait juste saboter la candidature d'Ava.

— Il m'aime… Je lui ai écrit un e-mail et il me reprendra… Il m'aime, donc je vais prendre le travail d'Ava. Il faut que vous partiez, répète-t-elle d'un ton bas et menaçant.

— Je ne partirai pas tant que vous n'aurez pas supprimé cette vidéo, j'insiste.

Elle se rassied et ouvre l'ordinateur portable.

— Je vais peut-être l'envoyer maintenant. Je l'ai préparée pour Ava, Patricia et Finn. Et puis je pourrais l'ajouter à mon Instagram. Il n'y a pas de mauvaise publicité, n'est-ce pas ?

Elle hausse un sourcil et fait la moue.

— Vous ne pouvez pas faire ça, je m'entête d'une voix faible, en regardant sa main planer au-dessus de son clavier.

— Regardez-moi, Grace, regardez-moi appuyer sur la petite touche, ricane-t-elle.

Elle effleure le clavier. Je me lève d'un bond pour attraper l'ordinateur, l'éloigner d'elle et le jeter sur une chaise.

— Non ! je hurle. Il est hors de question que vous fassiez une chose pareille.

Elle se lève et s'approche de moi, enroule les mains autour de mon cou et serre. Je suis forte, mais elle aussi, et elle me pousse sur le canapé. Tout en me débattant, je saisis quelque chose, le premier objet qui me tombe sous la main, un coussin doux et violet, que j'attrape et dont je la frappe. Cela ne peut pas la blesser mais elle est obligée de lâcher prise, recule et s'écrase sur la moquette. L'alcool fait manifestement son effet, maintenant.

— Salope, rugit-elle. Tu m'as fait tomber.

— Je suis désolée, je m'écrie, vraiment désolée. Laissez-moi vous donner du jus de fruit. Je crois que vous en avez besoin.

Je me dirige rapidement vers la cuisine et lui remplis un verre.

— Je ne veux plus boire, lance-t-elle en s'asseyant sur le tapis.

Je lui tends quand même le jus.

— Vous en avez besoin. Vous vous sentirez mieux. Si vous le

buvez et que je vois que vous n'êtes pas trop ivre, je partirai, dis-je en essayant d'avoir l'air maternelle.

Elle a le même âge que Cordelia, mais elle est si différente d'elle qu'il pourrait y avoir des dizaines d'années entre les deux. Cordelia ne se comporterait jamais ainsi. Cordelia ne voudrait jamais faire du mal à quelqu'un comme Melody entend nuire à Finn et Ava. Je ne comprends pas du tout cette jeune femme.

Elle me prend le verre, non sans en renverser une partie, mais boit le reste.

— Voilà, maintenant sortez de mon appartement avant que j'appelle la police... vous... vous...

Elle porte la main à sa tête.

— Je suis tellement fatiguée.

— Allongez-vous et dormez, je lui conseille. Allongez-vous ici.

Je prends le coussin et le lui tends. Et je constate qu'elle est enfin dans l'état où je veux la voir car elle ne résiste pas, elle s'allonge sur le sol, glisse le coussin sous sa tête et se recroqueville sur le côté.

— Allez-vous-en, grommelle-t-elle.

— Je pars, je lui assure.

Et je me dirige vers la porte d'entrée, où je ne suis plus dans son champ de vision, maintenant qu'elle est allongée derrière le canapé. Je fais comme si je partais, j'ouvre et referme même la porte, mais je ne vais nulle part. Non, je reste dans le vestibule et j'attends jusqu'à ce que j'entende sa respiration changer. Cela prend quinze minutes pendant lesquelles je ressens chacun de ses souffles tant mes muscles sont tendus et mon cœur bat fort. Elle n'ouvre plus la bouche.

Finalement, quand je pense qu'elle est vraiment endormie, je m'approche pour lui toucher l'épaule. Comme elle ne réagit pas, je lui soulève doucement un bras et je le lâche ; il retombe sur le sol. Je me penche plus près, pour écouter les respirations profondes du sommeil.

Mais elle ne respire pas : son corps est immobile.

Très, très immobile.

— Oh ! je m'écrie.

C'était trop. Je lui en ai trop donné.

— Melody !

J'essaie de la secouer énergiquement, mais elle ne bouge pas.

Son corps est aussi mou qu'une poupée de chiffon.

— Melody !

Je réitère ma tentative, en lui donnant une légère tape sur la joue, mais je n'obtiens aucune réponse.

Je m'éloigne, réfléchissant à la conduite à adopter maintenant. Elle aurait besoin d'un massage cardiaque et d'une ambulance. Je me lève et vais chercher mon téléphone dans mon sac, mais je m'arrête.

Elle veut nous détruire, Ava et moi. Et maintenant, tout sera pire, bien pire. Il n'existe pas de clinique où je pourrai me remettre de cette erreur. Si elle se réveille, elle veillera à ce que je sois envoyée en prison. C'est hors de question.

Alors au lieu de téléphoner à qui que ce soit, je reste assise sans bouger sur le canapé pendant encore dix minutes.

— Melody, j'insiste encore.

Toujours pas de réponse.

— Melody, je répète un peu plus fort.

Pas le moindre mouvement.

Je me lève et j'attrape son ordinateur en utilisant le code que je l'ai vue entrer. Je trouve et supprime la vidéo, efface l'historique des recherches et vide également la corbeille.

En revanche, je ne supprime pas les courriels que je trouve dans ses brouillons.

Collin,

Je n'arrive pas à croire que tu aies fait ça. Je ne méritais pas

d'être renvoyée. Après tout ce que j'ai fait pour toi ?
Comment as-tu pu ? Je pensais que tu m'aimais. Tu dois
arranger les choses. Appelle-moi. S'il te plaît, appelle-moi. Je
t'aime.

Je ne le supprime pas, oh non, j'y ajoute en revanche
quelques lignes. Des lignes indispensables.

S'il te plaît, Collin. Je ne peux pas vivre sans toi. Je ne peux
pas exister sans toi. Je ne peux pas.

Je programme l'envoi de l'e-mail dans une heure, à Collin et
à Patricia.

Et puis j'ouvre un autre onglet, où je cherche des annonces
d'emploi pour des assistants, des postes qui dépassent de loin ses
capacités.

Je clique sur l'un d'eux et je le laisse ouvert.

*Vous êtes à la recherche d'un nouveau défi ? Un environ-
nement en constante évolution vous stimule ? Ce poste
est peut-être fait pour vous. Notre PDG recherche un
candidat tourné vers l'avenir, capable de faire preuve
d'initiative et de s'adapter. Idéalement, nous recherchons
une personne prête à s'engager sur le long terme dans
l'entreprise.*

Elle a dû être très triste de se rendre compte qu'elle n'était
même pas qualifiée pour être assistante. Elle qui pensait passer
manager. J'imagine que perdre son emploi et l'amour de Collin
le même jour l'a énormément blessée.

Son téléphone est sur la table basse, je le prends et utilise
son pouce pour l'ouvrir. Il me faut quelques minutes pour
trouver la vidéo et la supprimer partout. Puis je fais défiler toute

sa galerie, afin de m'assurer qu'elle ne contient rien d'autre qui puisse être utilisé contre Ava.

Elle a sauvegardé une copie de l'article me concernant sur son téléphone. Je l'efface ainsi que tous les textos entre Melody et Finn, Melody et moi. Je supprime également Finn et moi de ses contacts.

Melody dort. *Elle dort, c'est tout,* je me répète. *Juste endormie.*

Je nettoie derrière moi, j'essuie tous les endroits que j'ai touchés, parce que je déteste laisser un endroit en désordre.

Je pose deux boîtes de Panadol, l'une vide et l'autre à moitié pleine, sur sa table basse. Je pose également la plaquette vide de somnifères sur la table. Je pose la bouteille de vodka vide à côté, effleurant brièvement l'étiquette argentée avant de l'essuyer et de poser l'une des mains de Melody dessus. J'ai cette bouteille avec moi depuis que j'ai quitté la clinique, mais je n'en ai plus besoin.

Je ne sais pas comment elle a fait pour tenir le coup avec toutes ces pilules dans son organisme. Elle était juste censée s'endormir, point à la ligne.

Je jette un dernier coup d'œil à l'appartement. Pauvre fille ! Elle pensait vraiment qu'il lui donnerait le poste d'Ava ?

J'ouvre sa porte d'entrée et, dès que j'ai vérifié qu'il n'y a personne sur le palier, je m'empresse de ficher le camp. Je rentre lentement à l'appartement pour faire mes valises.

C'est fini maintenant. Elle ne peut plus leur faire de mal. Elle ne peut plus faire de mal à personne.

40

AVA

À 7 heures du matin, le téléphone d'Ava vibre sur sa table de chevet. Elle l'ignore jusqu'à ce qu'il s'arrête. Les filles ne vont pas tarder à se lever et, après un sommeil agité, elle se dit que si elle arrive à grappiller vingt bonnes minutes avant que Hazel et Chloe n'entrent dans la chambre, elle pourra fonctionner et réussira à survivre à sa réunion avec Patricia cet après-midi sans éclater en sanglots dans la salle de réunion.

Une seconde plus tard, le téléphone sonne à nouveau. Ava serre les dents en entendant Chloe crier à sa sœur son salut matinal habituel : « Hazel, je suis réveillée, je suis réveillée ! »

Le téléphone continue de sonner. Peut-être qu'elle s'en sortira si elle parvient à s'octroyer une sieste d'un quart d'heure à l'heure du déjeuner, du moment que Finn emmène les filles quelque part. Peut-être qu'elle s'en sortira si elle peut se concentrer sur sa conversation avec Patricia et oublier que son mari l'a trompée avec cette Melody qui menace de révéler leurs ébats au monde entier.

— Oui, c'est vrai, dit Ava à voix haute lorsque le téléphone s'arrête avant de recommencer aussitôt à sonner. Bienvenue dans ta vie, Ava Green.

Et sur un soupir, elle attrape l'appareil, dont elle scrute l'écran, les yeux plissés.

C'est Patricia. Juste après 7 heures du matin, un samedi ? L'air chatoie un peu au moment où Ava passe son doigt sur l'écran, le cœur battant si fort qu'elle se demande s'il ne va pas se bloquer. Elle sait que toute sa vie s'écroule autour d'elle à cet instant.

— Patricia ? lance-t-elle, faute d'énergie pour une salutation plus polie.

— Nous avons un problème, tu peux parler ?

Hazel fait irruption dans la chambre en tenant la main de sa sœur.

— C'est le samedi des crêpes, crie-t-elle.

— Samedi des crêpes, répète Chloe.

— Une minute, dit Ava à sa supérieure.

Elle saute du lit, attrape son peignoir d'été et l'enfile. Elle descend les marches deux à deux avec les filles qui la suivent et trouve Finn en bas, endormi sur le canapé. Elle le secoue par l'épaule.

— J'ai Patricia au téléphone, il faut que tu t'occupes des filles, dit-elle d'un ton sec.

Finn se redresse, visiblement paniqué à l'idée que la patronne d'Ava puisse déjà être au courant.

— OK, marmonne-t-il.

Et il se lève alors que Hazel et Chloe parviennent en bas des marches, sans cesser de répéter leur ritournelle à propos du « samedi des crêpes ».

— En route, leur dit Finn, allons préparer des crêpes aux pépites de chocolat.

Ava regagne l'étage à fond de train et reprend le téléphone.

— Patricia ?

— OK, Ava, je sais qu'il est tôt et qu'on est samedi, mais il s'est passé quelque chose. Je vais parler, tu vas écouter et ensuite tu pourras poser des questions.

Ava travaille pour Patricia depuis plus de dix ans. Habituée à ses manières un peu brusques, elle ne les prend pas personnellement. Mais son corps est envahi par la peur. Melody a-t-elle envoyé la ou les photos ? Patricia est-elle sur le point de la licencier ? Est-ce ainsi que cela va se terminer ? Par une chaude matinée de février, alors que son mari prépare des crêpes et que ses fillettes se lèchent les babines ?

— D'accord, lâche Ava.

En s'enfonçant dans sa paume, ses ongles lui rappellent qu'elle doit rester calme et attendre d'avoir tout entendu.

— Bien, dit Patricia. Je viens de recevoir un appel de la police. Melody est... Melody s'est suicidée. Apparemment, elle a consommé un mélange de pilules et d'alcool. Une amie d'Adélaïde est arrivée très tôt ce matin pour passer quelques jours chez elle. Cette jeune femme avait un double des clés, afin de pouvoir entrer dans l'appartement sans réveiller Melody. Elle l'a trouvée et a appelé les secours. La police m'a téléphoné ce matin.

— Oh ! s'exclame Ava.

La nouvelle est si stupéfiante qu'elle a du mal à faire son chemin.

— Elle n'a pas laissé de mot, mais son ordinateur était ouvert sur un e-mail envoyé à Collin. Elle me l'a aussi envoyé, d'ailleurs. Je viens juste de le voir. Apparemment, ils avaient une relation, une liaison. C'est pour ça qu'on m'a appelée. Ce n'est pas une lettre de suicide, mais...

— Collin et Melody ? s'écrie Ava, incapable de s'empêcher de l'interrompre.

— Oui, et maintenant nous avons un problème. Je viens de le joindre et il a avoué qu'il couchait avec elle. Naturellement, je l'ai immédiatement licencié. C'est grave, Ava. Je ne sais pas si la famille de Melody va porter plainte ou ce qui va se passer, mais nous devons continuer à faire fonctionner l'entreprise comme d'habitude, c'est la priorité. Il faut que tu ailles au bureau aujourd'hui t'assurer que nous avons une longueur avance pour gérer ce merdier. Tu dois reprendre tous ses clients. Naturellement, c'est toi qui seras la nouvelle PDG et tu devras engager un ou une manager.

— Est-ce qu'ils ont trouvé autre chose sur son téléphone ou son ordinateur, quelque chose qui puisse expliquer son geste ? demande Ava, les larmes aux yeux.

Melody n'avait que vingt-quatre ans, c'était un bébé. Elle a très mal agi et ce n'était pas quelqu'un de bien, mais elle était encore assez jeune pour changer de vie, pour apprendre de ses erreurs.

— Les policiers n'ont rien trouvé, juste des contenus professionnels, des courriels adressés à Collin et à moi. Il y a beaucoup d'appels à Collin sur son téléphone, surtout après qu'il l'a licenciée.

Ava sent ses ongles mordre à nouveau sa peau. Elle prend une grande inspiration. Elle n'arrive pas à y croire.

— Je m'occupe de tout, Patricia, déclare-t-elle d'une voix ferme. Ne t'inquiète pas.

— Super, génial. Je savais que je pouvais compter sur toi. Pour tout te dire, l'année dernière, Collin m'a entendue parler à mon mari au téléphone : je lui expliquais que je te voulais comme PDG. Je m'apprêtais à t'en informer, mais il m'a suppliée de lui accorder du temps, comme quoi il espérait me faire changer d'avis. J'ai considéré que je lui devais bien cela puisqu'il est avec moi depuis le début de l'entreprise, mais je ne pensais pas changer d'avis et maintenant, je suis sacrément contente de ne pas l'avoir fait.

— Moi aussi. Merci, Patricia. Ne t'inquiète pas, occupe-toi de ce que tu as à faire. Je peux me charger de tout le reste.

— Merci, à bientôt.

Et voilà, sa patronne a raccroché.

Ava se dirige vers les rideaux crème de sa chambre à

coucher pour les ouvrir et regarder le jardin, la rue au-delà, tandis qu'un couple de loriquets passe devant elle.

Collin couchait avec Melody. Melody est morte. Collin savait dès l'année dernière qu'Ava allait devenir PDG. Tout cela n'a aucun sens. Elle n'arrive pas à remettre toutes les informations dans un ordre cohérent. Quoi qu'il en soit, elle peut s'habiller et aller travailler, même si on est samedi. Elle peut faire ce qu'elle a promis à Patricia et peut-être qu'ensuite, Finn et elle parviendront à trouver un moyen de donner un nouveau souffle à leur mariage. Ils n'ont pas trouvé les messages que Melody a envoyés à Finn ? Pourquoi les aurait-elle effacés ?

Ava est soudain étreinte par l'angoisse en repensant à la jeune femme : elle souffrait donc énormément, tout en réussissant à le cacher. Était-elle vraiment amoureuse de Finn ou de Collin ? Qu'essayait-elle de faire avec Finn ? Ava secoue la tête. Elle ne connaîtra peut-être jamais la vérité, mais puisque sa famille est en sécurité, autant accepter la situation.

Sans se donner le temps de réfléchir, elle saute dans la douche. Dieu merci, elle peut compter sur Grace. Les choses vont être difficiles pendant un certain temps, mais elle est sûre de réussir à garder le cap.

Une fois habillée et prête pour le travail, elle descend au rez-de-chaussée, où les filles mangent leurs crêpes tandis que Finn boit une tasse de café. Il lève les yeux en la voyant. Il se mordille déjà la lèvre inférieure, le visage blême.

— Viens dans le salon, dit-elle.

Il la suit. Parlant à toute allure, elle lui explique la situation, parvient même à lui tapoter l'épaule quand il affiche une expression horrifiée à l'annonce du suicide de Melody.

— C'est ma faute ? demande-t-il. C'est à cause de moi ?

— Non, déclare-t-elle fermement. Je ne crois pas.

Et elle est sincère. Finn n'était qu'un pion dans le jeu que jouaient Melody et Collin.

— Je pense que Collin et elle... Écoute, il y a encore autre chose, mais pour l'instant, je dois récupérer Grace et aller travailler.

— Je m'occupe des filles, ne t'inquiète pas.

Il hoche la tête et le voit reprendre des couleurs.

— Tout va changer, je te le jure, dit-il, répétant sa promesse de tantôt.

Il est soulagé et elle aussi, mais à ce soulagement se mêlent bien d'autres émotions. Choc, désespoir, colère, inquiétude.

Ava aimerait prendre le temps de réfléchir à tout cela, de penser à Melody et de digérer ce qui s'est passé, mais Patricia compte sur elle, tout comme les personnes qui travaillent pour Barkley. Il n'y a personne d'autre ici pour diriger l'entreprise, or lundi, elle doit être aux commandes. Elle est sidérée de constater que c'est tout ce pour quoi elle a travaillé, mais que cela se produit d'une manière absolument terrible. Collin a dû être furieux quand Patricia lui a annoncé qu'il ne serait pas PDG. Est-il vraiment allé jusqu'à chercher à piéger Finn et Ava en convainquant Melody de coucher avec Finn ? Est-ce possible ?

Elle ne peut pas tirer le fil de toutes les hypothèses maintenant. Elle doit faire ce qu'elle a promis à Patricia, parce qu'elle a besoin de son travail et qu'elle doit s'occuper de sa propre famille.

Finn et elle ont encore un long chemin à parcourir, mais pour l'instant, elle voit qu'il comprend ce qu'il faut faire.

Et elle aussi...

Elle est impatiente de tout raconter à Grace.

41

GRACE

Il est un peu plus de 4 heures du matin lorsque je ferme la porte de l'appartement du garage. Les clés sont à l'intérieur et ma valise dans ma main. J'ai laissé l'appartement tel que je l'ai trouvé, propre et bien rangé. Je jette un coup d'œil à la maison, où toutes les lumières sont éteintes. J'espère qu'Ava dort un peu. Elle aura besoin de toute sa tête demain matin.

Quoi qu'il arrive à partir de maintenant, je suis sûre qu'elle sera capable d'y faire face. Elle est forte et intelligente et elle mérite le meilleur.

Je descends l'escalier et grimpe dans ma voiture, en espérant que personne ne m'arrête. Il s'agit d'une voiture de location que je déposerai à l'aéroport.

Sur le trajet qui m'éloigne de la maison, j'ai un moment de tristesse en songeant à la famille Green, car j'aurais aimé mieux la connaître. J'ai aussi un moment de tristesse pour Melody, qui s'est mise en travers de nos chemins et a été utilisée par Collin. Et j'ai un moment de tristesse pour la Grace que j'étais et que je ne serai plus jamais, en dépit de mes efforts. Je dois l'accepter. Je sais néanmoins qu'une nouvelle Grace est en train d'émerger et je sais exactement ce qu'elle va faire maintenant. Elle a été poussée de force dans le monde par ceux qui ont trahi l'ancienne Grace, qui ont essayé de lui prendre sa vie. Je suppose qu'ils ont réussi, mais personne ne recommencera plus. La nouvelle Grace est intouchable.

La nuit du terrible incendie se rappelle à mon bon souvenir.

J'ai raconté à la police, à mon avocat, à tout le monde, que j'étais rentrée chez moi, que j'avais allumé des bougies et bu tellement d'alcool que j'avais perdu connaissance. Mais ce n'est pas ce qui s'est passé.

Rentrée tard, je me suis glissée en douce dans ma propre maison. Robert était là, comme me l'indiquait sa voiture garée dans l'allée.

Pour avoir tenté une ou deux fois de le confronter après m'être particulièrement enivrée, je savais qu'il serait en train de dormir dans la chambre d'amis, porte fermée à clé.

J'avais bu dans un bar jusqu'à ce que l'équipe qui le gérait me suggère, gentiment puis plus fermement, de partir.

J'avais pris un taxi pour me rendre au travail et un autre pour rentrer chez moi, où j'avais bataillé, avant de réussir à introduire la clé dans la serrure, le tout très silencieusement.

Une fois à l'intérieur, j'avais enlevé mes chaussures et je m'étais couchée sur le canapé blanc du salon, avec l'intention de sombrer dans le sommeil. Je sentais déjà le délicieux bourdonnement de la vodka s'estomper.

Mon téléphone a vibré sur la réception d'un texto.

Je sais que tu ne verras ça que demain matin, mais merci
pour cette belle soirée. On s'est bien amusées. J'espère
que les choses iront mieux pour toi, maman. Je t'aime et
j'espère que tu vas retrouver le moral.

Le message était accompagné d'une photo de Cordelia en compagnie de ses trois meilleures amies dans une chambre d'hôtel, le visage disparaissant sous un masque de beauté, toutes vêtues d'un peignoir blanc duveteux. Je distinguais les restes du festin que leur avait servi le service d'étage, mais pas d'alcool. Cordelia ne buvait pas. J'avais réservé la nuitée pour elle lorsqu'elle avait commencé ses examens, en lui faisant miroiter la merveilleuse récompense qui l'attendrait, une fois qu'elle aurait terminé. Elle avait été ravie et je pense que la perspective d'une récompense l'avait motivée et aidée à gérer le stress des examens finaux.

J'ai passé le doigt sur son beau visage, sachant qu'elle m'aimait et détestait que je boive autant. Elle ne pouvait pas comprendre. Robert avait parlé de ma paranoïa avec elle, lui avait assuré qu'il n'avait pas de liaison, que c'était exclu pour lui. Elle l'avait cru. Comme tout le monde.

Au lieu de m'endormir, je me suis levée du canapé et je me suis rendue dans le bureau de Robert, en espérant, une fois de plus, trouver des preuves de sa liaison. Je ne pensais pas y parvenir, mais je devais essayer. Le besoin de tenter le coup m'a poussée à aller de l'avant, d'autant que le voile déposé par l'alcool se retirait de mon cerveau à mesure que je fouillais dans les tiroirs de son bureau.

Poussée par une intuition que je ne m'expliquerai jamais, j'ai sorti le tiroir du bas, puis je me suis mise à quatre pattes – dans l'opération, ma jupe noire moulante s'est fendue au niveau de la couture –, et j'ai tâtonné au fond de l'espace laissé par le tiroir.

Et là, j'ai senti sous mes doigts une lettre que j'ai retirée.

« *Robert Morton, Greenway Architecture* » indiquait l'étiquette, puis figurait son adresse professionnelle.

Je l'ai regardée un moment et j'ai failli la rejeter. Elle avait été envoyée à son bureau et il s'agissait manifestement d'une lettre professionnelle. Peut-être était-elle tombée derrière le tiroir, où elle était restée coincée.

Je me suis assise sur le tapis, adossée à la bibliothèque

assortie qui contenait tous les précieux livres de Robert sur l'architecture.

Puis j'ai ouvert la lettre et lu les mots tracés sur le papier rose, d'abord rapidement, puis plus lentement, et plus lentement encore.

Mon Rob chéri,

C'est une façon tellement bizarre de communiquer. Je ne pense pas avoir écrit une vraie lettre depuis ma dernière missive au Père Noël. Mais j'ai l'impression qu'elle surveille tout ce que je fais. Il me semble qu'elle a demandé à son détective de mettre mon téléphone sur écoute. Je sais que j'ai l'air paranoïaque – pas autant qu'elle, cela dit –, mais je n'arrive pas à me sortir cette idée de la tête. Je voulais juste te dire que je pense à toi. Je sais que nous ne pouvons pas être ensemble maintenant, mais je m'accroche à l'espoir qu'un jour ce sera possible. Elle est de plus en plus perturbée au travail, et après qu'elle m'a crié dessus la semaine dernière, Liza m'a confié qu'à son avis, ça ne pourrait plus durer éternellement.
Je pense que tu peux demander le divorce à présent. Elle n'aura pas l'énergie de te combattre encore bien long-temps, plus maintenant. La moitié de la maison et la moitié de l'entreprise seront à toi et nous ne tarderons pas à nous débarrasser d'elle.
Je rêve de cet avenir quand je suis seule dans mon lit. Tu m'as dit d'être patiente et je le suis. Je t'aime tellement, Rob. Je t'aime, ma lune et mes étoiles. Plus que je ne l'aurais jamais cru possible.
Ton rayon de soleil,

Tamara

À ce stade, la vodka faisait des bulles dans mon ventre et j'ai plaqué ma main sur ma bouche en me mordant la lèvre, laissant la douleur concentrer mon esprit. Pas question que je vomisse.

Elle était là, la preuve. La preuve indéniable. J'avais raison. J'avais raison depuis le début.

Et pourtant, même en relisant les mots, je savais que cela ne compterait pas.

Aucune preuve ne serait suffisante.

Ils allaient tout me prendre. Malgré mon état d'ébriété, je voyais que tout avait été planifié depuis le début. Robert voulait la moitié de ma société, la moitié de ma maison et un nouveau rayon de soleil dans sa vie.

— Non, ai-je murmuré en regardant les mots. Non.

Je ne laisserais jamais une chose pareille se produire.

Je me suis levée péniblement, sur le craquement de ma jupe qui se déchirait encore, et j'ai balayé du regard le bureau de Robert. Un briquet en or trônait à la place d'honneur, offert à son grand-père en guise de cadeau de départ à la retraite. Comme ils portaient le même nom, Robert en avait hérité. *« À Robert Morton pour ses nombreuses années de service. Avec nos remerciements. »*

J'ai attrapé le briquet et je suis montée à l'étage, la lettre et l'enveloppe à la main. Je suis restée devant la porte de la chambre d'amis, pour appuyer ma tête contre la surface lisse du bois crème et tenter de sentir mon mari à l'intérieur ainsi que mon amour pour lui. Mais je n'ai perçu qu'une colère sourde.

De chaque côté de la porte, j'avais accroché de magnifiques tapis persans tissés à la main, achetés lors d'un voyage que nous avions fait en Turquie, Robert et moi, lors d'une seconde lune de miel.

Alors que mon corps vacillait, j'ai ouvert le briquet et l'ai actionné jusqu'à obtenir une flamme que j'ai approchée de la lettre : le papier rose s'est recroquevillé lorsqu'il a pris feu. Laissant tomber la petite torche par terre devant la porte, j'ai allumé une nouvelle fois le briquet, pour l'approcher cette fois du premier tapis, puis du second.

Ils se sont enflammés dans un souffle rapide, d'un orange flamboyant, dégageant une étrange odeur de moquette brûlée.

J'ai fait vite : je suis redescendue au salon, où j'ai utilisé le briquet pour allumer quelques bougies.

J'ai peut-être imaginé que les tapis se consumeraient et que ce serait fini. Mais je sais que j'ai été extrêmement heureuse de l'absence de Cordelia à la maison. Tout aurait été différent si elle avait été là. La vérité contenue dans cette lettre m'avait profondément blessée, mise en colère même. Avec le recul de la sobriété, je sais que j'aurais dû la garder et l'utiliser pour dénoncer Robert, pour montrer à Cordelia et à tous les autres que j'avais raison depuis le début, mais j'étais ivre et je bouillais de rage devant la preuve de cette trahison. Et je me doutais bien que cela ne suffirait pas, que rien ne suffirait. Mon instinct ne suffisait pas, les photos ne suffisaient pas et la lettre serait rejetée comme tout le reste l'avait été. Je n'avais pas les idées claires mais je savais une chose : que je ne pouvais pas laisser Robert et Tamara gagner.

Pendant que les tapis continuaient de brûler, je suis descendue et je me suis allongée sur le canapé, prise de vertiges et sombrant dans le sommeil épuisé que provoque l'alcool. Lorsque je me suis réveillée, toute la maison était en flammes.

Je ne me suis même pas souvenue que Robert se trouvait dans la chambre d'amis, j'ai juste couru dehors et je suis restée plantée, à regarder le brasier, jusqu'à ce qu'un voisin accoure en hurlant pour savoir si j'avais appelé les pompiers.

Non, je n'avais appelé personne. Il n'y avait pas d'urgence pour autant que je puisse en juger. Ma vie avait déjà brûlé. Tout ce qui brûlait là était déjà une ruine.

Dans l'obscurité silencieuse, je roule sur l'autoroute. De toute façon, on m'a tout pris. J'ai même perdu ma fille. Je suis heureuse qu'Ava ne connaisse pas mon sort.

L'aéroport est silencieux. Je laisse mes clés dans la boîte prévue à cet effet, devant la société de location de voitures. Comme je n'ai pas de billet, je m'assois et j'utilise ma nouvelle carte de crédit pour m'en acheter un.

L'avion décolle dans trois heures.

Je peux attendre.

J'ai tout mon temps.

42

AVA

À 8 heures, Ava grimpe à toute vitesse l'escalier menant à l'appartement du garage et frappe à la porte, d'abord doucement, puis de plus en plus fort.

— Grace ? lance-t-elle une ou deux fois.

Comme elle ne reçoit pas de réponse, elle essaie la poignée, s'attendant à la trouver verrouillée, mais la porte s'ouvre.

— Grace, désolée, c'est moi. Je sais qu'il est tôt, mais j'avais besoin de...

Elle regarde autour d'elle. À l'intérieur, la pièce a exactement le même aspect qu'avant l'emménagement de Grace. Tout est propre et bien rangé. Ava traverse le salon pour se rendre dans la chambre, où le lit a été défait et les draps sagement empilés pour être lavés. Elle se dirige vers l'armoire et l'ouvre. Les étagères sont vides, mais Ava l'avait deviné. De toute évidence, Grace est partie.

Secouant la tête, elle retourne dans la cuisine, où elle remarque une enveloppe blanche sur le plan de travail. *Grace est partie ? Comment est-ce possible ? Est-elle simplement retournée à son appartement ? Pourtant, elle a dit ne repartir que dans l'après-midi ? Et un simple texto aurait pu l'expliquer. Grace a-t-elle été échaudée par à tout ce qu'elle a découvert hier soir ? Suis-je devenue, par l'intermédiaire de Finn, la patronne qui prend des décisions contraires à l'éthique ? Grace ne veut-elle plus travailler avec moi ?*

Ava sait que si elle demande à Grace de venir au bureau, elle le fera, mais avant de lui envoyer un texto, elle sort une feuille de papier fin de l'enveloppe et lit les mots tracés de l'écriture excessivement soignée de Grace.

Chère Ava,

Merci infiniment pour le prêt de ce charmant petit appartement. Je vous ai laissé une liste de candidats susceptibles de le louer.

Je suis vraiment désolée de vous jouer ce tour à un moment aussi difficile, mais je crains de ne pas avoir le choix.

Ma tante au Royaume-Uni, celle dont je vous ai parlé, est très, très malade. Ses médecins m'ont appelée pour m'annoncer qu'elle n'en avait plus que pour un jour ou deux.

Il faut que je me rende sur place. Je dois lui faire mes adieux et ensuite, je devrai régler sa succession. Je ne m'excuserai jamais assez de vous placer dans cette situation, mais la famille est la chose la plus importante au monde. Ne l'oubliez pas, Ava. Finn et vous avez eu des moments difficiles, mais votre famille, votre jolie famille, est ce qu'il y a de plus important au monde.

Je suis très heureuse d'avoir eu la chance de vous connaître et de travailler pour vous. Je suis par conséquent tout à fait certaine que vous vous épanouirez dans ce poste de direction. Car vous allez l'obtenir. Peut-être l'appartement au-dessus du garage serait-il tout indiqué pour une jeune fille au pair, afin que Finn et vous puissiez travailler tout en sachant que l'on s'occupe de vos fillettes.

Merci encore pour tout,

Grace Enright

Ava reste debout, à fixer la lettre, à la relire.

S'agit-il d'une simple coïncidence ? Est-ce la vérité ?

Elle ne peut pas perdre Grace. Comment va-t-elle s'en sortir ? Comment va-t-elle gérer l'entreprise et embaucher quelqu'un pour la remplacer à son propre poste ? Comment va-t-elle tenir le coup ? La tâche lui semble insurmontable.

« *Mais elle ne l'est pas.* » Ava entend Grace comme si elle se tenait juste à côté d'elle. « *Vous êtes plus que capable.* »

— Je suis plus que capable, se répète Ava à haute voix.

Elle quitte l'appartement, son téléphone à l'oreille pour appeler Grace. Elle va lui souhaiter bonne chance et la remercier.

— *Le numéro que vous avez composé n'est pas attribué. Veuillez vérifier qu'il s'agit du bon numéro avant de réessayer.*

Ava regarde son téléphone. C'est bien le numéro de Grace. Et même si son ancienne assistante est déjà dans l'avion, l'appel devrait être transmis à sa messagerie vocale.

Elle recompose le numéro, avec le même résultat. Elle s'apprête à réessayer lorsque son téléphone sonne.

— *Oh, mon Dieu, Ava,* geint James, *Patricia m'a appelé. Qu'est-ce qu'on va faire ?*

— Je vais au bureau, James, et j'ai besoin de vous là-bas. Je sais que nous sommes samedi, mais Grace ne peut pas venir. Nous allons travailler ensemble afin de régler ce problème, déclare fermement Ava. Je monte dans ma voiture. J'ai une liste à vous donner pour commencer... Vous êtes prêt ?

— Je suis prêt, confirme-t-il.

Et Ava commence à dicter ses instructions.

ÉPILOGUE

Je me suis acheté un billet en classe affaires, bien que Melbourne ne soit qu'à un peu plus d'une heure de vol. Je déteste prendre l'avion, donc quand j'y suis obligée, j'aime le faire dans des conditions confortables.

Il est un peu plus de 7 heures du matin. Ava et Finn ne vont pas tarder à apprendre que Melody est morte, qu'elle s'est suicidée. Pauvre fille ! Collin a utilisé les sentiments qu'elle avait pour lui afin de la pousser à coucher avec Finn. Quelle bassesse, affligeante et stupide ! Elle aurait dû comprendre que Collin l'abandonnerait rapidement. Il est étonnant que ce dernier n'ait pas pensé aux conséquences lorsqu'il l'a renvoyée, mais il se croit dans son bon droit, il est arrogant, égocentrique. Il s'est simplement servi de Melody pour obtenir ce qu'il voulait.

Pourquoi les femmes continuent-elles à agir de la sorte ? Après tout ce que nous avons appris et tout ce que nous savons, pourquoi laissons-nous encore les hommes nous faire souffrir ?

— Un jus de fruit ? me propose une hôtesse de l'air souriante.

Je me saisis d'un verre de jus d'orange sur son plateau.

— Merci, dis-je avant qu'elle ne s'éloigne.

Lorsque les annonces de sécurité commencent, je sors les lettres de mon sac.

Je les ai écrites à ma petite fille chérie, pour lui expliquer, et aussi pour m'expliquer à moi-même, je suppose. Cela faisait partie de la thérapie mise en place avec le docteur Gordon. Il n'a jamais demandé à voir les lettres, si bien que j'ai écrit la vérité absolue en toute confiance.

— Je crois qu'il y a un traumatisme, une douleur dans votre passé que vous n'avez pas encore exploré, m'a-t-il dit. Ce sont les secrets que nous nous cachons à nous-mêmes qui causent le plus de dégâts. Couchez-les sur le papier, Grace. Écrivez tout dans un journal ou dans une lettre, mais continuez à écrire jusqu'à ce que vous ayez révélé ce que vous cachez, exposez-le au grand jour afin de pouvoir l'affronter.

J'ai eu beau lui rire au nez lorsqu'il m'a donné ce conseil, les premiers mots sont venus dès que j'ai pris un stylo : « *Ma petite fille chérie...* »

J'ai su immédiatement à qui j'écrivais.

Je ne les ai pas postées et je ne le ferai jamais, mais j'ai relu la dernière, écrite la veille de mon départ de la clinique. J'avais déjà commencé à élaborer mon plan et je savais ce que j'allais faire.

Ma petite fille chérie,

Le jour où j'ai été chassée de chez moi, je ne pouvais pas savoir ce qui m'arriverait par la suite. Tout comme je n'aurais pas pu deviner que j'étais enceinte.
Lorsque je l'ai découvert, j'ai décidé de ne pas en informer Luka, de ne pas révéler à qui que ce soit l'identité du père.
Je savais que je devrais t'abandonner. J'étais dans l'incapacité de m'occuper d'un bébé, mais je t'aimais quand même.

Ta naissance a été très différente de celle de ta demi-sœur, Cordelia.

Ce moment a été terrifiant, douloureux et plein de tristesse. Beverly, l'une des femmes qui dirigeait le foyer, était avec moi. Elle m'a tenu la main, m'a montré comment respirer, et toutes les choses auxquelles elle pouvait penser pour me calmer.

Elle avait déjà organisé une adoption. Il s'agissait d'un couple qui ne pouvait pas avoir d'enfants. Je ne les ai pas rencontrés et je ne les rencontrerais jamais, mais je souhaite qu'ils aient été de bons parents pour toi. J'espère qu'ils t'ont aimée comme je n'ai pas pu le faire. Que tu es heureuse et que tu as une famille à toi.

Je soupire en essuyant une larme. La sensation a été tellement étrange, ce matin, d'écrire enfin son nom sur une lettre, le nom que lui ont donné ceux qui l'ont élevée. Lorsque je lui ai laissé le mot, j'ai voulu écrire « Ma petite fille chérie » au lieu de « Chère Ava ».

Aurais-je dû le lui dire ? Cela aurait-il changé quelque chose ? Je ne crois pas. Je n'étais pas censée savoir qui elle était, mais je me suis toujours interrogée à ce sujet. Cela étant, je n'avais jamais entrepris la moindre démarche pour la retrouver, jusqu'à ce que j'atterrisse à la clinique, en traitement pour avoir dynamité ma vie.

J'ai eu le temps de faire remonter à la surface le traumatisme de sa naissance, celui de l'abandon auquel j'ai été contrainte. J'ai eu le temps de réfléchir à la situation, de l'examiner et de prendre du recul sur mes sentiments.

Et puis j'ai eu le temps de faire des recherches, et de la localiser.

À mon avis, elle ne sait pas qu'elle a été adoptée. Ou peut-être que si et qu'elle n'y pense jamais vraiment, mais c'est ma fille et si elle ressemble un tant soit peu à sa demi-sœur, elle voudra alors tout savoir. Je n'avais aucunement l'intention de les blesser, elle et mes magnifiques petites-filles, en changeant la façon dont elles appréhendaient leur vie. Je voulais juste m'assurer qu'elle était heureuse, en bonne santé et en sécurité.

Lorsque j'ai découvert qui elle était, j'ai commencé à la surveiller et j'ai su qu'elle avait besoin de moi.

Une mère sent ce genre de choses.

Je devais m'assurer que ma fille atteigne ses objectifs, qu'elle ait la vie à laquelle elle aspirait. Je ne me doutais pas qu'elle avait un tel besoin de moi. Je n'avais aucune idée du nombre de personnes qui complotaient contre elle, qui essayaient de lui nuire.

Dans un peu plus d'une heure, j'atterrirai à Melbourne pour voir la fille qui ne veut pas me parler mais qui a elle aussi énormément besoin de moi. Je garderai toujours dans mon cœur de l'amour pour Ava et ses fillettes, et je ne cesserai jamais de les observer au fil des ans.

J'ai pris mon billet sous le nom de Grace Morton, mais je vais bientôt entamer une procédure judiciaire pour changer de nom. Je préfère être Grace Enright.

J'aime la nouvelle couleur cuivrée de mes cheveux.

J'aime Grace Enright.

C'est une femme qui fait avancer les choses, qui ne se laisse pas égarer par son cœur et qui survivra toujours. Absolument toujours.

Alors que l'avion s'élève dans les airs, j'imagine le visage de Cordelia.

J'arrive, ma chérie, je pense. *Je suis presque là.*

Bonjour,

Je vous remercie d'avoir pris le temps de lire *Une assez bonne mère ?* Si vous avez apprécié ce livre et que vous voulez être tenu au courant de mes dernières parutions, il vous suffit de vous inscrire en suivant le lien ci-dessous. Votre adresse électronique ne sera jamais communiquée à qui que ce soit et vous pourrez vous désinscrire à tout moment.

france.bookouture.com/subscribe/

Je sais que de nombreuses femmes s'identifieront à Ava et à sa frustration lorsqu'elle jongle entre sa famille, son travail et la charge mentale que représente le fait d'être responsable de tout.

Ses problèmes avec Finn ne sont peut-être pas résolus, mais j'ai l'impression qu'ils sont engagés sur une meilleure voie à présent.

Peut-être mes lectrices seront-elles moins nombreuses à s'identifier à Grace, qui avait ses propres objectifs, mais j'espère que vous comprendrez sa colère après tout ce qu'elle a traversé pour se construire une vie à elle. Se faire manipuler par quelqu'un qui est censé vous aimer est une expérience difficile pour n'importe qui, et Grace aurait pu y faire face de meilleure manière. Même si vous mettez en doute ses choix, j'espère que vous comprendrez certains de ses raisonnements.

J'ai hâte de découvrir ce que Grace fera d'autre pour

avancer dans sa vie, et j'espère qu'elle parviendra à renouer avec Cordelia. Attention spoiler : Grace sera de retour dans un deuxième livre.

Comme toujours, je serai très heureuse si vous laissez un avis sur le roman, en particulier si vous l'avez aimé... mais s'il vous plaît, évitez de divulguer l'intrigue aux autres lecteurs.

J'aime échanger avec mes lecteurs et vous pouvez me contacter sur les réseaux sociaux.

J'apprécie chaque commentaire et je les lis tous. J'essaie de répondre au moindre message que je reçois.

Merci encore d'avoir lu mon livre,

Nicole

 facebook.com/NicoleTrope

 x.com/nicoletrope

instagram.com/nicoletropeauthor

REMERCIEMENTS

Mon premier merci va à Ellen Gleeson, qui m'a rejointe dans ma quête du prologue parfait. Merci pour toutes les informations que tu m'as communiquées en cours de route et pour tes commentaires adorables que j'apprécie au fil de mon retravail du texte. Vive le prochain livre et la suite des aventures de Grace.

Je voudrais également remercier Jess Readett pour son soutien et sa patience. Et pour m'avoir aidée à mettre mes romans entre les mains de nombreux lecteurs enthousiastes.

Merci à DeAndra Lupu pour la révision. C'est un plaisir de travailler à nouveau avec vous. Et à Liz Hatherell pour sa relecture très minutieuse.

Merci à toute l'équipe de Bookouture, notamment Jenny Geras, Peta Nightingale, Richard King, Alba Proko, Ruth Tross et tous ceux qui ont participé à la production de mes livres audio et à la vente des droits.

Merci à ma mère, Hilary, qui est une excellente bêta-lectrice.

Merci également à David, Mikhayla, Isabella, Jacob et Jax.

Et une fois de plus, merci à ceux qui lisent, recensent et chroniquent mon travail sur leurs blogs, ou qui me contactent sur les réseaux sociaux pour me dire qu'ils ont aimé le livre. J'aime entendre vos histoires et les raisons pour lesquelles vous vous êtes sentis concernés par un roman.